EL PASAJE DE LOS PANORAMAS

100% SOSTENIBLE
100% RESPONSABLES
100% COMPROMETIDOS

ASÍ HEMOS HECHO ESTE LIBRO

Salvo casos excepcionales, trabajamos con una empresa papelera que funciona con biocombustibles locales y se abastece de los bosques cercanos, que gestiona de forma estrictamente sostenible. Ha implantado voluntariamente el Reglamento de la Unión Europea de Ecogestión y Ecoauditoría, y WWF la considera una de las fábricas más sostenibles del mundo.

Allí fabrican el papel interior y exterior con el que se ha hecho este libro, con unas emisiones certificadas de 365 kg de CO_2 por tonelada de papel: un 50 % menos que la media europea y un 75 % menos que la media española. En otras palabras: uno de los papeles más sostenibles del mercado (además de tener las certificaciones FSC, PEFC, ISO9001, ISO14001 y EU Ecolabel).

Uno de los mayores problemas ecológicos a la hora de fabricar papel (y de hacer libros) es el consumo de agua: la media europea está entre 10 y 15 litros por kilo según la European Enviromental Agency. La fabricación del papel interior y exterior de este libro ha consumido sólo entre 3 y 4 litros por kilo de papel.

Queremos eliminar todos los materiales de origen fósil de nuestros libros y de nuestro trabajo. Por eso este libro no está plastificado (si lo estuviera, su tirada habría consumido más de 500 m^2 de plástico).

El transporte del papel desde la empresa papelera hasta la imprenta se hace, en buena medida, en trenes de larga distancia, e imprimimos a menos de 300 km de nuestra oficina, todo lo cual nos permite reducir notablemente las emisiones contaminantes.

Una vez fabricados los libros, los envíos que dependen de nosotros se realizan mediante una mensajería con una de las flotas eléctricas más importantes de España (no es perfecto, lo sabemos, pero supone un primer ahorro de emisiones). Además, el 100 % del personal es contratado y cobra un sueldo fijo, no por entregas (algo fundamental para garantizar formas de conducción más seguras para los trabajadores y más sostenibles para el planeta).

Toda la energía utilizada para editar este libro es 100 % energía verde renovable y certificada. Además proviene de una cooperativa de la que nuestra editorial es miembro, de modo que consumimos la energía que previamente producimos en instalaciones solares, eólicas o de biomasa.

Todos los recursos económicos utilizados para editar este libro estaban depositados en la banca ética, y allí llegarán también los beneficios (¡esperemos que los haya!). De este modo garantizamos que este dinero sólo revertirá sobre proyectos sostenibles, con un interés social, cultural y medioambiental, sin inversiones en la economía de las energías fósiles.

Si quieres más información sobre estas cuestiones puedes leer el apartado «Compromisos» de nuestra página web o escribirnos a info@erratanaturae.com.

UNA A UNA EN LA OSCURIDAD

DEIRDRE MADDEN

TRADUCCIÓN DE REGINA LÓPEZ MUÑOZ

errata naturae

PRIMERA EDICIÓN: septiembre de 2025
TÍTULO ORIGINAL: *One by One in the Darkness*

C/ Sebastián Elcano 32, oficina 25
28012 Madrid
info@erratanaturae.com
www.erratanaturae.com

ISBN: 979-13-87597-11-5
DEPÓSITO LEGAL: M-16311-2025
CÓDIGO IBIC: FA
IMAGEN DE PORTADA: © David de las Heras, 2025
MAQUETACIÓN: Jorge García Valcárcel
IMPRESIÓN: Kadmos
IMPRESO EN ESPAÑA – PRINTED IN SPAIN

Para mi madre, Mary Madden,
y mi hermana, Angela Madden,
con cariño.

CAPÍTULO I.
SÁBADO

El hogar era un cielo inmenso; eran campos llanos de tierra pobre bordeados de majuelos y alisos. Eran pájaros en vuelo; eran nubes de mosquitos como columnas de humo en un crepúsculo de verano. Era agua gris; era un viento enloquecido; era una sólida casa de piedra donde el silencio resultaba inquietante.

Cate regresaba a su hogar.

Se despertó temprano aquella mañana. Las últimas semanas había dormido mal —como era de esperar—, y aquel día se quedó más de una hora tumbada en la cama, pensando en su familia. Le gustaba imaginarlas aún dormidas, cada una de las tres mujeres en la cálida oscuridad de su cuarto: Helen en su casa en Belfast; Sally y su madre en el hogar, en el campo. Más tarde, cuando por fin se levantó y se puso a hacer café y a preparar la maleta para el viaje, pensó en el despertar de todas ellas. Helen alargaría una mano, encendería la radio y remolonearía un rato escuchando música clásica. Sally bajaría y, aún en batín y con los ojos legañosos, contemplaría inexpresiva el cielo cubierto mientras esperaba que la tetera rompiera a hervir. Haría té y lo subiría al dormitorio de su madre. Era el ritual de cada mañana de sábado. Lo tomarían juntas y comentarían tranquilamente la semana que dejaban atrás y el fin de semana que estaba a punto de arrancar; y hoy, Cate lo sabía, el tema estrella de la conversación sería su regreso. Decidirían con qué comida la recibirían y tal vez especularían acerca de los motivos que llevaban a Cate a ir a casa tan de improviso; pero, aun barajando esta posibilidad, era un alivio pensar con esa intensidad en su madre y sus hermanas.

En el trayecto desde Primrose Hill hasta el aeropuerto de Heathrow, su ansiedad no hizo más que intensificarse. Una vez en el vestíbulo de salidas, facturó y se puso a dar vueltas junto a los ventanales, nerviosa, viendo los aviones que circulaban por la pista y despegaban. Dio la espalda al espectáculo y fue al aseo a retocarse el pelo y el maquillaje; sacó un frasco de perfume francés y se roció un poco en las muñecas. Por lo común, mirarse en el espejo apaciguaba a Cate. Bastaba una ojeada rápida: el cabello abundante y cobrizo, el cutis fino y pálido, las facciones delicadas, esa ropa espléndida y esas joyas que quedaban fuera del alcance de la mayoría. «Con independencia de cómo te sientas», se decía a sí misma, «esto es lo que ven los demás, y en función de ello te juzgarán». Sin embargo, de un tiempo a esta parte el truco ya no le restituía la confianza, y aquel día también le falló, de ahí que se llevara un dedo a la frente para tocarse una cicatriz minúscula, invisible, que tenía en el nacimiento del pelo. Con seis años se dio un topetazo contra una prensa de heno y la herida fue tan grave que tuvieron que llevarla al hospital para que le dieran puntos; la sutura había dejado una marca muy leve que la había acompañado el resto de su vida. Palparla —fugazmente, para que nadie nunca advirtiera lo que estaba haciendo— restablecía una percepción de la realidad, de su propia identidad, más eficaz que escudriñar su propio reflejo.

Volvió al vestíbulo de salidas y compró un periódico. Por pura costumbre, sus ojos repasaron los expositores en busca de la portada de la revista de moda para la que trabajaba. Luego pidió un café, a pesar de que no le apetecía, como tampoco leer el periódico. Le echó azúcar sólo por hacer algo y lo removió, dejó la cucharilla en el platillo y se quedó mirando la taza. La aterrorizaba lo que fueran a decirle en casa. Habría lágrimas, eso por descontado, y algunas las derramaría ella. Habría palabras duras, y se preguntó cómo las encajaría. Por más daño que le hicieran, debía procurar no decir nada de lo que más tarde pudiera arrepentirse.

Una voz anunció que se iniciaba el embarque del vuelo de British Airways con destino a Belfast. Cate se puso de pie.

En el pasado se había sentido invencible. No es que no se planteara la posibilidad de que se le viniera encima el desastre; pensaba en ello, pero llegaba a la conclusión de que no sucedería. Su vida era venturosa. De adolescente se guarecía bajo los árboles cuando arreciaban las tormentas eléctricas, convencida de que no corría peligro alguno. No podría producirse un accidente en un tren o un avión en el que ella viajase. Su belleza era impresionante y lo sabía. Durante años creyó a pies juntillas que podría conseguir absolutamente todo lo que deseara. Su familia no entendía de dónde le venía aquel... aquella... seguridad, como ella misma la llamaba entonces. Arrogancia, diría ahora. Una sensación que la abandonó aquella noche de octubre de hacía dos años en la que Sally la telefoneó y le contó lo que había pasado. En cuanto la conversación hubo acabado, Cate cortó la comunicación con las yemas de los dedos y con la otra mano agarró el bolso para sacar la tarjeta de crédito y la agenda. Llamó a British Airways y con rapidez y eficacia reservó un asiento en el último vuelo del día a Belfast. Acto seguido pensó: ¿a quién más debería llamar? Tenía amistades en Londres, buenas amistades, pero se dio cuenta de que no había nadie a quien deseara contarle lo ocurrido, mucho menos nadie con quien le apeteciera pasar aquellos momentos. Lo único que quería era estar en casa. Así que cerró la agenda y se encaminó al dormitorio para hacer la maleta.

El espacio que Cate definía como «guardarropa» era tan amplio que más bien se trataba de un cuarto pequeño en el que podía moverse con facilidad, como hizo aquella noche para examinar los rieles de prendas. Estuvo un rato revolviendo entre los vestidos, las chaquetas y las faldas en busca de conjuntos adecuados para la ocasión, pero a todo le encontraba pegas: demasiado claro, demasiado vistoso, demasiado sofisticado. La única ropa oscura que tenía era de fiesta. Por fin localizó un vestido gris que sólo se había puesto en una ocasión y un abrigo negro de corte clásico. Pasó a los zapatos. Nunca se había percatado de que tuviera tantos pares.

De pronto se recordó a sí misma en el dormitorio de abuela Kate un día de lluvia mientras ésta se probaba un traje lila que acababa de comprarse; lo estrenaría en la misa del Domingo de Pascua. Cate, sentada en la cama, jugaba con el pompón de una polvera y una cajita de talco con perfume de violetas que había sisado con disimulo del tocador; abuela Kate no la había pillado porque sólo tenía ojos para su propia imagen en el espejo. Plantada entre el lujo silencioso de su propio guardarropa, Cate recordó con una nitidez inquietante el dormitorio de su abuela: la colcha de ganchillo, la lluvia en el cristal de la ventana, un aroma a violetas y polvo. Hundió el pompón en el talco y se lo pasó por la cara.

—Abuela Kelly sólo se viste de negro —comentó—. Porque abuelo Kelly se murió.

Abuela Kate sonrió a su propio reflejo y se alisó el cuello del traje con los dedos.

—Yo de negro no me vestiría ni aunque se murieran todos mis seres queridos —respondió con franqueza.

Subió al taxi que la llevó al aeropuerto aquella noche enfundada en un abrigo azul martín pescador. Llegó al aeropuerto, facturó y embarcó como de costumbre. Sin embargo, en el momento en que el avión circulaba por la pista antes del despegue advirtió que, por primera vez en su vida, estaba aterrorizada, como una funambulista que de pronto toma conciencia del abismo al que podría caer en un abrir y cerrar de ojos. Aquel pavor la obligó a creer, a creer de veras, en la realidad de lo que Sally le había contado. El hechizo se había roto, la vida venturosa había tocado a su fin.

Durante el vuelo de aquella mañana de sábado no paró de escrutar su propio nombre en la tarjeta de embarque. Cuando empezó a trabajar en el sector periodístico le desagradaba la impresión que transmitía su nombre impreso. Kate Quinn.

Demasiado irlandés, pensaba, demasiado de campo; entusiasmada, se le ocurrió cambiar la K por una C. Cate Quinn. Nunca se le pasó por la cabeza que su familia fuese a ver el gesto con malos ojos, por eso la afligió y la avergonzó descubrir que se lo habían tomado como una ofensa, como un rechazo hacia ellos. No es que nadie le comentara nada, pero pasaron años hasta que su madre adoptó la nueva grafía en las cartas que le escribía cada semana, y su padre jamás abandonó el antiguo nombre. Tío Brian todavía la llamaba «Katie», como había hecho siempre; era posible que ni siquiera fuera consciente de la decisión que ella había tomado. Durante un tiempo, Helen estuvo dirigiendo su correspondencia a «Cate Kwinn», lo que a la sazón Cate se tomó como un desprecio, si bien años después le veía su lado cómico.

En el momento en que sobrevolaban Belfast acercó la cara a la ventanilla y contempló la entrada de mar de Belfast Lough, las pasarelas de los astilleros, la ciudad y las montañas oscuras que se elevaban tras ella. En Belfast tampoco habría sido feliz. En una ocasión, le preguntó a Helen si le gustaba vivir y trabajar allí, a lo que su hermana contestó: «No sé si diría tanto». «Gustar» no era un verbo predominante en el vocabulario de Helen. Y no porque no le gustaran mucho algunas cosas; más bien, sospechaba Cate, no le agradaba hablar de ellas.

El avión corrigió el rumbo y perdió altitud. Apareció el lago Neagh, una fría extensión de aguas grises, y Cate vislumbró campos y granjas. Examinó la tierra con intensidad, como si tratara de extraer alguna enseñanza, como si la viera por primera vez, aunque en verdad no podría haberle resultado más familiar, era el paisaje que le servía de rasero para juzgar todos los demás. Un rebaño de ovejas con una marca azul que proclamaba quién era su dueño se dispersó asustado por un prado junto a la pista de aterrizaje.

La gente se giraba para mirarla cuando atravesó el vestíbulo de llegadas de Aldergrove. El día en que Cate dejara de volver cabezas empezaría a preocuparse. Helen la estaba esperando. El gran parecido entre las hermanas quedaba hasta cierto punto enmascarado por sus diferencias a la hora de arreglarse, por la vestimenta carísima de Cate y su acicalamiento impecable. Se acercaron a la cinta. «Mira, la tuya», dijo Helen a la vez que señalaba con la cabeza un bolso de deporte de cuadros escoceses cuarteado con dos borlas de lana atadas al asa para facilitar su identificación. Cate rió en el momento en que se agachó a recoger lo que de verdad era su equipaje: una elegante maleta de piel.

—Perdona, está hecho un asco —se disculpó Helen cuando abrió la portezuela del coche, aunque Cate se habría llevado una sorpresa, incluso un chasco, si no se hubiese encontrado con el amasijo habitual de revistas, periódicos, zapatos desparejados y cintas de casete, todo generosamente aderezado con envoltorios de caramelos y bombones. Helen giró el contacto y los altavoces empezaron a atronar una ópera. Se inclinó y bajó un poco el volumen, pero interrumpió lo que estaba diciendo para escuchar la música un segundo—: ¿Te importa que la deje? Suena fenomenal.

—Adelante —dijo Cate—. Bueno, ¿qué tal? ¿Cómo está todo el mundo?

—Todas bien. Mamá muy emocionada de que vengas para una semana. Un poco fuera de sí por la poca antelación.

—Hubo un problema con las vacaciones en la oficina —explicó Cate—. Me debían cinco días y me han presionado para que me los cogiera ya. Si no, los perdía.

—Igual puedes volver más entrado el verano, en la época en la que sueles venir.

—Igual —respondió Cate, no muy convencida.

No se habían alejado mucho del aeropuerto cuando tuvieron que parar en un control de seguridad, y Cate vislumbró las mismas ovejas que había visto correr despavoridas justo antes del aterrizaje, ahora apiñadas junto a un seto, meneando las mandíbulas con gesto bobalicón. Helen echó de nuevo su permiso de conducir en el bolso abierto y siguieron su camino. Un sol débil se batía contra unos nubarrones veloces. Se puso a llover.

—¿Qué tal en el trabajo? —quiso saber Cate, y Helen frunció el ceño.

—Sin grandes novedades. Estamos defendiendo a Maguire, el que se cargó a un taxista. Te hablé de él, ¿te acuerdas? ¿No? Pues con él estoy ahora mismo.

—¿Sigues volviendo a casa algunos fines de semana?

—Últimamente, casi todos. Algo muy extraordinario tiene que pasar para que no vaya. Suelo llegar el viernes por la noche; esta semana me he esperado al sábado para recogerte y no tener que desandar camino por la mañana. Cielos, no, Cate, necesito salir de la ciudad en cuanto empieza el fin de semana. Es mi válvula de escape.

Algunas casas del extrarradio de Antrim lucían ya banderas británicas y del Úlster en previsión de las celebraciones del Doce de Julio[1], a pesar de que sólo estaban a mediados de junio. Banderines rojos, blancos y azules decoraban las calles.

—Se me ha ocurrido que podíamos ir por aquí, atravesando la ciudad —comentó Helen—. La ruta turística en vez de la autopista. Total, prisa no hay.

Saliendo de Antrim, Cate se fijó en unos maderos pequeños con mensajes clavados en varios árboles y postes de telégrafos. ¿DÓNDE ESTÁ VUESTRA BIBLIA?, decían. ¿QUÉ ETERNIDAD? y ¡ARREPENTÍOS!

Entre Antrim y Randalstown había un muro de piedra que, en el pasado, se había alzado intacto a lo largo de los seis kilómetros que separaban ambas localidades, delimitando la finca que rodeaba el castillo de Shane. Aquella propiedad, como otras que conocía, había fascinado a Cate durante su infancia, una fascinación que instintivamente sabía que debía ocultar, sobre todo a tío Brian. Allí la vida debe de ser tan distinta..., pensaba. Casi había llegado a convencerse de que hasta los árboles que se distinguían desde el otro lado del muro eran muy diferentes de los que crecían en la granja de su padre. Lo imaginaba todo como en los libros: estancias a rebosar de objetos bonitos y retratos al óleo de mujeres con rostros alargados y pálidos en marcos dorados; jinetes que recorrían la finca a lomos de soberbios caballos grises o mujeres que bordaban junto a la chimenea y cuando querían

[1] Día grande para los protestantes de Irlanda del Norte, que celebran con desfiles orangistas y lealistas la muy simbólica victoria del británico Guillermo de Orange sobre el rey católico Jaime II en 1690. (Todas las notas son de la traductora).

un té hacían sonar una campanilla y aparecía una doncella acarreando una bandeja con tazas de porcelana china y una tetera de plata. Ahora sonreía al rememorar todo aquello. Tío Brian solía hablar del muro y de los lugareños pobres que lo habían levantado. «Dos peniques al día y una libra de gachas de avena, esa miseria cobraban por deslomarse», decía. Su padre nunca mencionaba esas cosas, aunque, de hecho, le interesaba la historia local bastante más que a su hermano.

La curiosidad de Cate quedó satisfecha en la década de los setenta, cuando hicieron la autopista a Belfast, que pasaba por el centro mismo de la finca. Lo más extraordinario era que no se había equivocado. Aquello *era* diferente, se parecía a las fotos de la campiña inglesa, exuberante y a rebosar de árboles magníficos, castaños de Indias, robles y hayas cobrizas, nada que ver con los enclenques arbolillos que delimitaban los campos llanos de su padre, y eso que apenas los separaban unos pocos kilómetros. En el arcén de la autopista se veía a veces algún faisán desorientado que se había salido de la finca. Ahora podía visitarse el castillo de Shane, había algo así como un trenecito para turistas, pero Cate había perdido el interés hacía mucho tiempo.

Al cabo de poco más de un kilómetro, el territorio empezó a allanarse. Helen se salió de la vía principal y dio una serie de giros a izquierda y derecha, adentrándose por una red de carreteras cada vez más estrechas bordeadas de setos altos. El sol había logrado traspasar las nubes otra vez; las hermanas vieron su luz pálida centellear sobre las aguas del lago y, a lo lejos, la oscura joroba azulada que era Slieve Gallion. Cate bajó la ventanilla. En comparación con el calor bochornoso del verano londinense, el aire límpido y fresco con olor a lluvia reciente era un bálsamo. Enseguida avistarían el tejado de su casa por encima de los setos frondosos y, un poco más allá, las chimeneas rojizas de lo de Brian. La angosta calzada que conducía a la granja era irregular y estaba llena de baches, y Cate vio a su madre esperándolas junto al ventanal del salón, como era su costumbre desde siempre. Cuando salió al escalón a recibirlas, Cate la abrazó y se echó a llorar; de pronto tuvo miedo de saltarse sus planes y largarle la noticia en aquel preciso instante.

—Hemos preparado salmón para almorzar —dijo su madre cuando se metieron en la cocina, donde Sally batía nata en un cuenco de cristal—, y para mañana he comprado una pierna de cordero. Quítate la chaqueta y ponte cómoda, enseguida te servimos.

Al ir a sentarse, Cate reparó en un retrato grande y enmarcado de su padre encima del aparador. Lo cogió y su madre interrumpió el proceso de colocar la vajilla en la mesa.

—¿Has visto qué hermosura, Cate? Sally me compró el portafotos por mi cumpleaños y Helen conocía a alguien que amplió la imagen, y eso que no teníamos el negativo. Es la foto suya que más me gusta, es tu padre tal como era cuando lo conocí.

Cate se quedó mirando la foto.

—Pobre papá —musitó al cabo de un momento, y la dejó de nuevo en el aparador.

—Qué placer tan inesperado tenerte aquí en esta época del año —comentó su madre a la vez que todas tomaban asiento—. ¿Cómo es que te ha dado por venir ahora?

—No sé —repuso Cate—. Se me ocurrió sin más. Ha sido una suerte que me dieran los días en el trabajo. Hubo un poco de tira y afloja, pero al final conseguí las fechas que quería.

—Estupendo —dijo su madre.

—Ya lo creo que sí. —El tono de voz de Helen provocó que Cate se volviera hacia ella.

Su hermana le dedicaba una mirada adusta, y de repente Cate se acordó de lo que le había dicho en el coche. Conque Helen había sido la primera en pillarla; sabía ya que había gato encerrado. Desvió los ojos, desconcertada y avergonzada.

—Tienes que darle un toque a Brian —añadió su madre pasándole a Cate un cuenco con zanahorias—. Está loco por verte. Se ha pasado antes preguntando a qué hora llegabas, pero hemos intentado quitárnoslo de encima hasta mañana.

—Déjala comer tranquila, mujer —protestó Sally—, no la agobies ya con las llamadas.

Cate adoraba la primera comida con su familia cuando regresaba a casa; conversaban, reían y compartían las noticias que se habían dejado en el tintero en sus muchas cartas y llamadas telefónicas. Se retrotraía a la complicidad visceral e inconsciente que compartían cuando de niñas cenaban alubias en tomate y varitas de pescado alrededor de aquella misma mesa. Tío Brian siempre decía: «Jamás he conocido a tres hermanas tan unidas ¡y tan diferentes!». Y no había dejado de ser cierto. Si no hubieran sido hermanas, jamás habrían sido amigas. Cate sabía que, a ojos de Helen, su vida era puro glamur vacío, que su hermana le atribuía unas preocupaciones frívolas —celulitis, rímel resistente al agua— que no se correspondían con la realidad. La propia Cate veía con algo parecido al espanto el empleo de Helen como abogada especializada en terrorismo en un despacho encima de una licorería en Lower Falls[2]. Tanto Helen como Cate se preguntaban cómo era capaz Sally de soportar el tedio de su vida como maestra en la escuela primaria donde las tres habían estudiado de pequeñas; y, pese a todo, llegados a cierto punto nada de eso tenía la menor importancia. Eran hermanas y con eso bastaba.

Sin embargo, mientras comían el salmón aquella tarde de sábado, Cate fue consciente de eso otro que las unía y que no había existido durante la niñez: lo que le había ocurrido a su padre. Deseaban infundirse valor. Cate tenía la sensación de que sólo con mirarlas la gente era capaz de adivinar que algo no iba bien, que algo las había asustado; y ese miedo era como un hilo que las conectaba entre ellas y las aislaba del resto del mundo.

Después de comer, Cate deshizo el equipaje y repartió los regalos que había traído: vino, bombones, perfume, libros y las insoslayables pilas de revistas satinadas. A media tarde, salió a dar un paseo sola con una chaqueta y unas botas de goma que Sally le prestó. Atravesó la hierba alta de los campos como quien vadea el mar. Tras los chaparrones de la jornada, el sol se escondía entre unas nubes blancas que resquebrajaba y veteaba de una luz rosada y azul como la del ópalo que Cate lucía en la mano derecha. Gotas de lluvia

[2] Barrio de Belfast tradicionalmente obrero y católico, epicentro y símbolo de la violencia en la capital norirlandesa durante el conflicto.

chorreaban de las briznas de hierba a medida que ella avanzaba despacio por el prado. ¿Qué le dirían? Su único consuelo era que el sábado siguiente a esa hora todo se sabría ya.

CAPÍTULO 2

Abuela Kate nunca describía el color de su ropa con un simple «rojo», «azul» o «verde». Su rebeca era «azul clarito, como un huevo de zorzal». Tenía una falda que era «de un morado recio y fuerte que recuerda al de los lirios» y un abrigo «marrón rojizo, color ladrillo». Esa mañana en misa lucía un abrigo nuevo y Kate estaba entusiasmada de poder examinarlo mejor, pues durante la semana había oído a la abuela describírselo a su madre como «de ese tono de verde tan opulento y vistoso que tiene el ánade real cuando gira el cuello y la luz le da de lleno». El sermón ya había empezado y Kate no paraba de revolverse en el asiento. La abuela estaba dos filas más atrás, en el extremo más alejado del banco. Vio que Kate la miraba y sonrió. Kate le devolvió la sonrisa. Estrenaba también un sombrero espléndido. Les había dicho que lo había comprado en McKillens, en Ballymena. Kate no sabía cuánto le había costado, pero con toda seguridad un dineral, pues a su madre sí le confesó el precio, inclinándose para susurrárselo al oído, y su madre abrió los ojos como platos y soltó un «¡No!» con una inflexión que denotaba que no fingía. Abuela Kate se arrellanó en su lado del sofá. «No hace falta que me digas nada», le aseguró. «Qué escándalo, ¿eh?»; pero se la veía encantada.

La madre de Kate, que se había dado cuenta de que estaba mirando hacia atrás, le dio unos toquecitos en la pierna, puso mala cara y susurró que se comportara como es debido. Kate dirigió de nuevo la vista al altar. El padre Black no callaba. Ni siquiera Helen fingía entender lo que estaba diciendo. Como le habían prohibido girarse, Kate miró por el rabillo del ojo a su hermana mayor, que hojeaba el misal a su lado. Se titulaba *El misal dominical para niños* y contenía imágenes coloreadas de un sacerdote dando misa. Helen bostezó con disimulo; Kate notó que se tragaba el bostezo y abrió su propio libro, que era sobre los diez mandamientos. En cada página había ilustraciones de niños y, detrás de cada uno, un ángel. Cuando el pequeño obedecía el mandamiento y hacía algo como entregarle a su madre un ramo de flores o ir a la misa del domingo, el ángel parecía satisfecho; en cambio, cuando se portaban mal, robando o diciendo mentiras, por ejemplo, los ángeles hundían la cara entre las manos y lloraban. El de Helen no debe de llorar nunca, pensó Kate bostezando también, sólo que abiertamente, con total libertad. Aunque el suyo tampoco tenía muchas preocupaciones; sabía que era un pelín más traviesa que Helen, pero en el fondo no era mala.

Cerró el libro y lo soltó. Sally dormía echada contra la cadera de su madre. La muñeca de trapo que le habían regalado por su cumpleaños se había resbalado al suelo. Como era tan pequeña, Sally podía llevar juguetes a la iglesia y dormir si le apetecía; a su madre no le importaba siempre y cuando no llorara ni levantara la voz. Kate echó un vistazo al otro lado de la nave de la iglesia y vio a su padre en la zona de los hombres, sentado donde acostumbraba, a unas cinco filas del altar. Tío Brian se ponía atrás del todo. Su padre era siempre uno de los primeros hombres que se acercaban a recibir la Eucaristía. Tío Brian comulgaba sólo una vez al año, en Pascua. Tío Peter nunca iba a la iglesia, ni siquiera en Navidad.

Cuando terminaba la misa y los parroquianos empezaban a marcharse, su madre les daba un penique a Helen y otro a Kate para que fueran a encender una velita a la estatua del Sagrado Corazón. Después salían y hacían una breve parada ante la sepultura de abuelo Francis para rezar una oración por su alma. Sólo Helen se acordaba de él, aunque, cuando murió, ella era tan pequeña que conservaba una imagen muy vaga. Había compartido con Kate el recuerdo de un día en que su madre y ella fueron a visitarlo, cuando él ya estaba enfermo, y le llevaron una caja de gominolas de fruta Meltis New Berry. En su memoria, el anciano se incorporaba en la cama y le daba vueltas a la caja entre las manos: un hombre diminuto y consumido con los ojos como dos cuentas negras. Helen le pidió a Kate que no se lo contara a nadie porque temía que su familia pensara que sólo se acordaba de él por las golosinas (lo que a Kate no le parecía ningún disparate, pues a su hermana le pirraban las gominolas de fruta). Lo más habitual era que la abuela se encontrara ya junto a la tumba cuando ellas llegaban, porque abuelo Francis había sido su marido; y allí estaba aquella mañana, con su abrigo nuevo, que Kate acarició con la palma de la mano en un gesto de admiración mientras caminaba a su lado por el sendero, hasta donde su padre formaba un grupito con tío Brian y otros hombres, charlando y fumando.

Vieron de nuevo a la abuela y a tío Brian de camino a casa, cuando pararon en McGovern's para comprar la prensa dominical. McGovern's estaba en Timinstown, y una vez su padre comentó que, si te parabas a pensarlo, McGovern's era Timinstown. El pueblo se componía únicamente de la tienda, con el surtidor de gasolina fuera, y tres casas: un arcén bien equipado, decía papá; no opinaba lo mismo la señora McGovern, una mujer macilenta y delgada que se convertía en un manojo de nervios durante la hora posterior a las dos misas de los domingos, momento en que su negocio se llenaba de una marabunta enloquecida deseosa de periódicos, caramelos y tabaco. Tía Lucy contaba que un día estaba ella allí cuando la señora McGovern, desbordada, profirió un grito ensordecedor delante de todo el mundo y se echó a llorar; tuvieron que meterla en su cocina y prepararle una taza de té. Desde entonces, un sobrino acudía a echarle una mano las mañanas de domingo, pero saltaba a la vista que seguía sin gustarle nada aquel pico de actividad. Ella prefería el goteo de clientela del resto de la semana, las personas que entraban, solas o por parejas, y tardaban un ratito en decidir lo que se llevarían.

Entró su madre a por los periódicos. «Igual cojo también una barra de helado», comentó. «¡Que no se te olviden los barquillos!», berreó Kate a la vez que tío Brian se acomodaba en el asiento del copiloto, el que hasta entonces había ocupado su madre, para seguir conversando con su hermano. Los dos fumaban de continuo: tío Brian había fumado tanto a lo largo de su vida que tenía el pulgar, el índice y el corazón de la mano derecha teñidos de un color anaranjado que ya no salía por más que se lavara las manos. A Kate no le gustaba, como tampoco le gustaba su nuca, que ahora estudiaba con desagrado: un cuello gordo y lleno de pliegues que sobresalía por encima del cuello de la camisa. Una lástima, porque era guapo de cara y, además, muy divertido; pero a muchos hombres se les ponía la nuca feísima a partir de cierta edad, según había advertido. Los compadecía. Debía de ser espantoso saber que tu nuca iba afeándose poco a poco; aunque, por otra parte, ellos mismos no se la veían, así que quizá no fuera para tanto.

Tío Brian conducía una furgoneta de pan para Hughes. Despachaba por su casa una vez a la semana, pero ellas sólo lo veían durante las vacaciones escolares porque pasaba a primera hora de la tarde. A Kate le encantaba salir al encuentro de la furgoneta. El tío llamaba al timbre y, para cuando salían a ver quién era, él ya estaba abriendo de par en par las pesadas puertas. Cuando sacaba los cajones alargados y hondos te llegaba el olor de todo el género: los bollitos de Viena, los *farl* de trigo, los hojaldres rellenos de salchicha y los bizcochos florentinos. Había más vendedores ambulantes que pasaban por allí: Devlins los martes y Sammy los viernes. Brian no tragaba a Sammy porque no vendía tabaco «por principios», significara eso lo que significara. Su padre decía que era porque estaba «salvado». Sammy era de Magherafelt. También podrían haberles llevado la leche a la puerta cada mañana, pero no les hacía falta porque tenían sus propias vacas. Su padre apartaba un poco para la familia cada día antes de que el camión de la lechería se llevara el resto. Aunque despachaban por allí otros comerciantes, aparecían de forma esporádica y a veces incluso transcurrían meses entre visita y visita: el comercial de cepillos Betterware, un señor atezado con turbante que vendía ropa y un tipo con una furgoneta repleta de artículos de ferretería que siempre andaba intentando convencer a su madre de que comprara jarrones y juegos de té. «No sabría qué uso darle», respondía ella. «Ya me regalaron de todo eso hace años, cuando me casé, y algunas cosas llevan acumulando polvo en el aparador desde entonces». La furgoneta olía a friegasuelos de lavanda. Lo máximo que le compraba su madre eran trapos para el polvo y alguna que otra botella de líquido abrillantador de metales Brasso.

—¿Os pasaréis más tarde? —les dijo tío Brian a las niñas al bajarse del coche—. ¿Y usted, señorita Sally? ¿Vendrá a ver a sus primos?

Sally sonrió, pero no dijo nada.

Tía Lucy siempre llevaba a Johnny, Declan y Una a la segunda misa. Mientras ellos estaban fuera, la abuela se quitaba la ropa elegante y empezaba a preparar la cena para que estuviera lista cuando regresaran, mientras tío Brian leía la prensa y echaba un vistazo al bebé. Kate, Helen y Sally cenaban más tarde, sobre las cinco. Cuando volvían a casa los domingos por la mañana, se daban un buen festín a base de salchichas, panceta, huevos y pan frito.

Kate y Helen iban a visitar a tío Brian y tía Lucy casi todos los domingos, y aquella semana Sally anunció que ella también iría; por lo general, prefería quedarse en casa con su madre. En invierno se distinguía perfectamente la casa de Brian entre los árboles pelados, pero ahora casi era verano, de modo que apenas se atisbaba el tejado. «Tened cuidado con Sally cuando crucéis la pasarelilla», les dijo su madre cuando emprendieron el camino campo a través, el más rápido. El único inconveniente de esa ruta era la pasarelilla, un puentecito frágil y angosto que había construido su padre para que ellas salvaran una acequia sin riesgos. Él no la necesitaba, podía vencer el canal con una zancada, pero a ellas les habían advertido que no lo intentaran siquiera. A Kate no le gustaba pensar en lo que les haría su madre si Sally resbalaba y se caía al barro estando bajo la supervisión de sus dos hermanas mayores, y sólo se quedaba contenta cuando habían dejado atrás ese punto y entraban en la finca de tío Brian.

Sally empezó a escupir.

—¿Qué pasa, estás bien?

—Me he tragado un mosquito —dijo Sally haciendo pucheros.

—Bah, eso no tiene importancia, hoy puedes comer carne, no es viernes. No seas llorica. Mira, como no te portes bien, la próxima vez no te vienes con nosotras. Incluso podríamos echar a correr ahora mismo y dejarte aquí sola, en medio del prado.

—Calla, Kate —terció Helen a la vez que cogía a Sally de la mano—. No te vamos a abandonar. Fíjate, ya casi hemos llegado.

La casa de tío Brian estaba mucho más cerca del lago que la de ellas. Se alzaba a escasa distancia de una bahía en curva con lirios amarillos silvestres y unos juncos verdes y brillantes con los que tío Peter fabricaba cruces de santa Brígida cada mes de febrero. Se abrieron paso a través de las ramas de los arbolitos que separaban la bahía de los prados que acababan de cruzar y se detuvieron un momento en el ancho carril para recuperar el aliento.

Kate era de la opinión de que, aunque cerraras los ojos y te esforzaras al máximo, jamás conseguirías imaginar una casa más bonita que la de tío Brian, con sus dos ventanucos destacando en el tejado y el porche y la resplandeciente puerta de entrada del color del chocolate. Detrás de la casa había varios manzanos retorcidos y, por delante, un murete que delimitaba un huerto caótico. En otra época hubo un césped con arriates en los bordes, pero tío Brian lo había dejado crecer todo a su aire, de modo que el jardín prácticamente se lo había tragado. Mejor así, pensó Kate. Los dos gatos atigrados de abuela Kate, con sus adustos ojos verdes y sus bigotes como alambres, solían esconderse entre la hierba alta que a Sally le llegaba por la cintura. Había también arbustos con grosellas esponjosas y uva espina dura y peluda, cristalina, verdosa, que sabía amarga y te dejaba la boca seca. Ellas ayudaban a los primos a recoger la fruta para que la abuela hiciera mermelada. Un rosal lánguido se dejaba caer por encima del muro y en verano se cubría de capullos gordos y amarillos que exhalaban un potente aroma, también amarillo. «Oler ese rosal es igualito a beberse un vino dorado», decía abuela Kate.

La puerta de la fachada casi nunca se abría, y la de atrás raras veces estaba cerrada con llave, de modo que entraron por la trascocina y siguieron hasta la cocina. No se molestaron en llamar; nadie esperaba que lo hicieran, pues en aquella casa podían entrar y salir a su antojo, como en la suya. Si acaso, allí gozaban de más libertad aún para hacer lo que les apeteciera, pues tío Brian y tía Lucy eran más laxos que sus padres respecto a cuestiones como el orden y el buen comportamiento. Cuando llegaron, la familia estaba terminando de cenar. Abuela Kate troceaba una tarta de manzana; sacaron platos para Helen, Kate y Sally y les sirvieron sendas tazas de té caliente y dulce. Tío Peter ya se había trasladado a una silla junto a la estufa y Helen fue a sentarse a su lado. A Kate le imponía más respeto, aunque le tenía mucho cariño. Tío Peter nunca te preguntaba por el colegio ni te pedía que recitaras las tablas de multiplicar ni ninguna estupidez por el estilo. Te hablaba en el mismo tono sosegado que empleaba con tío Brian o con cualquier otro adulto. Mientras Kate se zampaba su ración de tarta de manzana aguzó el oído para seguir su conversación con Helen.

—La otra noche vi una nutria en el canal, ¿sabes? Acuérdate de decírselo a tu padre cuando llegues a casa.

—¿Qué estaba haciendo?

—Allí estaba tan pancha, tumbada en la ribera, pero cuando me oyó se echó al agua y se fue. No aparenta la fuerza que saca para nadar, menudo bicho. Y qué mandíbulas gasta; eso te pega un bocado y te arranca un dedo de cuajo. A los peces les hincan el diente como si tal cosa, raspa y todo, como te comes tú una rebanada de pan con mantequilla, sin despeinarse.

Dos semanas atrás, el viernes por la noche, Helen y Kate estaban en la cama a punto de dormir cuando oyeron un grito a lo lejos.

—¡Ése es tío Peter! —dijo Kate.

Helen no contestó.

—¡Es tío Peter! —repitió Kate en el momento en que la voz sonó más cerca.

—Te he oído a la primera —repuso Helen—. Calla y duérmete.

Se encontraba ya al final del carril de casa, lo oían despotricar y vociferar.

—Papá nunca se comportaría así.

Kate oyó que Helen se incorporaba en la cama.

—Como digas una palabra más, Kate Quinn, voy y le digo a mamá que no me dejas dormir.

Kate percibió llanto en la voz de Helen. Los gritos se acallaron paulatinamente. Cuando tío Peter llegara, no dormiría en la casa. Tío Brian lo llevaría a una caravana que había bajo los manzanos y lo acostaría. Podía quedarse allí días, a veces incluso semanas, y si ellas iban de visita no veían al tío, que no salía hasta que se sentía mejor. A Kate le incomodaba jugar en el vergel cuando sabía que él estaba en la caravana. «¿Qué hace ahí dentro?», le preguntaba a Declan. «Dormir. Beber. Llorar. La abuela le lleva la cena, pero él casi no prueba bocado». Hasta que un buen día ibas a la casa y volvías a encontrarte a tío Peter sentado junto a la estufa, encendiéndose un cigarrillo con la colilla del anterior, tan callado y tímido como de costumbre. Podían pasar semanas o meses hasta que se liaba otra vez a gritos y tenía que retirarse de nuevo.

Un día en que Helen no estaba, Kate le preguntó a su abuela:

—¿Qué le pasa a tío Peter?

—Pues dos cosas —contestó ella—: que piensa demasiado y que bebe demasiado.

—¿Por qué?

Kate no lo había entendido. Su abuela se echó a reír.

—Para responder a eso haría falta una mujer más lista que yo.

—Pues no me gusta —dijo Kate, y entonces fue la abuela la que quiso saber por qué—. No lo sé. Me da miedo que grite, o ver que no camina con normalidad. Es horrible.

La abuela se entristeció al oír aquellas palabras. Se quedó callada un momento y, a continuación, aconsejó a Kate que recordara que alguien que hacía cosas malas no necesariamente era una mala persona, y que tío Peter no tenía ni gota de maldad. Su manera de ser la ponía triste, a ella y a toda la familia, pero el que salía peor parado era el propio tío Peter.

—No tiene que darte miedo. Más bien debería darte lástima.

—Y me da. Me dais lástima él y tú.

Al oír esto, abuela Kate soltó una carcajada.

—Bah, ya me las arreglo. Sobreviviré.

Tío Peter no ejercía una profesión concreta con regularidad, como papá o tío Brian. Él se dedicaba a actividades diversas de forma esporádica: pescaba, desatoraba alcantarillas con maquinaria de alquiler, podaba setos o abría zanjas en la carretera. A veces, estaba en el paro y se quedaba en casa. Ayudaba a abuela Kate a cuidar del bebé cuando tío Brian andaba con la furgoneta del pan y tía Lucy trabajaba en la tabacalera; a veces, llegabas y lo pillabas haciendo limpieza o recogiendo la colada del tendedero del techo de la trascocina. Su padre y tío Brian también hacían tareas domésticas de vez en cuando porque no habían tenido hermanas y abuela Kate los había puesto manos a la obra desde pequeños, pues a ella no le gustaban las labores de la casa. Le traía sin cuidado que la gente lo encontrara raro. «Si me dan a elegir entre pasar una hora leyendo un libro o fregando el suelo, lo tengo clarísimo», decía.

—Esta tarde ponen una de Shirley Temple en la tele —le dijo Una a Kate—. *Ojos cariñosos.*

—No pretenderéis apoltronaros delante de la tele con el día tan bueno que hace —intervino tía Lucy—. Más os valdría salir a jugar.

—Shirley Temple es una pelma, además —comentó Johnny sólo para fastidiar a Una, porque sabía que a su hermana le gustaba.

Una era, además de prima, amiga de Kate; en la escuela compartían pupitre. Johnny era un año mayor que Helen, que iba a la misma clase que Declan.

—Podría daros una vuelta en el bote —propuso tío Peter—. Está el día tranquilo, pero no sé si cabréis todos.

Sally quiso quedarse en casa con la abuela y a Helen le pareció estupendo. Siempre se sentía responsable de sus hermanas y disfrutaría más del paseo en bote si no tenía que preocuparse por Sally. Una dijo que ella también prefería quedarse y ver la película, y tío Peter confirmó que, en ese caso, habría sitio para los cuatro a los que sí les apetecía salir de excursión.

El barco de madera azul estaba arrimado a los carrizos. «Subid primero vosotros, Johnny y Declan, y que uno empiece a achicar el agua», ordenó tío Peter. El achicador era un cubo de pintura viejo que nadaba en una capa de unos diez centímetros de agua en el fondo del bote. Tío Peter aupó a Helen y a Kate y, a continuación, dio un fuerte empujón y montó a bordo también él justo cuando la embarcación comenzaba a deslizarse lago adentro. A Kate le gustaba aquel momento porque era aterrador. Durante una fracción de segundo siempre creía que la embarcación volcaría o se iría a pique. La diferencia entre estar plantada en tierra firme en la orilla y, al segundo siguiente, notar la zozobra del bote bajo sus pies resultaba emocionante. En cualquier caso, en cuestión de segundos se acostumbraba al agua y el barco se estabilizaba. Tío Peter se puso a remar con movimientos amplios y regulares. Junto a la orilla flotaba una espuma de algas verdes, pero más adentro el agua era cristalina. El cielo estaba raso y azul salvo por algunos jirones finos de nubes altas. Kate se quitó la rebeca porque hacía un calor pegajoso, punzante, y se giró para mirar la casa de tío Brian. Se le hizo raro ver desde un ángulo nuevo un lugar que conocía tan bien, y no tuvo claro si le agradaba. Cuando Helen comentó que también se distinguía su casa, no quiso mirar.

—¿Nos llevas a una de las islas? —propuso Johnny—. Anda, di que sí —añadió al ver que tío Peter no respondía con un «no» tajante; los demás también se dieron cuenta y se sumaron al ruego.

—Es temporada de cría —dijo el tío—. Están los pollos saliendo del cascarón y los pájaros se volverán locos como nos acerquemos.

Lejos de desanimarlos, esta información no hizo más que intensificar el atractivo de las islas. Tío Peter se encogió de hombros.

—Como queráis —cedió—. Pero os portáis bien, ¿eh? Y ojo con pisar los nidos, y no vayáis a asustaros ni nada.

Las islas no quedaban lejos de la orilla, y la alternativa a desembarcar —y la intención de tío Peter al salir— habría supuesto rodearlas, lo que implicaba alejarse aún más de la bahía. Eran varios islotes estrechos y llanos con unos pocos árboles y arbustos achaparrados. Tío Peter se dirigió hacia el más grande y Kate entendió por qué les había pedido que no se asustaran; esperaba ser capaz de mostrarse valiente, pues las gaviotas, amedrentadas y furiosas, habían echado a volar para proteger a sus polluelos al oír que se aproximaban. Se lanzaron hacia el bote igual que había visto hacer en una ocasión a un mirlo con uno de los gatos de abuela Kate, cuando el animal estaba sentado y con las patas recogidas junto a una cría que había caído del nido. El mirlo se había tirado en picado sobre el gato una y otra vez y había llegado casi a rozarle las orejas, armando una escandalera que, según la abuela, habría sido capaz de despertar a un muerto. Kate miró a Helen y comprendió que su hermana también tenía miedo, pero Helen sería valiente aunque Kate flaqueara y chillara cuando las aves blancas y gordas se abalanzaran con furia a su alrededor.

Se hizo visera con la mano para protegerse del sol que centelleaba en el agua y levantó la vista. Cientos de gaviotas volaban en círculos por encima de sus cabezas. No era la primera vez que Kate veía algo así, pero siempre desde lejos, cuando su padre miraba por la ventana y comentaba que debía de haber alguien en las islas. Se preguntó si él hoy se daría cuenta y si adivinaría la identidad de los visitantes.

El bote dio unos cuantos bandazos en el momento en que llegó a un bajío y tío Peter les pidió que no se movieran hasta que lo hubiera amarrado en condiciones. Fue cogiéndolos en brazos por turnos, diciendo: «Acordaos de lo que os he dicho, procurad no hacer estropicios».

Kate jamás hubiera imaginado lo cautos que tendrían que ser, pues había nidos por todas partes, lechos bastos y planos, o eso le parecieron, nada que ver con los nidos menudos y prietos que los pájaros cantores armaban solitos a partir de paja, barro y musgo. Los de las gaviotas eran una cosa plana a ras de suelo, y había tantos que debías prestar mucha atención a dónde pisabas. Tío Peter no paraba de pedirles que fueran despacito, a Johnny y Kate sobre todo. Algunos huevos habían eclosionado ya, pero esos polluelos pardos y esponjosos no le interesaron tanto como los otros, más oscuros, húmedos y de aire estupefacto, que no llevaban tiempo suficiente fuera del cascarón como para haberse secado y tenerse en pie. Los más raros eran los huevos eclosionados sólo en parte; te agachabas y únicamente veías un agujero diminuto, una fisura, y sabías que el pajarillo se afanaba en el interior para liberarse. Kate se preguntó cómo sería estar dentro de un huevo, encerrada en un espacio minúsculo donde apenas cupieras, sin ser consciente de nada salvo de la necesidad de golpear con el pico, pam, pam, pam, hasta que salieras a la luz a trompicones y te estiraras. Imaginó la oscuridad y el calor dentro del huevo, y tan absorta estaba en este pensamiento que, cuando Helen le tocó el brazo, se sobresaltó.

—Esto no se lo vamos a contar a nadie, Kate, ¿vale?

—A papá sí podemos, ¿no? —respondió ella.

—Sí, a él da igual que se lo contemos —repuso Helen—. Me refiero a los demás. En el cole. A ellos podemos hablarles de la isla, pero no quiero que sepan lo de los pájaros.

—Está bien —convino Kate.

Echó un vistazo a tío Peter, que se había apoyado contra un árbol y fumaba. Enseguida volvería a meterlas en el bote y lo alejaría de la isla a golpe de remo. Las gaviotas volverían con sus crías. Ellas llevarían a Sally de vuelta a casa campo a través y cenarían: pollo y luego melocotones en almíbar con el helado que habían comprado en McGovern's a la vuelta de misa. Prepararían la cartera para el día siguiente y se acostarían temprano para que no se les pegaran las sábanas por la mañana. Y una noche de éstas, de nuevo, cuando estuviera tumbada a oscuras, esperando a que el sueño la venciera, oiría los gritos de tío Peter, allá afuera, en la noche. Se obligaría a pensar en el día en que los llevó a la isla y les enseñó los nidos de gaviotas y trataría de no tener miedo.

CAPÍTULO 3.
DOMINGO

La cocina era el único espacio de la casa que no había sufrido cambios significativos a lo largo de los años. El linóleo del baño había dado paso a una moqueta mullida; las cortinas rojas con brocados del salón habían sido sustituidas por estores pálidos; los dormitorios habían perdido su austeridad y se habían vuelto coquetos y floreados. Habían mandado construir para su madre un porche acristalado a un costado de la casa; habían instalado calefacción central. Sólo la cocina había permanecido intacta, y de manera deliberada. Su padre, a favor de otros cambios, siempre había puesto el límite en ese espacio doméstico. «A decir verdad, yo la veo bien tal como está», argüía ante cualquier sugerencia que se formulara; y, después de su muerte, ni las hermanas ni su madre quisieron tocarla; preferían que siguiera siendo tal como él la había conocido.

La cocina era la estancia más grande y estaba dominada por la estufa, encajada en un aparador empotrado y anticuado de madera color crema con recias estanterías y grueso cristal acanalado en las puertas de los armaritos. A uno de los lados, el mueble contenía vajilla y comida; al otro, libros, adornos y la fotografía enmarcada de su padre en la que Cate se había fijado cuando llegó. Un viejo sofá muy cómodo ocupaba la pared del fondo; en el lado opuesto, junto a la ventana, había una mesa de pino inmensa y varias sillas de respaldo recto. Helen, sentada en una de ellas, tomaba té y contemplaba una extensión de hierba donde unos cuantos patos se movían afanosamente bajo un sol borrascoso. Habían criado patos por su padre, al que le gustaban sus huevos, pero, después de su muerte, ni su madre ni Sally habían tenido ánimo de deshacerse de ellos, de modo que seguían vagando por la granja sin razón aparente. Dado que nada había cambiado, aquella cocina tenía algo intemporal, y a Helen eso le gustaba. En sus raros momentos de nostalgia se sentaba allí, entrecerraba los ojos y se imaginaba veinte o veinticinco años atrás, imaginaba que si se encaminara hacia la casa de tío Brian la encontraría también tal como era antes; que si arrimaba la oreja a la puerta de la cocina oiría voces, las de abuela Kate y tío Peter, y voces de niños; una de ellas, la suya propia. En cualquier caso, la ilusión nunca duraba tanto como ella hubiese deseado, y enseguida cobraba conciencia de nuevo de lo mucho que las cosas habían cambiado.

Durante años y años, Brian y Lucy no se habían molestado en hacer ninguna reforma en su casa; la única estancia que habían modificado era, precisamente, la cocina. La habían modernizado por completo el año anterior: habían quitado la estufa, instalado módulos de pino empotrados y revestido con vinilo las baldosas cerámicas rojas. Sally y su madre se habían acercado a verla una tarde, una vez que la obra estuvo terminada. Sally le contó a Helen que su madre había hecho un bizcocho y se había armado de valor para salir de casa, pero que tanto ella como Lucy lloraron y que su madre le dio un beso a Lucy y le dijo que había hecho lo correcto, que la vida tenía que continuar. Pese a que también habían invitado a Helen,. ella no fue; ya nunca iba a la casa de Brian y Lucy.

Valoraba muchísimo aquel rato de la mañana del domingo en el que su madre y Sally se marchaban a misa y tenía toda la casa para ella, aunque en rigor hoy no estaba sola: Cate andaba por allí. Le había dicho a Sally que no iba a salir porque se encontraba regular y de momento no había bajado para nada. Si hubiese estado bien, desde luego habría ido a misa; era su costumbre cuando estaba en casa, un detalle que a Helen no terminaba de cuadrarle. Después de que Cate se mudara a Inglaterra, Helen sospechó durante mucho tiempo que su hermana sólo asistía cuando regresaba de visita, para guardar las apariencias y no ofender a sus padres; que seguramente no habría traspasado el umbral de ninguna iglesia desde su llegada a Londres. Hasta que fue a verla y, para su sorpresa, descubrió que Cate no sólo iba con regularidad, sino que incluso tenía una imagen religiosa colgada en su piso: una elegante reproducción de un icono, por supuesto, nada de copias baratas y *kitsch*. En cualquier caso, aquella imagen le dejó claro que la religión era importante para Cate, y que no la exhibía para impresionar.

En cualquier caso, la propia Cate reconocía que sus creencias eran un batiburrillo, una combinación de esperanza, temor, superstición y duda a la que se encomendaba en grado sumo; o eso le parecía a Helen. Sally, en cambio, poseía una fe que, como casi todos los elementos de su vida, seguía una línea recta y sin fracturas desde la niñez. Para la propia Helen, su mayor pesar a este respecto era el daño que le había causado a su padre, pues él profesaba una fe digna e íntegra que ella respetaba a pesar de no compartirla. Helen dejó de ir a misa poco después de empezar la universidad, para gran aflicción de su padre. ¿Conque para eso tanto estudio y aprendizaje? Él discutió y suplicó durante aquel primer trimestre de otoño, pero cuando llegaron las Navidades y ella siguió negándose a acompañar al resto de la familia a la iglesia, se dio cuenta de que la cosa iba muy en serio. «Eres una mujer adulta», le dijo aquella Nochebuena. «Hemos hecho por ti lo que hemos podido; eres libre de vivir tu vida como creas conveniente». Nunca más volvió a sacarle el tema ni trató de convencerla o persuadirla. Años después, tras su muerte, encontraron un cuadernito en el que cada mes había anotado los motivos por los que deseaba rezar, y que dejaba claro que había dos cosas que había deseado con constancia: la paz en Irlanda del Norte y que Helen volviera al seno de la Iglesia. Si aquello lo hubiera escrito cualquier otra persona, incluso de su propia familia, Helen habría montado en cólera.

A veces tenía la sensación de que aquel rato de las mañanas de domingo era el único en el que podía… ¿qué? ¿Pensar con claridad? ¿Era acaso capaz de algo así? En el pasado habría afirmado que era el único momento en el que encontraba algo de paz y conseguía relajarse de veras; pero eso tampoco era cierto ya, salvo en la medida en que su ritmo de vida se enlentecía lo suficiente durante los fines de semana como para aflojar un poco el férreo control que ejercía de lunes a viernes sobre sus pensamientos. Era capaz de liberar la mente, como quien le quita la correa a un perro, con la dificultad de que ahora ignoraba cómo reaccionaría el animal, si se revolvería y la atacaría. Tal vez David tuviera razón. «Trabajas demasiado, ése es tu problema», le decía. «Los ochenta ya pasaron, Helen. No está de moda ser una adicta al trabajo». Aun así, debía de haber algo más. Cinco años antes trabajaba con el mismo empeño y, sin embargo, lograba dedicar la mañana del domingo a pensar en las películas que le apetecía ver o en el libro que estuviera leyendo, incluso en el propio trabajo y en los casos en los que andaba metida, con una mirada más fresca y una distancia mayor que cuando estaba en Belfast. Ahora, los pensamientos que la atosigaban eran más bien los que te desvelaban a la hora del lobo, ese rato en que la resistencia mental decae y no consigues volver a conciliar el sueño: pensamientos sobre fracaso e incompetencia, sobre errores del pasado que jamás se podrían enmendar, y de nada servía ser consciente de que muchos de ellos eran insignificantes y les estaba otorgando una importancia desproporcionada. Aunque había contado a Cate que sus visitas de fin de semana al hogar eran una válvula de escape, no era cierto; eran más bien una incursión en una zona peligrosa, como si su autodominio, por lo demás inquebrantable, presentara una pequeña fisura e ir a casa fuera como hurgar en ella con los dedos y sentir cómo se ampliaba y temer que algún día se abriera por completo. Hoy lo vio con más claridad que nunca y tuvo miedo. Se levantó de la silla y trató de encontrar alguna distracción.

El té se había enfriado, de modo que lo tiró y preparó una tetera nueva. Varias de las revistas de decoración que había traído Cate estaban encima del aparador, y Helen se las puso en el regazo y empezó a hojearlas, pero enseguida se aburrió. No había manifestado especial interés en amueblar la casa que se había comprado en Belfast, un lugar por el que no sentía ningún apego especial. Necesitaba un techo y sanseacabó, y si alguien mencionaba la palabra «casa» sus pensamientos se dirigían instintivamente hacia el hogar familiar en el campo, a pesar de que se había marchado de allí hacía años y era probable que nunca más volviera a vivir en aquella casa. Compró muebles y cortinas con la misma disposición con la que cualquiera compraría leche y una hogaza de pan: porque hacían falta. La ropa la adquiría con esa misma consideración de necesidad, y no por placer, algo por lo que Cate la había atormentado durante años. Su hermana le regalaba ropa, blusas y fulares más elegantes y suntuosos que cualquier artículo que ella misma se hubiera comprado jamás. De hecho, la última vez que Helen estuvo en Londres discutieron a cuenta de ese tema. Cate intentó convencerla para que acudiera a una de esas agencias en las que te explican qué colores te favorecen y qué prendas debes llevar, una ocurrencia que desestimó con un desprecio que incluso a ella misma le pareció excesivo. «Ya sabes que mi trabajo me condiciona mucho a ese respecto», le dijo para atenuar el rechazo, pero Cate no se bajaba del burro. «Razón de más para disfrutar de tu ropa en los momentos de ocio en vez de ir por ahí siempre en vaqueros y jersey. Caray, sólo es un divertimento, no te estoy diciendo que estas cosas sean el alfa y el omega de la vida». Helen no dio su brazo a torcer.

Sólo ahora que su vida se había reducido a poco más que el trabajo, ejecutado con desafecto y honradez, comprendía a qué se refería Cate. Sabía que su hermana la observaba desde que eran niñas, que había examinado cómo la austeridad estrechaba el cerco a su alrededor igual que una lámina de hielo. La propia Cate era la prueba viviente de la validez de su propio razonamiento. Desde luego, había mujeres que no eran mucho más que una americana y una barra de labios; no era el caso de Cate. Helen entendía por qué la gente gravitaba hacia su hermana, por qué caía bien, pero también por qué a ella la evitaban y la encontraban intimidatoria. Cate se movía en el lado de la vida, y a Helen le resultaba doloroso reconocer que no era su caso.

El sábado por la tarde, Cate cogió una de las revistas y empezó a pasar las páginas diciendo:

—Ay, en este número vi el otro día una carta que os quiero leer. Se me escapó una carcajada. Aquí está: «Querido departamento de asesoramiento en decoración, tengo un mueble de costura con las patas rectas, muy bonito, pero llevo un tiempo pensando que quedaría aún mejor con unas patas curvas. ¿Podrían facilitarme las señas de algún proveedor, y quizá las de un artesano en mi zona capaz de hacer las modificaciones necesarias?».

Dejó a un lado la revista y soltó una risa socarrona mientras su madre comentaba:

—Es increíble las pocas preocupaciones que tienen algunos en esta vida.

—Me imagino perfectamente a tía Rosemary escribiendo una carta así —dijo Sally—. O, al menos, leyéndola sin inmutarse.

Helen no contestó, pero se acordó de Sarah Maguire, a cuyo hijo menor, Oliver, estaba defendiendo de la acusación de matar a un taxista. Debía de tener no más de cincuenta y tantos años, pero parecía mucho mayor. Se acordó de su cara castigada por la inquietud, de sus gestos tímidos y suplicantes. Seguramente, la señora Maguire no habría sido capaz ni de imaginar una vida que le permitiera el lujo de pensar en semejantes chorradas.

Llevaba un rato oyendo ajetreo arriba. Sonaron unos pasos en las escaleras y se abrió la puerta de la cocina. Por encima del camisón, Cate se había puesto un albornoz blanco y esponjoso con ribetes de satén blanco.

—¿Cómo te encuentras?

—Algo pachucha.

—Qué chasco se va a llevar mamá. Tenía pensado prepararte un almuerzo de aúpa cuando volviera de misa. Compró el pan de soda y la panceta expresamente.

Cate hizo un mohín y soltó un juramento en voz baja.

—¿Te puedo robar una taza de té? —preguntó a la vez que atravesaba descalza las baldosas frías y sacaba de la panera la punta de una hogaza de pan blanco—. Con esto me basto y me sobro. —Helen la miró con perspicacia en el momento en que le tendía el té y a Cate no le pasó desapercibido el gesto—. Chinchín, Helen, me subo a vestirme —dijo saliendo de la cocina a toda prisa—. Estoy bien, ¿eh?

Helen se quedó escuchando las pisadas de su hermana camino del piso de arriba.

Se acercó al aparador, cogió el retrato de su padre y lo examinó con detenimiento. En su salón de Belfast tenía una fotografía enmarcada de ellos dos juntos de cuerpo entero en el césped de la Universidad de Queen's el día de su graduación. ¡Qué orgulloso estaba! Ella había sido la primera universitaria de la familia, y, a raíz de sus excelentes resultados y la velocidad a la que había ido escalando puestos en la profesión, había superado con creces las esperanzas y expectativas de sus padres. Sostuvo la fotografía con fuerza. Era una imagen en blanco y negro, y su padre, un hombre joven y sonriente. No era más que una instantánea, pero captaba toda su bondad. Tenía los mismos ojos marrones que su padre y sus dos hermanos. Helen entendía por qué a su madre le gustaba tanto aquella fotografía en concreto.

El último fin de semana que Helen vio a su padre, el coche le estaba causando problemas. Le había dado por calarse cuando reducía la velocidad, pero estaba demasiado liada en el trabajo para pedir unas horas libres y ponerle remedio.

—¿Por qué no te llevas el mío a Belfast esta semana y yo me acerco a Antrim con el tuyo para que te lo arreglen? —le propuso él.

—Ay, gracias, papi —contestó ella—. No sabes lo bien que me vendría. Me haces recuperar la fe en los hombres.

Pretendía ser una broma; sin embargo, en contra de su costumbre, él se lo tomó muy en serio y repuso:

—Muy mal tienen que estar los hombres de ahora para que una mujer tan espléndida como tú diga algo así.

El comentario la ofendió tan repentina y bruscamente como si él hubiera alargado la mano para pellizcar una vieja herida que ella creía curada desde hacía mucho tiempo y que su tacto revelaba tan cruda y punzante como un corte reciente. Las lágrimas que le empañaron los ojos la avergonzaron. Él se percató, pero para no abochornarla aún más se hizo el despistado:

—Descuida, Helen, que yo lo llevo y lo pago, y ya haremos cuentas cuando vuelvas el fin de semana que viene.

Lo mataron antes de que terminara la semana.

Dejó la fotografía en su sitio y del estante de arriba bajó un libro negro con el título de *Misal del pueblo* estampado en oro en la portada. Las letras estaban desvaídas, desgastadas por el uso; y, al abrirlo, de sus páginas cayó un trozo quebradizo de palma blanca. Estaba plagado de tarjetas conmemorativas, algunas viejas y oscurecidas, recargadas de texto, otras más modernas, de colores vivos. Habían guardado el misal a buen recaudo arriba, junto con los demás libros que habían sido de su padre. Helen echó un vistazo a los títulos de los lomos: *Flora y fauna de Irlanda del Norte*, *Guía de campo de las aves del lago Neagh*, *Monumentos de la Irlanda precristiana*, *Herencia celta*. La ficción estaba en el estante de encima: *Call My Brother Back*, de Michael McLaverty; *My Lady of the Chimney Corner*, de Alexander Irvine, y varias recopilaciones de cuentos de Liam O'Flaherty y Frank O'Connor. Había también un par de libros de abuela Kate: *Lo que el viento se llevó* y *Rebecca*. Se los habían entregado a su padre tras la muerte de la abuela porque en casa de tío Brian nadie era aficionado a leer y a todos les había parecido correcto que cualquier libro que rondara en la familia acabara en posesión de su padre. Ni siquiera en los tiempos de la universidad había conocido a nadie que amara y valorara tanto los libros como él. Recordaba que cuando era todavía una niña la había llevado a una lectura de Seamus Heaney en Magherafelt. ¿Cuándo había sido? A principios de los setenta debió de ser. En aquel acto se compró uno de los varios poemarios de Heaney que tenía, y, al ir a levantar el brazo para sacar un ejemplar de *Norte*, Helen advirtió la silueta que se recortaba tras la ventana de la cocina.

—Sólo soy yo —se anunció Brian mientras ella abría la puerta trasera.

Habían abandonado tiempo atrás la costumbre de dejar la puerta abierta durante el día. A su madre le daba ansiedad abrir a menos que supiera con seguridad quién llamaba, y por la noche hasta Helen se asustaba cuando el timbre sonaba inesperadamente a horas intempestivas.

—Hola, Brian, ¿cómo estás? Siéntate, anda.

—Gracias, Helen. Bien, bien. ¿Y tú? Venía a saludar a Katie, ¿se ha ido ya a misa?

—No, está arriba, pero creo que baja enseguida —dijo cogiendo un cenicero para Brian y ofreciéndole té.

Ahora, una luz dorada y profunda inundaba la cocina, y se distinguía cada mota de polvo que flotaba y caía. Aunque al principio Helen habló con su tío en tono casual del regreso de Cate y del tiempo, enseguida se sumieron en un silencio incómodo. Evitaba a toda costa quedarse a solas con

Brian. Recordaba cuando estuvieron juntos en el sofá de la cocina a las tres de la mañana durante el velatorio de su padre, bebiendo whiskey a palo seco, mudos. Brian se echó años encima de la noche a la mañana cuando mataron a su hermano; hasta entonces, Helen creía que era un cliché eso de que la gente se avejenta de un día para otro.

—Ha sido culpa mía —le dijo sin venir a cuento, levantando los ojos de las baldosas y mirándola a los ojos con severidad—. Iban a por mí. Soy yo el culpable.

—No vuelvas a decir eso nunca, Brian. No es verdad y lo sabes.

Él se pasó las manos por los ojos y miró para otro lado. ¿Cómo había adivinado su tío lo que estaba pensando? No había vuelto a pronunciar aquellas palabras, pero desde entonces la idea siempre se había interpuesto entre ellos igual que una culebra enroscada, creando una distancia, un desapego, un miedo que no había existido hasta entonces. Helen también perdió a Brian aquella noche; hasta cierto punto, lo consideraba responsable de lo que había ocurrido, y el hecho de que él también se culpara no la ayudó en absoluto.

Por eso, se alegró cuando apareció Cate con unas mallas negras y una camiseta extragrande y la melena larga recogida en una cola de caballo.

—Te veo en plena forma, Katie —dijo Brian, un comentario que Helen juzgó de lo más halagador, pues Cate tenía un aspecto frágil y demacrado. Observó a su hermana mientras charlaba con su tío muy sonriente—. ¿Te pasarás a visitarnos un día de éstos, Katie? —le preguntó con melancolía, y Cate se mordió el labio como cuando era pequeña y le pedían que hiciera algo que no le apetecía.

—Ay, Brian. No sé si podré.

—A Lucy le darías una alegría —insistió él, zalamero.

—Bueno, iré. Aunque mejor dentro de unos días. ¿Con Sally, tal vez?

—Que venga también tu madre. Organizamos una cena y aviso a Una para que se acerque desde Magherafelt.

—Me encantaría ver a Una —comentó Cate. Oyeron que un coche aparcaba delante de la casa y Brian se levantó como un resorte con intención de irse—. Son mamá y Sally, ¿no te esperas para verlas?

Pero él ya estaba diciendo adiós con la mano.

—Qué va, tu madre está harta de verme, que ando todo el día entrando y saliendo. Como en mi casa no soy capaz de estarme tranquilo... Dale saludos de mi parte, y a Sally también.

Y, a la vez que oían la llave en la puerta principal, Brian se escabulló por la de atrás.

—Vas a acabar empachada de parientes de aquí a la noche, Cate —soltó Sally cuando se enteró de que Brian había pasado por allí—. Sabes que tío Michael y tía Rosemary vienen esta tarde a verte, ¿no?

—Al menos ya te habrás quitado ese engorro de encima nada más llegar —intervino Helen—. Prepárate para que te cuenten el bautizo con todo lujo de detalles. ¿Te puedes creer que al crío le han puesto Michael también?

—No tiene pies ni cabeza —terció su madre—. Tres miembros de la misma familia con el mismo nombre de pila.

Cuatro, si contamos a mi padre. Qué lío, ¿no? A mi sobrino lo llamaban «el Michael chico» hasta que pasó a ser «el joven Michael». Ahora hablan de «bebé Michael» y «papá Michael», vamos, que ni idea de quién es quién. ¡Para que luego digan que hay que perpetuar los nombres familiares! Dónde se ha visto semejante despropósito... ¡Ni que fueran de la realeza!

—O esos americanos del Medio Oeste que tienen nombres del tipo «Wilbur E. Hackensack IV» —dijo Helen.

—Nos convidaron a todas al bautizo —comentó Sally—. Aquello parecía más bien una boda, con invitaciones de imprenta y un banquete en el Adair Arms.

—Y ¿a que no sabes lo que hizo tía Rosemary, Cate? Estaba sentada al lado de Sally y, cuando sirvieron la ternera, se vuelve hacia ella y le dice: «Ay, mira, me han puesto una tajada muy grasa y el médico me ha prohibido terminantemente comer carnes grasientas. ¿Te importa cambiármela?». Y a la pobre Sally no le quedó más remedio que darle su plato.

Sally esbozó una sonrisa.

—No fue ninguna molestia, en realidad —dijo.

—Pues a mí me sentó como un tiro —opinó Helen, que era la que estaba contando la anécdota—. Si no quería grasa, que la hubiera apartado con el cuchillo. Yo vi los dos platos y la única diferencia era que a Sally le habían servido un trozo más grande. Está desatada con sus presuntos achaques, peor que nunca. Ahora le ha dado por decir que tiene una de esas alergias a la carta; no recuerdo qué es lo que se ha inventado que no puede comer.

—No son ningún invento —protestó Cate, pero Helen agitó la mano con displicencia.

—La suya sí lo es. Está más sana que una manzana. Créeme, Cate, para ella es algo así como una afición.

—A mí me ha contado que las únicas verduras que puede tomar son pimientos y berenjenas —terció su madre.

—Nada más que añadir —dijo Helen.

—Me dieron ganas de responderle: «Pues qué suerte que se te haya manifestado la alergia justo ahora y no hace treinta años, que no habrías encontrado una berenjena en Ballymena ni por todo el oro del mundo».

Cate rió entre dientes.

—No tendríais que haberme contado estas cosas. Como se ponga a hablarme de su dieta esta tarde, voy a ser incapaz de disimular.

Llegaron poco después de la hora del almuerzo, tío Michael hecho un manojo de nervios, tía Rosemary pura efusividad, y los condujeron al salón y no a la cocina. Siempre había existido cierta tensión en las relaciones con la familia de su madre, nada que ver con la actitud libre y desenvuelta que tenían con la rama paterna. Ya desde niñas lo advertían, mucho antes de ser capaces de entenderlo o expresarlo captaban la incomodidad entre los adultos igual que los caballos y los perros perciben la inminencia de un terremoto. Era algo así como un gran juego ridículo, pensaba ahora Helen, un juego en el que la apuesta había ido aumentando con el paso de los años a medida que las hermanas prosperaban en la vida. A tía Rosemary le fascinaba sobre todo Cate, a quien atribuía un cambio radical de carácter; por error, pues Cate nunca había sido tan voluble ni indolente como la consideraba Rosemary en el pasado. El año anterior,

Michael y ella habían disfrutado de unas breves vacaciones en Londres y habían insistido en quedar con Cate, quien por instinto supo lo que sus tíos esperaban de ella: té en el Ritz, una visita guiada por las tiendas de Bond Street y Knightsbridge, asesoramiento a la hora de sacar entradas para un musical de Andrew Lloyd Webber. Nada más regresar a Irlanda, Rosemary telefoneó a la madre de Cate para contarle lo estupendamente que lo habían pasado con su hija.

«Debes de estar orgullosísima de esas dos hijas tan triunfadoras», dijo, y su madre replicó al punto: «Estoy orgullosa de las tres». Aquello también había cambiado: la actitud de su madre había pasado de la timidez en presencia de sus parientes y el rencor en la distancia a la indiferencia cuando estaban ausentes y la confianza en su presencia. Eran su hermano y su cuñada quienes no sabían del todo cómo encarar la nueva situación. Ahora les tocaba a ellos sentirse incómodos y revolverse con incertidumbre en el sofá. Helen los compadecía por el jerez dulzón y rancio que su abstemia madre guardaba en el mueble del salón año tras año y que siempre les servía en unas copitas, por fortuna, diminutas.

Como le habían vaticinado, buena parte de la conversación giró en torno a «el joven Michael» y «bebé Michael», mientras Helen miraba con indiferencia a su tío, a quien, a sus espaldas, solían llamar «el viejo Michael». Se había jubilado hacía poco de su puesto en una aseguradora y Helen recordó que su padre se refería a él jocosamente como «digno señor en gabardina». En cualquier caso, aunque nunca se habían sentido a gusto el uno con el otro, su actitud hacia su cuñado estaba exenta de malicia. Todo lo contrario, era él quien insistía en mantener el mejor vínculo posible con la familia de Ballymena. «La sangre es más densa que el agua», había oído Helen decir a su padre durante años, mucho antes de entender lo que significaba. Michael miraba fijamente la moqueta mientras su esposa cotorreaba a su lado y Helen sintió compasión por su próspero y arrebolado tío.

Al dirigir la vista hacia el otro extremo del salón se percató de que Cate apenas si prestaba atención a la conversación. Había aceptado un jerez, pero no lo había probado siquiera y escudriñaba la copa con el ceño fruncido, un gesto que, sumado al hecho de mostrarse ausente en sociedad, no era nada propio de ella. Helen se preguntó hasta cuándo esperaría para dar la noticia a la familia y, al pensar en ello, reparó en que había adivinado sin esfuerzo el secreto de Cate. Ya no podría seguir siéndolo mucho más tiempo.

CAPÍTULO 4

Cada viernes a las dos de la tarde la señorita Wilson sacaba una llave, abría el aparador acristalado del aula que albergaba los libros de la biblioteca escolar y leían todos durante una hora. En el mueble había también un cuaderno forrado con papel de envolver marrón, y siempre que sacabas un libro tenías que anotar ahí el título y tu nombre; luego, cuando lo devolvías, la señorita Wilson ponía una marca en rojo junto a tu nombre. Solía ser la mejor hora de la semana, con un inconveniente: antes de restituir los libros había que escribir una redacción sobre lo que acababan de leer. Una estrategia para que los liantes como Willy Larkin, o el primo de Helen, Declan, no sacaran un libro un viernes, fingieran leerlo, lo devolvieran a la semana siguiente y sacaran otro sólo por guardar las apariencias. El problema de aquella norma era que, la semana anterior, Helen había elegido mal al sacar un volumen de cuentos sobre el lejano oeste que había resultado ser un aburrimiento soberano. Se había dejado llevar por la cubierta, en la que salía una mujer con falda y chaqueta blanca de gamuza, botas y un sombrero de *cowboy*. Helen había leído tres de las historias, pero sólo una le había gustado y no le interesaba en absoluto leer ninguna más. Se preguntó si la señorita Wilson esperaría que escribiera una redacción sobre todos los cuentos del libro. Consultó el índice y los contó. Doce. Advirtió que la señorita Wilson la estaba mirando y se inclinó sobre el libro para hacer como si leyera.

La historia que sí le había gustado iba sobre Annie Oakley, obligada a cazar codornices para dar de comer a sus hermanitos y hermanitas porque no había adultos que cuidaran de ellos. «La Pequeña Tirofijo» la llamaban. Tenía tan buena puntería que se incorporó a una especie de circo con Buffalo Bill y se hizo rica y famosa y ganó mucho dinero para su familia. Quedaba que la Pequeña Tirofijo no tenía ni madre ni padre; Helen apenas si se atrevía a mirar la escopeta de su padre. La afianzaban un par de ganchos en el altillo del vestidor, donde sólo él alcanzaba. Había tres cosas peligrosas contra las que su madre solía prevenirlas: el lago, la prensa de heno y la escopeta. Pero ¿y si Helen tuviera que usar el arma? ¿Y si algo espantoso les ocurría a su madre y a su padre y ella debiera cuidar sola de sus hermanas? ¿Sería capaz de plantarse en la orilla del lago y disparar a los patos para que Kate, Sally y ella pudieran llevarse algo a la boca? No alcanzaba a imaginarlo. Seguramente de nada serviría, pues Sally jamás habría comido pato salvaje; bastante le costaba ya a mamá conseguir que probara algo distinto a las varitas de pescado y el puré de patatas. A lo mejor Annie Oakley nunca había cazado codornices; a lo mejor era todo una leyenda inventada.

Papá ya casi nunca salía a cazar. Era demasiado viejo, o eso decía él, y prefería quedarse al calor de las mantas cualquier mañana de invierno antes que plantarse como un pasmarote junto al lago aguantando la lluvia y el frío. Tío Brian, en cambio, seguía yendo. También él se mostraba cauteloso con el arma y la guardaba bajo llave en un mueble en el hueco de las escaleras, y eso que en casa de tío Brian no solían ser cuidadosos con nada. La última vez que Helen había ido de visita, se encontró al bebé jugando en el suelo con un abrelatas; le asombró que nadie se extrañara ni se lo quitara hasta que se cortó en un dedo.

Hacía un tiempo, la tita Rosemary le había hecho a tío Michael un comentario la mar de curioso sobre tía Lucy. Helen lo había oído por accidente, aunque no había sabido descifrarlo. Se lo refirió a sus padres esa misma tarde a la hora de la cena con la esperanza de que se lo explicaran, arrojando aquellas palabras más como una afirmación que como una pregunta.

—Dice la tita Rosemary que si no llega a ser por la escopeta, tía Lucy nunca se habría casado con tío Brian.

En un primer momento, sus padres no dijeron nada. Se limitaron a mirarla fijamente hasta que papá susurró: «¡Señor bendito!»[3]. Mamá se acaloró y empezó a dar voces.

—¿Qué maneras son ésas de hablar? ¡Que no te vuelva yo a oír decir algo así, Helen!

Papá la interrumpió.

—No le eches la culpa a ella, Emily, una pobre niña inocente —le dijo—. La culpa la tiene quien la tiene.

[3] En inglés no te casas de penalti, te casas «de escopeta» (*a shotgun wedding*).

Mamá guardó silencio y se quedó mirando su plato. La cosa se ponía interesante.

—¿Qué ha querido decir la tita Rosemary? —metió cuchara Kate.

—No lo sé —respondió mamá, pero ellas notaban que les estaba mintiendo.

Papá se frotó los ojos con las manos, cansado.

—Yo sí lo sé.

Papá siempre les contaba la verdad y solía explicárselo todo.

—Es un comentario muy mezquino y cruel, y si os contara lo que significa yo también estaría cometiendo una mezquindad. Me tenéis que prometer que no volveréis a preguntar por ese asunto, y prometedme sobre todo que jamás le diréis ni una palabra de esto ni a tío Brian ni a tía Lucy. ¿Estamos?

Dieron su palabra.

Luego, mamá le pidió perdón a papá y él negó con la cabeza y dijo: «La culpa no es ni tuya ni de la niña. Vamos a dejar el tema».

Sin embargo, a Kate no había quien le parara los pies. Un día, poco después, estaba tía Lucy desplumando un pato cuando Helen oyó que su hermana le preguntaba:

—¿Tú sabías que al tío le gustaba usar la escopeta antes de casarte con él?

Ella interrumpió la tarea por un instante con cara de desconcierto.

—No me acuerdo bien. Sabía, digo yo, que casi todos los hombres de por aquí salían a cazar. No creo que pensara mucho en ello; me daba exactamente igual.

Helen le arreó un pisotón a Kate por debajo de la mesa. Kate puso mala cara y apartó el pie, pero no hizo más preguntas.

Por efecto del viento, la lluvia latigueaba con fuerza contra los cristales del aula. Las noches así eran óptimas para salir a cazar, según decía papá, y para pescar anguilas. El mejor momento de todos eran las noches de tormenta de noviembre. A veces papá se pasaba por casa de tío Brian para cenar anguilas fritas, porque mamá se negaba a prepararlas. Decía que la peste atufaba la casa durante una semana y que ella no despellejaría una anguila ni aunque le pusieran mil libras en la mano. A papá no le importaba: decía que a las anguilas había que acostumbrarse desde chico; si no, no te gustaban.

Pasó de nuevo las páginas de su libro. Annie Oakley. Gran Jefe Toro Sentado. Davy Crockett. Willy Larkin tampoco se concentraba en su lectura. De pronto se inclinó hacia ella y susurró:

—¿Sabes cómo se llama el vaquero más sucio del lejano oeste?

—¿Cómo?

—¡Johnny Melavo!

—¿Qué andáis cuchicheando, Willy y Helen?

—Nada, seño.

Fingieron estar enfrascados en sus libros una vez más. Helen echó una mirada furtiva al reloj que le habían regalado en Navidad. Sólo faltaban veinte minutos para salir.

Estaba deseando que llegara el fin de semana porque papá iba a llevarlas a Ballymena a comprar botas de agua nuevas.

Es probable que fueran también a visitar a abuela Kelly, y eso ya le apetecía menos, sobre todo si estaba en casa tío Michael. Se preguntó si Sally estaría en condiciones de acompañarlos, pues esa misma mañana había vuelto a sangrarle la nariz. Habían sacado a Helen de clase para que acudiera a consolarla. La maestra de Sally la había tumbado en el suelo y le había puesto en la nuca la fría llave de hierro de la verja de la escuela. Sally había armado un buen follón, pero la hemorragia se cortó y, cuando Helen la vio a la hora del almuerzo, tenía otro aspecto.

Deseó que sonara la campana cuanto antes para irse a casa, aunque normalmente le gustaba el colegio. Era la primera de su clase, según la señorita Wilson; sacaba las mejores notas en todas las asignaturas y tenía la caligrafía más limpia. Lo único que le costaba un poco era la ortografía. En la pared del aula había un póster lleno de pedacitos de papel en cuya parte de arriba la señorita Wilson había escrito con letras grandes: «Nuestro primer día con tinta». Desde donde estaba sentada, Helen distinguía su propia obra, sin borrones, precisa. Junto a la ventana, en la mesa de naturaleza había un nido de pájaro y unas cáscaras de huevo de mirlo que había encontrado alguien. También un nido de avispas y tarros de mermelada con ramitas, cada uno con una etiqueta explicativa: castaño de Indias, escaramujo, majuelo, avellano, saúco blanco. Los frutos estaban engurruñidos porque la mesa estaba cerca de un radiador. En los alféizares había tiestos con geranios y alegrías de la casa. Todos los días a la hora del recreo, mientras los niños se bebían la leche, la señorita Wilson tomaba té. Entre el recreo y la hora del almuerzo hacía a un lado la tetera y, en cuanto sonaba la campana para ir a comer y terminaban de rezar el ángelus, vertía el té frío en las macetas hasta que se filtraba en los platillos.

¡Por fin! Uno de los mayores se puso a tocar la campanilla por el pasillo y tanto Helen como sus compañeros se levantaron de sus pupitres. Guardaron los libros en la cartera y dejaron las sillas bocabajo encima de las mesas. Alguien borró la pizarra mientras Colette y Anthony barrían el suelo, porque les tocaba a ellos. Todos balbucieron una oración rápida a su ángel de la guarda para que velara por ellos durante el camino hasta casa y salieron en tromba al vestidor para cambiarse de zapatos y ponerse los abrigos.

A la mañana siguiente, mientras se preparaban para ir a Ballymena, Helen le dijo a su madre sin rodeos:

—No me gusta ir a ver a abuela Kelly.

Su madre, que estaba lavándole la cara a Sally con una manopla húmeda, fingió escandalizarse.

—Esas cosas no se dicen, Helen.

—A ti tampoco te gusta, ¿no? Tú casi nunca vas. Siempre nos lleva papá. ¿Por qué no vienes hoy con nosotros?

—No puedo ir a Ballymena —dijo a la vez que le abría los puños a Sally y le pasaba la manopla por las palmas—. Tengo mucho que hacer. Tengo que arreglar la casa.

Sally gimoteaba porque ella tampoco quería ir, quería quedarse con mamá.

En el coche, por ser la mayor, Helen se sentó delante, y por el camino tanteó a su padre con la misma observación.

—No me gusta visitar a abuela Kelly.

—Ni a mí —respondió él.

—¿Por qué? —preguntó entonces Helen, y él caviló un momento antes de contestar:

—Porque no le caigo bien. Tu abuela se enfureció conmigo porque me casé con vuestra madre. Mamá se fue a estudiar a Belfast y a base de mucho empeño aprobó todos los exámenes para ser maestra, como lo fue su padre; era lo que más deseaba en el mundo abuela Kelly. Lo que pasa es que, al poco de terminar de estudiar, mamá me conoció a mí y quiso casarse.

—¿No podría haber hecho las dos cosas? ¿Trabajar y casarse?

—¿Y quién os habría cuidado a vosotras cuando nacisteis?

Helen reflexionó. Tía Lucy trabajaba aún en la tabacalera, pero, claro, estaba abuela Kate en casa para cuidar del bebé y hacer las tareas domésticas hasta que Johnny, Declan y Una volvían del colegio.

—Supongo que abuela Kelly podría haberse venido a vivir con nosotros para cuidarnos —dijo vacilando.

—¿Tú cómo lo ves? —repuso su padre mirándola con el rabillo del ojo—. ¿Te habría gustado ese apaño?

—Ah, no, a mí me gustan las cosas tal como están —se apresuró a añadir Helen, y su padre se echó a reír.

—Y a mí —convino.

Helen razonaba a menudo que, si una de sus abuelas hubiera muerto y no hubiera podido conocerla, habría tenido una visión muy limitada de las abuelas. Si sólo hubiese conocido a abuela Kelly, habría creído que todas las abuelas eran mujeres tristes y severas que vestían de negro y vivían hundidas en butacones profundos en salones húmedos y oscuros.

Si sólo hubiese contado con abuela Kate, para ella una abuela habría sido una persona aficionada a los sombreros ostentosos y la ropa de colores vivos, siempre con un libro o una revista apoyada detrás de los grifos del fregadero mientras pelaba patatas, incapaz de pasar junto a un cochecito sin detenerse a admirar al bebé, y dueña de una risa fértil y jugosa, tan sonora que se oía a través de muros gruesos y puertas cerradas.

Abuela Kelly vivía en una casa adosada pintada de gris con unos ventanales inmensos, no muy lejos del centro de Ballymena. Tita Rosemary les abrió la puerta y los condujo al salón penumbroso, donde estaba ya sentada abuela Kelly. Helen sintió un retortijón, como cuando la maestra te pregunta la lección y no te la sabes y eres consciente de que se va a enfadar porque deberías haber estudiado. Se sentó en el sofá entre Kate y Sally. Una de las razones por las que no le gustaba visitar a abuela Kelly era que allí se aburrían como ostras. Sus primos no solían estar en casa y, de todos modos, no eran ni la mitad de divertidos que los hijos de tío Brian. Además, no tenían jardín, ni perros ni gatos, y nunca encendían la tele durante las visitas. Muy de tarde en tarde pedían a Kate o a Helen que recitara algún poema aprendido en la escuela o que tocara algo en el estridente piano, pero, en general, lo único que se esperaba de ellas era que se estuvieran quietecitas una hora, como muñecas en una vitrina, y que no enredasen. A veces, mientras conversaba con su padre, abuela Kelly miraba fijamente a alguna de las niñas, como si no la reconociera y tratara de hacer memoria examinándola de arriba abajo, de los zapatos a los lazos del pelo. Helen lo odiaba, pues, para cuando abuela Kelly desviaba la vista hacia alguna de sus hermanas, ella se sentía ya culpable de toda clase de fechorías que no había cometido. Notaba que se sonrojaba y le daban ganas de soltar: «¡Yo no he sido!», a pesar de que nadie la había acusado de nada.

Tita Rosemary se quedó un momentito con ellos, pero enseguida se retiró a la cocina. En cuanto hubo salido, entró tío Michael.

—Hola, Charlie. Hola, niñas. ¿Emily no ha venido? Ah, vaya... ¿Cómo está nuestra Kate? ¿Cómo está nuestra Sally? A ver, Helen, ¿cuántas tortas te has llevado en el colegio esta semana?

—Ninguna —respondió ella malhumorada.

—Helen es muy aplicada —intervino su padre dedicándole una sonrisa.

Tío Michael le gastaba la misma broma pesada cada vez que se veían.

—¿Qué quieres ser de mayor? —añadió.

Aunque Helen se sabía la respuesta, no estaba del todo segura de la palabra.

—Voy a ser e... e...

—¿Estúpida? ¡Eso ya lo eres! —la interrumpió, y soltó una carcajada ante su propio chiste. Hasta la abuela esbozó una sonrisilla repugnante. El malestar en la boca del estómago de Helen no hacía más que empeorar, pero también estaba furiosa.

—Una que va a Egipto —soltó con toda la frialdad que fue capaz de reunir— y busca momias.

—¿Mamás? Pero ¡si la tuya está en casa! —dijo tío Michael fingiendo sorpresa y guiñándole un ojo a abuela Kelly—. ¿Qué se te ha perdido a ti en Egipto?

—Mamás no: mo-mias —terció Kate, que siempre salía en defensa de su hermana—. Son personas que murieron hace miles de años y van envueltas en gasas y llevan unas joyas preciosas y algunas también una cosa que parece una cara de mentira fabricada con oro puro. ¿A que sí, Helen?

—Sí —dijo Helen con un hilo de voz, arrepentida de haber sacado el tema. Tendría que haber dicho que quería ser maestra, así la habrían dejado en paz.

—Helen llegará muy lejos —comentó su padre con una sonrisa de orgullo.

—Bah, ya verás, en cuanto se haga mayor, se le quitarán todos los pájaros de la cabeza —dijo abuela Kelly—. El primero que le haga ojitos un par de veces, aunque se dedique a vender cuchillas de afeitar en una esquina, la tendrá comiendo de su mano, y de las grandes ideas si te he visto no me acuerdo. Fíjate lo que te digo.

Por un instante nadie abrió la boca; su padre se había quedado atónito y Sally rompió el silencio con un lloriqueo porque notaba que algo malo pasaba. Al oír el tintineo de la bandeja de la merienda en el recibidor, tío Michael se levantó de un salto para abrirle la puerta a tía Rosemary.

Entre las tazas y los platillos había un tazón para Sally porque la última vez se había derramado el té en el regazo. Kate ayudó a su hermana pequeña y le abrió una servilleta de papel mientras circulaban los platos con sándwiches de tomate y queso. Los tentempiés en casa de abuela Kelly no contaban como comida de verdad, eran un ejercicio más para comprobar si las niñas conocían y acataban las normas. Había que tomar un número respetable de emparedados antes de poder pasar a los dulces, y entonces escoger la galleta menos atractiva del plato, a no ser que te incitaran a optar por algo más apetitoso (cosa que casi nunca ocurría). A Helen le aterraba que no hubiera más alternativa que el bizcocho de semillas de amapola de tía Rosemary desde que Kate comentó que no sólo parecía que estaba hecho con cacas de ratón, sino que además era a lo que sabía. Sin embargo, aquel día estaba de suerte, pues, cuando les llegó el plato, quedaban todavía un barquillo rosa, que fue lo que eligió Kate, y unas galletas corrientes y molientes con las que Helen se dio por satisfecha.

Mientras los adultos conversaban, más recelosos ahora, Helen echó un vistazo a su alrededor. Aunque ardía un fuego en la chimenea, aquel salón siempre le resultaba frío, tal vez por la abundancia de elementos de cristal: el tablero de una mesa con un camino de lino color galleta por encima; una vitrina para la porcelana con bibelots y los juegos de té que recibieron tío Michael y tita Rosemary por su boda; un jarrón de cristal que nunca contenía flores. Encima del fuego había una fotografía enmarcada de abuelo Kelly, cuya presencia, a pesar de que había muerto tantísimo tiempo atrás, cuando su madre era todavía una niña, flotaba sobre la familia de un modo que Helen no llegaba a comprender del todo, pues raras veces hablaban de él. Le resultaba inevitable imaginarlo como una persona aterradora, aunque sólo fuera porque se había casado con abuela Kelly. La imagen que Helen tenía de su otro abuelo era del todo distinta, acaso porque apenas si lo recordaba, o porque abuela Kate siempre hablaba de él, contaba anécdotas divertidas y luego, con los ojos llenos de lágrimas aun cuando se partía de risa, decía cosas como: «Ay, Señor, qué bueno era mi Francis, ¡ni una pizca de maldad tenía!». Helen se preguntaba con frecuencia cómo había encajado esa muerte su madre, porque lo peor que su mente era capaz de concebir era la pérdida de cualquiera de sus padres. En una ocasión le preguntó, con timidez, y ella se entristeció mucho y dijo: «Sí, Helen, fue espantoso. Todo cambió para mí, el mundo entero cambió».

El título de maestro con su impresionante sello rojo colgaba en una especie de hornacina, y sus libros, que ya nadie leía, se guardaban bajo llave en una estantería acristalada. Había sido director de una modesta escuela cerca de Ballycastle, y en la repisa de la chimenea estaba la campanilla que tocaba para convocar a los niños del patio cuando llegaba la hora de reanudar las clases. A Helen no le gustaba mirarla siquiera porque le recordaba el revuelo que se armó el día que Kate la cogió y la hizo sonar. En un primer momento se oyó el duro tañido metálico, estruendoso en la sala en penumbra, luego abuela Kelly dio rienda suelta a su fría furia ante tamaña osadía, luego Kate lloró de vergüenza y aflicción por la regañina, luego Helen lloró porque Kate lloraba, Sally empezó a berrear y su padre se tapó las orejas con las dos manos; ¡qué recuerdo tan desagradable! Apartó la vista de la campanilla y se concentró de nuevo en el retrato de abuelo Kelly que colgaba sobre la chimenea. No parecía duro y severo en aquella imagen; más bien desconcertado, socarrón.

En una ocasión, estando de vacaciones en Portrush, papá les había dado una vuelta en coche por la costa para que vieran la escuela de abuelo Kelly. Era una construcción encalada con una puerta azul y ventanas altas acurrucada en un pliegue verde de las colinas. Adyacente a la escuela vieron la casita del maestro, donde su mamá había vivido de pequeña con sus padres y tío Michael. Un sitio precioso, pensó Helen: había ovejas en los prados y muros de piedra, y en los arcenes de la carretera crecían setos de fucsia silvestre morada y rojo oscuro. El mar rompía a lo lejos y soplaba viento.

Era raro rememorar tanta luminosidad desde la fría oscuridad de aquel salón. Había una lamparilla encendida encima de una mesa junto a abuela Kelly, la única luz de la sala a excepción de la poca que lograba colarse a través de los alargados estores crema bajados contra el cielo. Abuela Kelly necesitaba estar siempre en penumbra por un problema en los ojos, y de repente Helen pensó en lo espantoso que debía de ser eso. Con razón era tan gruñona. Si Helen estuviera vieja y dolorida y tuviera que vestirse permanentemente de negro y vivir entre sombras, no cabe duda de que también se irritaría con facilidad. Siempre lo decía abuela Kate, que una nunca sabía cómo era vivir en la piel de otro y que por eso estaba mal juzgar a los demás. Sólo Dios podía hacerlo porque sólo Dios era capaz de sondear el corazón de las personas.

Pero ¡qué alivio cuando su padre consultó el reloj y se puso de pie! Una vez hechas las despedidas salieron de la casa y fue como si hubieran pasado no una hora sino una semana entera dentro. Aunque hacía un día invernal y el cielo nuboso empezaba a descargar, el aire de la calle les pareció luminoso y refrescante.

Compraron las botas de agua: negras para Helen y Kate, rojas para Sally. Papá y la dependienta apretaban ansiosamente las punteras por turnos para asegurarse de que escogían la talla adecuada. A Kate le habría gustado tener unas rojas también, pero no quedaban de su número. Hicieron unas pocas compras más y luego fueron a una cafetería y su padre les pidió salchichas con patatas y un botellín de Fanta a cada una mientras él tomaba más té y una porción de tarta de manzana y se fumaba un cigarrillo. Estaba mucho más animado que hacía un rato.

—Espero no ser como abuela Kelly cuando sea vieja —observó Kate a la vez que sacudía el frasco de kétchup encima de sus patatas.

—Bah, por eso no te preocupes —respondió papá—. Tú serás como abuela Kate, sois como dos gotas de agua, igualitas.

Kate esbozó una amplia sonrisa.

—Entonces la que será como abuela Kelly será Helen —dijo con picardía.

—¡Ni hablar! —protestó Helen, pero su padre se limitó a sonreír.

—Ah, Helen no se parecerá a nadie, ¿verdad que no, corazón?

Después les compró a cada una un tebeo y ciento veinticinco gramos de los caramelos que se exhibían en tarros de cristal: duros con sabor a clavo para Helen, blandos de cereza para Kate y gominolas con forma de bebés para Sally. Compró también una caja de bombones para mamá.

A la vuelta, Sally se quedó dormida en el coche mientras Kate leía su tebeo. A Helen, que volvía a ocupar el asiento del copiloto, le habría gustado leer también el suyo, pero le parecía más educado hablar con su padre para hacerle compañía. Aun así, le agradaba aquel trayecto, sobre todo el momento en que alcanzaban el tramo más elevado de Roguery Road y abajo a lo lejos aparecían el lago Neagh y a su derecha el Beg —que papá llamaba «el lago chico»—, y las montañas en lontananza. Cuando circulaban por esa carretera de noche era como si se dirigieran a una ciudad inmensa, por la cantidad de luces, pero de día se veía que no era más que una serie de poblaciones pequeñas desperdigadas, pueblos y granjas aisladas.

Se preguntó si mamá estaría esperándolos, y cuando el coche se detuvo ante la casa vislumbraron su cara ansiosa asomando por detrás de las cortinas del salón.

CAPÍTULO 5.
LUNES

Llamó a David a su casa y no al estudio de televisión porque, si a esas horas estaba trabajando, significaría que no podría quedar con ella luego, de modo que no tenía sentido tratar de localizarlo allí. Sintió alivio cuando oyó su voz al otro lado de la línea, enérgica y distante cuando pronunció su número y cálida en cuanto se dio cuenta de quién llamaba.

—Helen, ¿cómo estás?

—Bien —respondió ella con rigidez.

Era una especie de código que habían desarrollado entre los dos para que David entendiera al instante que Helen no estaba a solas y adivinara —y con seguridad acertara— que Owen, el colega de Helen, andaba por allí y no podría evitar oír la conversación de su compañera de despacho. Lo que David no sabía en esta ocasión era que hoy Helen estaba especialmente sensible a este respecto porque había metido la pata unas horas antes: una bronca escandalosa e imprudente con su madre que la había llevado a perder los estribos y colgar de tal manera que Owen no pudo por menos que oírla, y eso que estaba en la sala contigua. Abochornada, se había arrepentido nada más soltar el auricular, de ahí su prudencia excesiva en aquel momento.

—Te llamaba por si te apetece pasarte un ratito esta tarde.

—¿Estás de bajón? —quiso saber él.

—Bueno, he estado mejor, lo reconozco —repuso ella en tono monocorde, frunciendo el ceño y garabateando prietas y marcadas cuadrículas negras entre las teclas del teléfono.

David dijo que iría con mucho gusto.

—Steve está en Londres esta semana, así que de todos modos estoy solo.

—¿Qué te parece si pido chino? —Lo oyó soltar un juramento en el otro extremo de la línea y sonrió—. No, espera, creo que tengo un pastel de algo en la nevera. ¿O eso me lo comí ya? No me acuerdo.

—Mira, no me lo iba a comer aunque siguiera ahí. Yo me encargo de llevar algo.

—Tengo un vino muy rico.

—Qué me dices.

—Un regalo. —En cualquier otra circunstancia, le habría explicado que se lo había traído Cate de Londres, pero hoy no le apetecía mentar a su hermana—. Un burdeos.

—¿De qué añada?

Helen se echó a reír.

—¿Y yo qué narices sé? Lo tengo en el coche, no me acuerdo. Total, que nos lo bebemos esta noche. Ah, y con respecto a la comida, mejor algo sencillo, nada que requiera demasiada elaboración, ¿eh?

—Descuida. Conozco tu cocina.

—¿Nos vemos a partir de las siete?

—A las siete, perfecto. Chao.

Eran poco más de las seis y media cuando Helen dejó el coche en el aparcamiento de delante de su casa. Como era habitual los lunes, tenía que sacar bultos del maletero, pues por la mañana había ido a trabajar directamente desde la casa familiar. El coche emitió un pitido cuando lo cerró. Helen vivía en una urbanización de adosados de lujo al pie de Ormeau Road. «Es algo así como un complejo residencial, para ser sincera», solía decir; un comentario que irritaba a Owen, que vivía en una casa parecida no muy lejos de Helen. Le gustaba, eso sí, que sus amigos y colegas estuvieran cerca: David y Steve, a un par de calles de distancia. Había comprado la casa por motivos económicos y por la aún más prosaica razón de que necesitaba un sitio donde vivir, pero no sentía vínculo emocional alguno con ella, ni ganas. Antes incluso de adquirirla le había comentado a su madre que no le veía mucho carácter, y su madre se había mostrado de acuerdo: «Las casas nuevas no saben lo que es eso». Sin embargo, el horror de lo que le había sucedido a su padre se agravaba por el hecho de haber ocurrido en casa de Brian. Recordó entonces un sueño de unos años atrás, en la época de la universidad, en el que veía la casa de Brian arder por los cuatro costados y lloraba porque nunca más entraría en ella. Y ahora, aunque la casa estaba intacta, para ella había desaparecido. Poco a poco fue apreciando la esterilidad de la vivienda de Belfast: como se había mudado tan pronto como los albañiles recogieron sus bártulos, estaba convencida de que a nivel psíquico era un espacio en blanco.

Podría haber puesto un poco más de su parte para hacerla cómoda, y Helen lo sabía. El mobiliario se limitaba a lo básico. «En realidad no tiene nada de malo», le dijo Cate la última vez que la visitó; «es sólo que está desangelada». Con razón, pensó Helen: la combinación de pulcritud clínica y ambiente glacial del salón principal siempre llamaba poderosamente su atención cuando volvía de pasar el fin de semana en casa. Sabía que necesitaba más fotos, más alfombras, más cosas, era una mera cuestión de desearlas y de tomarse el tiempo y la molestia de salir a buscarlas.

Sacó las botellas de vino, las dejó sobre la mesa del salón y subió las maletas al dormitorio para quitarse la ropa de trabajo. Cualquiera que viera su habitación (y ya se encargaba ella de que no la viera nadie) habría quedado boquiabierto ante el contraste con el resto de la casa. Abrió la puerta, con mucho esfuerzo, pues una pila de periódicos y revistas políticas volcada había bloqueado la entrada. Se abrió paso con cuidado por el suelo sembrado de tazas de café sucias, discos compactos, libros y zapatos desparejados hasta la cama, donde puso la maleta bocabajo y la sacudió para vaciarla de su contenido, tras lo cual hurgó en busca de la sudadera, las deportivas y los vaqueros. Se puso cómoda y, a continuación, colgó el traje que acababa de quitarse en el armario que había al final de la escalera, donde atesoraba las prendas sobrias que vestía para trabajar. La mayoría de las tardes comía algo rápido en la cocina y pasaba el resto de la velada arriba. Allí tenía un televisor, y un reproductor de CDs, y su sillón preferido, uno viejo que le cedió su madre cuando compró el tresillo para el salón.

Volvió al dormitorio, cogió un CD de cantatas de Bach y lo metió en el aparato. La música era su obsesión personal. Con David compartía la afición por las películas antiguas, y la compartía de forma literal, pues de vez en cuando quedaban para ver cintas de cine negro, aunque desde que Steve se había mudado con él ya no lo hacían tan a menudo. La música, en cambio, era algo sólo para ella, y algo muy necesario. Se sentó y se abstrajo de tal modo en las estructuras puras y formales de las cantatas que cuando, de buenas a primeras, sonó el timbre levantó la cabeza con fastidio preguntándose quién sería, hasta que se acordó de David.

—¿Seguro que estás preparado para esto? —le dijo plantada delante de la puerta cerrada de la cocina.

David asintió.

—Hace ya tiempo que sé que tu idea de llevar una casa consiste en comprar en Crazy Prices un cargamento de queso, fruta y demás, meterlo en la nevera y luego cenar pizza a diario. Los alimentos se echan a perder y cuando ya están irreconocibles los tiras a la basura y vuelta a empezar. No me cansaré de decirte que las cosas no son así.

Helen esbozó una sonrisa triste.

—Te equivocas. El problema es precisamente que he estado cocinando.

Abrió la puerta y hasta David abrió los ojos como platos ante la visión del cubo a rebosar, el fogón pringoso y el fregadero hasta el borde, de cuya agua grasienta sobresalía un bosque de mangos de sartenes. Helen levantó la parrilla como si fuese a redimirse encontrándola milagrosamente limpia, pero estaba encostrada de grasa endurecida. Hizo una mueca y soltó de nuevo la plancha en el hornillo.

—¿Tu casa? Un auténtico palacio en miniatura, ya lo creo que sí —observó David.

En los meses inmediatamente posteriores a la muerte de su padre, Helen se volcó con frenesí en su vida social porque le daba pavor quedarse a solas con su dolor. Amigos y colegas compasivos la invitaban a cenar en sus casas o proponían salir a beber y ella aceptaba todas las invitaciones sin pensárselo demasiado, incluso la de una fiesta navideña en casa de Owen. Fue allí donde conoció a David, al que reconoció de la televisión, pero también porque ya lo había visto en alguna que otra ocasión en restaurantes y bares de hoteles de la ciudad, así como en la sala de prensa de los juzgados. Cuando los presentaron, ella lo saludó con sequedad. La velada se vio interrumpida una y otra vez por los llantos del hijo pequeño de Owen y su esposa, Mary, a través del monitor para bebés, hasta que, por fin, Mary claudicó y llevó al crío a la sala donde se celebraba la fiesta. En cuanto lo depositaron en su parque dejó de llorar y se entretuvo con los juguetes. David y Helen lo vieron coger una taza roja de plástico y girarla en las manos, ensimismado, como si se tratara del objeto más fascinante que uno pudiera imaginar. De pronto la dejó caer y agarró un bloque de construcción de plástico azul. La taza roja rodó, olvidada, mientras el niño contemplaba el nuevo objeto con el mismo interés absorbente que había manifestado segundos antes por la taza.

—Va para periodista —dijo Helen.

—¿Y eso?

—Da muestras de poseer la capacidad de concentración que requiere el oficio.

—Veo que no nos tienes en muy alta estima.

—La mayor parte del tiempo no sé ni cómo sois capaces de vivir con vosotros mismos.

—No estás siendo justa, y lo sabes —le reprochó él.

—¿Tú crees? —repuso Helen percatándose de que David parecía dolido, lo que la desconcertó, pues ella sólo pretendía chincharlo.

No aguardó su respuesta; se encogió de hombros, dio media vuelta y se alejó.

Aquella noche, ya en casa, pasó largas horas desvelada, reflexionando sobre el tratamiento que habían dado los medios de comunicación al asesinato de su padre, un tema que nutría en ella una rabia honda y parsimoniosa. El día después del funeral fue a hacer unas compras a McGovern's, en Timinstown, y vio que en la portada de uno de los periódicos norirlandeses que había encima del mostrador salían Sally y ella abrazadas, llorando al pie de la sepultura. Asqueada, mareada, furiosa, todo a la vez, notó cómo se le descomponía el semblante. La señora McGovern, avergonzada, reaccionó doblando el periódico para esconder la foto. «Qué les costaría entender que bastante ha pasado ya la familia como para encima aguantar esas cosas», comentó, y Helen se limitó a mirarla, incapaz de articular palabra. Aquel mismo día, Rosemary y Michael fueron a verlas y Rosemary les contó, muy apurada, que durante el entierro una muchacha se le acercó y le dijo: «La pobre Cate está fatal, ¿verdad?». Por el tono de confianza que había empleado, dio por hecho que sería una amiga íntima de las hermanas y contestó: «Pues sí, pero para mí que Helen es la que se está llevando la peor parte». Se quedó de una pieza cuando, poco después, vio que la mujer tomaba notas en un cuaderno y cayó en la cuenta de que era una reportera y no una amiga de la familia. Sin embargo, lo peor de todo fueron los tabloides británicos, que informaron del crimen con frialdad y sin atisbo de compasión, centrándose principalmente en que Brian era miembro del Sinn Féin y el suceso había ocurrido en su casa, de lo que se deducía que el fallecido se lo había buscado. A insistencia de su madre, habían elevado una queja formal que fue desestimada. Helen sabía que así sería: estudió con lupa los textos y sus conocimientos jurídicos le decían que los periodistas habían sido la mar de listos: el tono era hostil, pero no se formulaban acusaciones específicas. Culpable por asociación. Aun así, todas se lo tomaron muy a pecho, en especial su madre, una mujer para quien hasta entonces el rencor había sido un sentimiento desconocido.

Al día siguiente de la fiesta, Helen le dio las gracias a Owen por la invitación.

—Anda, déjate de rollos. ¡Para ti fue un mal trago, reconócelo! Te vi en plena pelotera con David McKenna. No es mal tío, Helen, créeme. Él también ha pasado lo suyo.

—Se me parte el alma —murmuró Helen.

—En serio: Mary y él se conocen desde niños, se criaron en la misma calle. —Normalmente, Owen y Mary no hablaban de los orígenes de Mary. Helen sabía que pasó la infancia en un adosado minúsculo en una calle de Lower Falls; sabía también que era un tema tabú, por eso le sorprendió aún más lo que le decía Owen—. Al padre de David también lo mataron, un tipo que nunca anduvo metido en nada, y David era un mico cuando aquello pasó. La madre se quedó sola con cinco bocas que alimentar. Nadie mejor que yo conoce los motivos por los que no tragas a los periodistas, y no te falta razón; algunos son unos capullos de primera categoría. Pero David es un tío decente. No es el peor de su calaña ni de lejos.

Helen escuchó a Owen sin mediar palabra. Estuvo dándole vueltas durante todo el día y cuando se disponían a cerrar el despacho aquella tarde le pidió el número de David.

—Te debo una disculpa —le dijo cuando lo llamó por la noche.

—Ya lo creo que sí —repuso David—. Me debes también una explicación, y lo mínimo sería que me invitaras a una copa.

Recibió con gratitud su tono duro y seco, porque a esas alturas estaba ya empachada de la compasión que rezumaban los demás; y cuando unos días más tarde quedaron en un pub del centro, el tono entre ellos seguía siendo cortante y nada sentimental. Pidieron dos Bushmills dobles y pagó Helen.

—Sé lo que le pasó a tu padre —le soltó él sin paños calientes—. Leí los reportajes. Así que te voy a contar lo que le pasó al mío. Era electricista y trabajaba a tiempo parcial con un amigo suyo carpintero. Una mañana de invierno, mientras se dirigían a una chapuza que les había salido en las afueras de la ciudad, por Hannahstown, les tendieron una emboscada. Los obligaron a parar la furgoneta en el arcén, los sacaron del coche, les pegaron un tiro en la cabeza y allí los dejaron. Nunca hubo detenidos ni acusados. El amigo de mi padre era del IRA, un mandamás, según supimos más tarde. Le montaron un funeral paramilitar con todos los honores. Mi padre no era ni del IRA ni de nada. Cinco críos dejó. Yo era el mayor. Tenía doce años. Él, la misma edad que yo ahora: treinta y seis. Mi madre estuvo a punto de perder la cabeza. Tiempo después me contó que no era sólo que lo echara de menos, que había algo más que la soledad, aunque eso también contaba. Mis padres se entendían de maravilla; ni siquiera los recuerdo discutiendo o peleando. Mi madre me confesó que la aterraba la mera idea de criar a cinco hijos sola, mantenernos, darnos una educación y evitar que nos metiéramos en follones. En fin, eso daría para otra historia. La cuestión es que, en los artículos de prensa, a mi padre lo metieron en el mismo saco que al otro, sin hacer distingos. Según los periódicos, dos terroristas recibieron su justo castigo y nadie iba a malgastar ni una pizca de compasión en ellos. El hermano de mi padre se quedó hecho polvo, y yo también. Yo era sólo un crío, pero sabía que ni era verdad ni era justo. Mi tío quiso presentar una queja, pero mi madre le pidió que se olvidara del asunto. «¿Quién se va a preocupar por gente como nosotros, que no tenemos ni dónde caernos muertos?», le dijo. «¿Tú te crees que a los que escriben en los periódicos les importa lo que pensamos, lo que sentimos? Bastante tengo con haberme quedado sola en esta casa llena de niños como para perder el tiempo poniendo quejas que sólo servirán para que se rían de mí a mis espaldas». Por eso decidí que de mayor sería periodista; que al menos habría una persona que contaría la verdad. —Se echó a reír—. ¡Qué quieres, era un chaval de doce años!

—Hay una cosa en la que nunca había pensado hasta que mataron a mi padre: en lo duro que es para los servicios de emergencia. Da igual lo formados que estén, lo aptos que sean para su trabajo. Debe de ser demoledor afrontar tantos horrores.

—Qué me vas a contar —repuso David—. La gente no sabe de la misa la media.

Fue un sacerdote quien les dio la noticia a la madre de Helen y a Sally. Después de Brian, fue él el primero en llegar a la casa. Era un cura de veintipocos años que acababa de ordenarse en la primavera de ese mismo año, hijo de banquero, criado en un hogar con todas las comodidades en el condado de Down; en la universidad había ganado una medalla de oro en Griego y luego había pasado un año en Roma. Era un joven amable, idealista, de buen corazón, y jamás en su vida había visto nada parecido a lo que descubrió en la cocina de Brian y Lucy aquella noche de finales de octubre. Sally le contó a Helen tiempo después que les dio lástima aquel muchacho al que se le quebraba la voz tratando de consolarlas; su paz y su serenidad se hicieron añicos después de lo que vio.

—Supongo que a ese respecto tuve suerte desde el principio —añadió David—, si es que a eso se le puede llamar suerte. Desde primera hora supe que lo que estaba pasando aquí no tenía nada de emocionante ni de fascinante. En honor a la verdad, dudo mucho que ningún periodista local crea tal cosa. Casi todos han crecido aquí, se conocen el paño. Cuando las cosas se ponen especialmente feas, esto se llena de informadores extranjeros durante un tiempo, pero, en lo que al conflicto respecta, nadie lo ha considerado nunca un tema «de moda».

Puede que fuera distinto en los sesenta, a primeros de los setenta, cuando abundaban la lucha callejera, los disturbios, pero, para el resto del mundo y para los medios de comunicación globales, está demasiado localizado. Al trasfondo le falta exotismo, y de todos modos nunca ha llegado a ser una guerra en toda regla. Que una noche fría y desapacible aparezca un cadáver en un camino anegado en algún lugar de Tyrone, por decir algo, no es como para tirar cohetes.

David reconoció que el sector te volvía cínico. Cuando la cifra de asesinados se acercaba a un número redondo, te sorprendías preparando lo que dirías al cabo de un día o dos, cuando se alcanzara tal cifra. Una vez le confió este pensamiento a un amigo fotógrafo, que le dijo: «Tú toca madera para que no te toque a ti».

—Pero es algo que está en la naturaleza misma de la profesión —argumentó Helen—, en el hecho de coger un suceso y convertirlo en noticia y que eso sea todo: armar noticias a partir de unos pocos hechos y presentarlas como si esa interpretación fuera la verdad absoluta. Eso es justo lo que no soporto.

—¿Y qué alternativa propones? ¿Prefieres que no se sepa nada? ¿En serio habrías preferido que se ignorara la muerte de tu padre? Todos los periodistas de actualidad son conscientes de los problemas inherentes a la profesión, créeme. Tratar de conseguir el equilibrio adecuado en casos como el que comentas, entre informar con precisión y honestidad por un lado y mantener la dignidad de las personas y no agravar el sufrimiento por otro, es una cuestión clave del oficio, y eso lo sabe todo el mundo.

—No te creo —replicó Helen—. Hay muchísimos reporteros a los que les trae sin cuidado. No tienen ninguna empatía; tampoco ni pizca de imaginación. El medio es un arma de doble filo en sí mismo, ése es el problema. No es apto para abordar complejidades ni se encuentra cómodo con la paradoja o la contradicción, he ahí el quid. En mi opinión.

Habían discutido el asunto muchas veces desde aquella primera noche, y en lo más que cedía Helen, incluso ahora, era en que se trataba de un mal necesario.

—Es como la política —decía—, en la medida en que atrae a gente de dudosos méritos. Alguien con un mínimo de decencia y escrúpulos no querría tener nada que ver con la profesión. Y para hacer carrera en ambos terrenos se necesitan atributos negativos, atributos que no hablarían bien de ti en ningún otro ámbito. Sin embargo —otorgaba cuando David empezaba a protestar—, hay excepciones. Te reconozco que hay quien se mete tanto en periodismo como en política con las mejores intenciones, personas sinceramente comprometidas con el propósito de ser un motor para el cambio, un motor para el bien, que no sólo buscan perpetuar el *statu quo* o llenarse los bolsillos.

David le había contado que nunca había querido trabajar para ningún periódico de Irlanda del Norte porque habría sido predicar al converso: cada parte compraba y leía la prensa que expresaba sus propios prejuicios.

A lo largo de los meses siguientes, Helen siguió sus reportajes sin dejar de preguntarse cómo se las arreglaba sin ser más cínico. David no mostraba la frialdad absoluta que ella había advertido en otros periodistas que conocía, para quienes la profesionalidad lo era todo, daba igual que cubrieran un asesinato o un concierto de Van Morrison mientras fuera una pieza bien presentada.

Una tarde, más o menos seis meses después de que se conocieran, David la llamó y le preguntó si podía ir a su casa. Le explicó que había pasado algo y que no le apetecía estar solo ni con colegas. Helen respondió que por supuesto; cuando él llegó, ella hizo café y le dio espacio para que se desahogara a su debido tiempo.

—Es por una noticia que me han mandado cubrir este mediodía —le explicó—. Después de todo lo que he visto en el ejercicio de mis funciones, no creía que nada pudiera dejarme tan hecho polvo, así que me he quedado muy conmocionado, aparte de todo lo demás.

—¿Qué noticia? —preguntó Helen sin mirarlo a los ojos. Cuando David retomó la palabra, le pareció que estaba a punto de echarse a llorar.

—Anoche mataron a uno. Protestante, vivía en una zona mixta, era taxista, cogió a un pasajero que lo obligó a salirse de su territorio y le reventó la cabeza. Un cabrón esta mañana en la oficina va y dice: «En fin, viviendo donde vivía, trabajando en lo que trabajaba, ¿qué se esperaba?». ¡Joder, me he puesto hecho una fiera! Y esta tarde me ha tocado ir a entrevistar a la viuda. Quería hablar con los medios, hacer un llamamiento público para que no hubiera represalias. Estaba sentada en el sofá de su casa, con sus tres hijos y la madre, todos destrozados de tanto llorar. La mujer, completamente aturdida, no paraba de decir: «¿Qué voy a hacer yo ahora, sola con tres críos? ¿Cómo voy a salir adelante?». Y lo preguntaba con sinceridad, como si el cámara o el tío de sonido pudieran darle una respuesta pragmática. Mi madre decía lo mismo, palabra por palabra, cuando mataron a mi padre. Lo he revivido todo. —Apoyó la cabeza entre las manos y se quedaron allí en silencio—. Era como ver de nuevo lo que le pasó a nuestra familia, sólo que ahora, siendo adulto, percibo realmente las repercusiones. Hay algo ahí que... que no se acaba ni tiene fin. ¿Entiendes lo que te quiero decir?

Helen lo entendía.

—He salido de la casa temblando, procurando disimular para que mis compañeros no se dieran cuenta. Y he pensado: no puedo seguir trabajando en esto. No puedo ir a más funerales, ni hablar con más viudas, ni con padres a los que les han matado a un hijo. No puedo, Helen.

Helen sabía que sí podría, pero sabía también que no era el momento de decírselo. Sabía que, a la mañana siguiente, David consideraría todo aquello como un lapso de debilidad, y por eso había recurrido a ella, porque Helen conocía esa sensación de abatimiento hastiado que provocaba trabajar en un ambiente implacablemente negativo. Por su trabajo, y por su vida, ella era consciente de la suerte que corrían tanto las víctimas como los verdugos, y ambas eran temibles.

A la mañana siguiente, cuando Helen encendió la radio, oyó que habían matado a un hombre católico en la zona de Markets. Los UFF[4] reivindicaron el asesinato, en venganza por el taxista.

[4] Luchadores por la Libertad del Úlster (Ulster Freedom Fighters), grupo paramilitar lealista fundado en 1974.

Casi un año más tarde, Helen le dijo a David:

—¿Te acuerdas del taxista al que asesinaron? Han acusado a un tipo, un chico joven, Oliver Maguire.

—Eso he oído.

—Lo defendemos nosotros.

Helen le había comentado a Cate un día que lo más ingrato de la treintena era lo complicado que se volvía entablar amistades. Aunque la gente no se diera cuenta, sus vidas se cerraban como flores al atardecer, se enrigidecían en el cemento de la profesión, el matrimonio, los hijos, la hipoteca, los fondos de pensiones y los seguros de vida. Con veinte años todo estaba aún por decidir, pero, para cuando llegaban los treinta, las decisiones estaban tomadas; las esperanzas y los proyectos habían prosperado o se habían frustrado. Cada cual empezaba a evaluar si a sus conocidos les había ido tan bien como esperaban y admiraban sus éxitos o eludían sus fracasos en consecuencia. Del mismo modo, buscaban en el otro consuelo y apoyo en su suerte; y por más que esta ansiosa valoración de los demás fuera por lo común inconsciente, no por ello resultaba menos minuciosa. De lo que no cabía duda era de que pasaba factura a las amistades. Helen descubrió que su relación con personas que conocía desde la universidad se enfriaba y menguaba de acuerdo con estas leyes sociales que eran, según llegó a comprender, tan estrictas como las de la física.

Con los amigos de la niñez era otro cantar. Al margen de las diferencias sociales, de clase, de ingresos o profesionales, con ellos eran inexistentes esos obstáculos que siempre estaban ahí en el caso de los demás. Helen seguía sintiéndose a gusto con sus primos o con personas como Willy Larkin, compañero del colegio con el que a veces se encontraba cuando regresaba a casa los fines de semana. Quizá era simplemente que si conocías a alguien desde su infancia lo habías conocido en su etapa más vulnerable, y eso es algo que no se olvida.

En cuanto a David, lo más curioso de todo era que su amistad poseía ese mismo carácter. Acaso el hecho de que la niñez de él terminase tan de sopetón tenía su importancia; la rememoraba y la describía con tal lujo de detalles, y con una facilidad tan pasmosa, que, a partir de sus relatos, Helen pudo completar la pobre imagen que tenía de la ciudad en los sesenta. Ella no le correspondía hablándole de su propia infancia. Sospechaba que a David no le habría interesado, y no le parecía mal, pues prefería conservarla en la esfera de lo privado, para sí misma y sus hermanas.

El otro rasgo que evidenciaba una intimidad particular entre ellos era el hecho de que fueran capaces de discutir e intercambiar insultos sin peligro de que la amistad se malograra. Helen le reprochaba su vanidad, el peso que otorgaba a su aspecto y su atuendo, una cuestión que trascendía con mucho la mera necesidad de desempeñar su trabajo con buena presencia. Nada lo complacía más que ser reconocido en público. La primera vez que Helen fue testigo de ello, le costó creer que el ingenuo deleite de su amigo fuese sincero: «¡Mira! ¡Ésos nos están mirando y no paran de cuchichear! Me han reconocido, saben quién soy. No, no los mires, haz como si no nos hubiéramos dado cuenta».

«Seguramente estarán comentando lo viejo y estropeado que estás en la vida real, en comparación con la imagen que das por televisión», repuso Helen. Lo reconvenía por su nerviosismo (y él admitía que tenía un problema a ese respecto) hasta el punto de arrancarle de las manos servilletas de papel o flores que él hacía añicos casi sin percatarse. Por su parte, ella encajaba comentarios del tipo: «Hay una monjita dentro de ti, una auténtica monjita remilgada, no me digas que no», o le señalaba que era un desastre y que necesitaba que alguien la metiera en cintura y la llevara por el buen camino, sólo que con tan malas pulgas no era de extrañar que no hubiera una cola de candidatos esperando. «Vete al carajo», le espetaba ella, y él respondía: «¿Ves?».

Mientras David preparaba la cena, Helen se preguntó qué iba a contarle sobre Cate, si es que le contaba algo. Seguro que le preguntaba por qué había estado tristona esa tarde, y no tenía ningún sentido despacharlo con un embuste, porque David siempre sabía cuándo Helen le ocultaba la verdad. Por supuesto, le hablaría del tema, quizá incluso en profundidad, pues compartían con franqueza sus preocupaciones, pero era demasiado pronto, se dijo. No sólo porque si comentaba el asunto con él antes de hablar con Cate estaría traicionando a su hermana, sino también porque no sabía cómo se lo había tomado ella, y si formulaba un sencillo «Cate está embarazada» parecería una insignificancia, y Helen no estaba nada segura de que lo fuera y, si no lo era, entonces ¿qué era? Se preguntaba cómo lo veía la propia Cate, y sospechaba que estaría secretamente encantada, aunque durante un par de días, por guardar las formas, fingiría alinearse con el punto de vista de su madre, a saber, que le había caído encima una desgracia. Al hilo de estos pensamientos, se acordó de su madre y se estremeció al pensar en cómo se había dirigido a ella ese mismo día. Subió a su dormitorio y marcó el número de casa. Contestó Sally.

—Qué bien que hayas llamado, pensaba darte un toque más tarde.

—Quería pedirle perdón a mamá por haberle hablado mal antes.

—Le daré el recado, pero te digo la verdad: es lo mejor que podías hacer. Se ha quedado más suave que un guante —dijo Sally con parsimonia—. He vetado a Cate como tema de conversación para lo que queda de día, y procuraré que durmamos todas a pierna suelta. Lo que te quería preguntar era si te parece bien que Cate vaya mañana a Belfast y duerma allí contigo.

—Claro, sin problema. Dile que se pase por mi despacho a recoger la llave, si llega antes de que yo haya terminado de trabajar.

—Mil gracias, Helen. Mi intención es que mamá pase algo de tiempo lejos de Cate ahora mismo, para que se haga a la idea de lo que está pasando, y poder hablar con ella a solas.

—¿Seguro que es buena idea?

—Hazme caso, en serio, sé lo que me hago. Oye, y no te preocupes. Obviamente hoy ha habido muchas lágrimas, pero ya pasará, todo saldrá bien.

Cuando volvió al salón sintiéndose bastante mejor de lo que hubiera esperado, David estaba terminando de colocar los platos con ensaladas y fiambres. Tal como suponía, estaba impresionado con el vino.

—Ha sido un regalo de Cate, que ha venido este fin de semana. Se ha metido en un embrollo y estamos todas un poco soliviantadas, pero ya te contaré la próxima vez que nos veamos. —Él asintió y optó por no insistir—. ¿Y Steve y tú cómo estáis? Hoy me contabas que se ha ido otra vez a Londres.

David torció el gesto y suspiró.

—No sé qué pensar, la verdad. Estará fuera una semana. Se supone que por trabajo, pero sé que es una excusa. Digamos que las cosas están exactamente igual que antes, sólo que entonces iba yo allí para verlo siempre que podía, y ahora es él quien vuelve siempre que puede.

La toma de contacto de Steve con Irlanda del Norte y su posterior decisión de vivir allí era un tema en el que Helen se había implicado. Al poco de hacerse amigos, David le contó a Helen que estaba saliendo con un hombre de Londres al que visitaba a menudo porque a él le daba miedo ir a Belfast. «Tú no dejes de proponérselo», lo animó Helen. «Ya cambiará de parecer a su debido tiempo». Hasta que, por fin, Steve decidió asumir el riesgo durante un fin de semana.

El problema fue que a David no le hizo tanta ilusión como Helen esperaba.

—¿Y si lo odia? Ver soldados allá donde mire, y los cuarteles fortificados y toda la pesca le meterán el miedo en el cuerpo. ¿Y si pasa algo? Me refiero: ¿y si hay un atentado o secuestran el coche?

—Hijo mío, pues ha sido idea tuya. Ya no puedes echarte atrás —repuso Helen—. Lo único que está en tu mano es planearlo todo al milímetro y cruzar los dedos para que salga bien.

Se ofreció a ayudarlo y quedaron para debatir largo y tendido qué podía ver Steve y qué debían ahorrarle a toda costa. Steve llegó el viernes por la tarde, y el sábado por la mañana Helen se pasó por casa de David para conocerlo.

—¿Cómo va la cosa? —susurró en un momento en que Steve había salido de la habitación.

—Por ahora, genial. Ningún problema —respondió David, también con un cuchicheo—. No le hizo mucho caso al control del aeropuerto, y en cuanto salimos a la autopista vinimos flechados a la ciudad. Además, la fortuna me sonrió: ya viste la tarde maravillosa que hacía. Belfast Lough parecía un espejo, el sol entre las montañas... una estampa idílica. Steve estaba maravillado ante tanta belleza, lo que en cierto modo compensó la fealdad de la ciudad cuando por fin llegamos. Dice que le recuerda a Mánchester, y por suerte Mánchester le gusta. Por ahora, todo bien. Sólo espero que no se malee el tiempo.

Y el tiempo no se maleó en todo el fin de semana. El lunes, David llamó a Helen al trabajo para confirmarle que las cosas habían salido según sus planes. El sábado fueron a los montes de Mourne y almorzaron en Newcastle. Luego, de vuelta en Belfast, David lo llevó a una salita privada del Crown, donde lo agasajó con Guinness y ostras a discreción.

—¿Y no vio nada que le dejara mal cuerpo?

—No, lo que sí le pasó desapercibido fue mi empeño en que advirtiera lo menos posible. Por el centro nos cruzamos con unos pocos soldados en sus *jeeps*, pero eso ya se lo esperaba. La cuestión es que él esperaba mucho más, un ambiente mucho peor. No, podríamos afirmar que ha sido un éxito rotundo.

Al cabo de unas semanas, David fue a Londres y, nada más volver, se pasó por casa de Helen.

—No sé cómo contarte esto —arrancó—, pero he sido víctima de mi propio éxito. Steve quiere venirse a vivir aquí.

—No sé qué decirte… ¿Felicidades?

—¡No! —exclamó él—. Yo no quería que pasara esto; para nada. Sólo pretendía que viniera de cuando en cuando sin sentirse incómodo.

—Está claro que su gusto por Irlanda del Norte ha superado tus expectativas.

David la miró como si se hubiera vuelto loca.

—¿«Su gusto», Helen? ¿Cómo ha podido desarrollar un gusto por Irlanda del Norte? ¡Si no ha visto nada! El Roscoff, el Crown y los montes de Mourne; ¿cómo puede tomar una decisión basándose en esas tres cosas?

—En ese caso —repuso Helen tras un momento de reflexión—, no te queda otra que proponerle que vuelva y eche otro vistazo, ¿no? —Y esbozó una sonrisa.

Pocas semanas después, Steve volvió. Esta vez, David no enfiló la autopista cuando lo recogió en el aeropuerto, sino que tiró por la montaña Divis, por Turf Lodge y atravesaron Falls Road, en donde le señaló los cuarteles fortificados y todo lo que la vez anterior había procurado disimular.

Aparcó delante de la licorería encima de la que Helen tenía el despacho. «No tardo nada», le dijo, y lo dejó encerrado en el coche. «No te bajes del coche». En ésas, una patrulla a pie del Ejército pasó por allí como si tal cosa, y cuando David regresó se encontró con un Steve justificada y visiblemente angustiado.

El sábado lo llevó de nuevo por la zona oeste de Belfast, lo adentró en el angosto entramado de calles, le enseñó los murales republicanos de Lower Falls y luego se dirigieron a Shankill Road para que viera los murales lealistas. Los «muros de la paz», la fea estructura de chapa ondulada y alambre de espino que separaba ambas comunidades, conmocionaron a Steve más que ninguna otra visión. En el cementerio de Milltown, David le enseñó la profusión de tumbas del IRA y la parcela republicana donde estaban enterrados Bobby Sands y otros participantes en las huelgas de hambre, y le explicó cómo logró llegar a la parte inferior del camposanto, pasando por el «pueblo» lealista, el pistolero que atacó a un grupo de asistentes a un funeral en 1988. En todo el rato que pasaron David y Steve en el cementerio, un helicóptero militar estuvo planeando por encima de sus cabezas, y no paró de lloviznar.

—No ha funcionado —le contó David a Helen una semana más tarde—. Sigue empecinado en venirse a vivir aquí. —Steve no tenía un pelo de tonto. Decía que le había impresionado y deprimido casi todo lo que había visto, pero que se lo esperaba, y que sabía que la primera visita no había sido en absoluto representativa de la situación—. ¿Sabes lo que me dijo? «Me parece a mí que lo que está pasando aquí es casi tanto una cuestión de clase como religiosa». Qué agudo, ¿eh?

A renglón seguido me argumentó que él apenas se expondría al conflicto porque en la parte de la ciudad donde yo vivo estaría a salvo.

—Conque ¿todavía no vive aquí y ya anda repitiendo como un papagayo la cantinela de «donde vivo yo es seguro, pero en tal y tal sitio te descerrajan un tiro en cualquier momento»?

David se encogió de hombros.

—Eso parece. También es que está hasta el moño de Londres. Sospecho que no es un dato baladí. Le ha llamado la atención el alto nivel de vida de aquí, las cantidades de dinero que se mueven en ciertos círculos. No daba crédito a los precios del mercado inmobiliario: aquí te puedes comprar una casa realmente bonita por una mínima parte de lo que te costaría algo similar en cualquier sitio de Inglaterra; de Londres ya ni hablemos. Dice que está harto de perder horas en el metro para ir y volver del trabajo como piojo en costura, que Londres se ha vuelto sucio y peligroso. No, Steve tiene claro que quiere largarse de allí y venirse.

—Quédate con el lado bueno; lo mismo es que esto le gusta de verdad —dijo Helen, pero David negó con la cabeza.

—Se aburrirá. Durante un tiempo irá todo bien, hasta que empiece a echar de menos Londres, se ponga él como se ponga. Créeme, lo conozco. Y otra cosa: la cadena de tiendas de ropa para la que trabaja va a abrir una sede en Belfast y necesitan que venga un encargado de Inglaterra para montarla. Como es lógico, no es que se estén rifando el puesto, precisamente, así que Steve tiene todas las papeletas para que lo designen a él.

—¿Y no será que en el fondo no quieres que viva aquí?

—No, lo que pasa es que no va a salir bien. Sé que no va a salir bien.

—¿Te has planteado tú alguna vez vivir en Londres?

La miró con cara de no entender nada.

—Estás de broma, ¿no? ¿Y qué pasa con mi trabajo? ¿Y si... si me mandaran a cubrir noticias del tipo... el puto congreso de los liberal demócratas? ¿Te imaginas? ¡Señor bendito!

Así pues, Steve se mudó a Belfast y David sólo se equivocó en el tiempo que la novedad tardaría en perder lustre. Steve aguantó seis meses y pico sin refunfuñar, y un poco más hasta que empezó a hacer viajes a Londres.

—¿Ha sido por algo concreto? —preguntó Helen mientras cenaban.

David negó con la cabeza.

—Lo que yo esperaba, nada más. No sé qué va a pasar ahora. O puede que sí, y que ése sea el problema. —Helen rellenó su copa. David estaba retorciendo y deformando el borde de un salvamanteles de mimbre, pero se lo veía tan abatido que, por una vez, le dejó hacerlo—. Qué desastre. La idea era que viniera a cenar para animarte.

»¿Sabes lo que te digo? Que esta noche ponen un documental en la tele por el veinticinco aniversario del inicio del conflicto. Vamos a ver eso, que nos levantará el ánimo.

Lo curioso es que así fue: vieron el metraje en blanco y negro de las manifestaciones y los disturbios con una mezcla de aflicción e hilaridad. Las muchachas lucían minifaldas y melenas largas y lisas; las ancianas, pañuelos en la cabeza.

—Qué anticuado parece todo, hay que ver —comentó Helen—. Una no se da cuenta de lo mucho que han cambiado las cosas hasta que ve algo así.

—También ayuda a entender cómo empezó todo —apostilló David.

La gente de la pantalla tenía un aire cansado y agobiado; era fácil pensar que estaban demasiado acogotados para encarnar una amenaza, y cabía imaginar el estupor que debieron de causar cuando se les acabó la paciencia.

—¿Cuál crees que es la mayor diferencia entre aquella época y el presente? —preguntó Helen.

David respondió sin titubear:

—Nosotros. La clase media católica instruida. No creo que nadie lo viera venir realmente ni reflexionara acerca de las consecuencias, aunque no debía de ser muy difícil de prever.

—Esa gente —dijo señalando la pantalla— no habría sido capaz de concebir que sus hijos llegarían tan lejos en tan poco tiempo.

—Algunos de sus hijos —la corrigió él.

—Todavía recuerdo las arengas de las monjas en el colegio: «Dejaos la piel, niñas, porque tenéis que darle a la sociedad más de lo que vosotras creéis. Necesitamos médicos, enfermeros y profesores universitarios católicos; necesitamos abogados y funcionarios católicos». ¿A vosotros no os machacaban con eso?

—Por supuesto que sí. Insistían mucho más en eso que en la posibilidad de que abrazáramos los hábitos. Y tuvo su influencia, igual que la campaña del IRA ha influido y cambiado más mentalidades de lo que la mayoría de la gente está dispuesta a admitir.

A Helen la entristecieron las imágenes del televisor. Había sido así y, al mismo tiempo, no del todo: el metraje sólo contaba una parte de la historia. Ella recordaba austeridad, aunque en aquel entonces le pasaba desapercibida, y se preguntó cómo se llegaba a la esencia de las cosas, del tiempo que a una le toca vivir, de su sociedad, de una misma. Le resultó extraño que ella, que presuntamente dedicaba su vida a administrar justicia, fuera la única de su familia que no creía en ella como un hecho espiritual, que tal vez no creía en absoluto en la justicia. El documental aún no había terminado, pero no soportó ver ni un minuto más.

Pusieron una cinta y se acabaron el vino. David se marchó hacia medianoche, con la promesa de llamarla a finales de semana.

CAPÍTULO 6

Sally crecía, pero seguía siendo frágil y débil, y bastante más insegura que cualquiera de sus hermanas. A pesar de que las hemorragias nasales se manifestaban cada dos por tres, los médicos aseguraban no poder hacer nada por remediarlas. Decían también que no parecía nada grave y que era probable que se le pasaran al cabo de un par de años. Abuela Kate puso mucho interés en la cuestión, como era su costumbre con todo lo que tuviera que ver con sus nietos. Hizo que Charlie las llevara en coche —a ella y a Sally— al monasterio de Portglenone para pedir a los monjes que rezaran por ella. Kate y Helen quedaron excluidas de la excursión, muy a su pesar. Sally regresó con cara de susto y toda orgullosa porque la abuela le había comprado un devocionario en el monasterio. Traía igualmente unas medallitas azules para sus hermanas que añadieron a las cadenas ya cargadas que llevaban al cuello. Pasado un tiempo, abuela Kate se enteró de que una vecina de Ardboe conocía un remedio para las hemorragias nasales y convenció a Emily y a Charlie de que había que llevarle a Sally. Esta vez, Helen y Kate exigieron acompañarlos, y para su sorpresa ni su padre ni la abuela pusieron objeciones.

La abuela había conseguido el número de la mujer y llamó para asegurarse de que aquella tarde las recibiría, porque qué sentido habría tenido hacer el viaje en balde como idiotas, dijo. La señora le dio instrucciones muy precisas para que localizara su casa, que resultó ser una vivienda pequeña y anodina con tejado de chapa escondida al final de un camino lleno de baches. «Vosotras quedaos aquí y portaos bien», les ordenó su padre a Helen y Kate en un tono que no daba lugar a discusiones. Él escoltó a la abuela y a Sally a la casa, que se los tragó a los tres.

Los minutos se alargaban como horas. Siempre sucedía lo mismo cuando te dejaban esperando en el coche. Kate se puso a toquetear el cierre de la puerta y masculló:

—Seguro que a Sally no le pasa absolutamente nada. Seguro que ha descubierto la manera de hacer que le sangre la nariz cuando se le antoje para llamar la atención. ¿No te has fijado en que siempre le pasa cuando está haciendo sumas en clase o cuando estamos a punto de salir a misa o cosas así? Nunca en casa de tío Brian, cuando nos juntamos todos a ver la película de los domingos por la tarde, ni en casa, cuando mamá nos prepara tostadas francesas, y nunca jamás en casa de abuela Kelly, porque Sally sabe que la abuela perdería los papeles si le mancharan el sofá de sangre.

Se quedaron mirando a un puñado de gallinas esmirriadas que picoteaban cerca de la puerta de la casa. Durante cinco minutos guardaron un silencio tan profundo como si estuvieran en una iglesia.

—Qué te apuestas a que llevamos ya más de una hora aquí —dijo Kate.

—¿Qué le estará haciendo a Sally esa mujer? —preguntó Helen con deleite.

Habían oído hablar de remedios alternativos. Se decía que al hermano de abuela Kate le administraron uno para las torceduras y los esguinces que consistía en atar el brazo o la pierna afectada con tallos de linaza y pronunciar unas oraciones especiales; pero sabían de otras curas aún más interesantes y dramáticas: tratamientos para orzuelos a base de espinas de grosellero, y otro para la culebrilla en el que se sacaban del fuego dos tizones ardientes y se formaba una cruz con ellos. Hasta que Sally volvió, pasaron el rato fabulando acerca de los remedios a los que la mujer la estaría sometiendo, curas a base de bostas de vaca, ortigas, huevos crudos y similares, riendo como histéricas de sus ocurrencias.

Al igual que la casa en la que vivía, la curandera era una persona completamente anodina: la vieron cuando Sally, la abuela y su padre salían y ella se despidió desde la puerta. Helen y Kate exigieron saber de inmediato qué se habían perdido:

—¿Qué te ha hecho esa mujer, qué ha dicho?

—No se lo puedo contar a nadie —aseveró Sally con aire de suficiencia—. Si no, el remedio no funcionará.

—¡Lo que yo decía! —exclamó Kate.

Sin embargo, el resto de la tarde no fue tan decepcionante como se anunciaba, porque, cuando su padre paró a repostar, salió de la gasolinera con patatas fritas y bombones en una bolsa de papel marrón que depositó en el asiento trasero sin las condiciones ni las instrucciones que su madre habría añadido al gesto. Le quitó el celofán a un paquete de Senior

Service y se encendió un pitillo entrecerrando los ojos de una forma que a Helen le encantaba. Se había prometido a sí misma que empezaría a fumar en cuanto tuviera edad suficiente, pero sabía que no debía decírselo a nadie. Le gustaba el olor de la cerilla cuando su padre la agitaba para apagarla.

Entonces, abuela Kate propuso que fueran a ver la cruz de Ardboe, porque quedaba sólo un poquito más adelante y habría sido una pena llegar hasta allí y no verla, sobre todo con la tarde tan buena que hacía.

—¿Habéis estado alguna vez? —les preguntó a las niñas.

—Sí, pero nos encantaría volver —dijo Kate.

Por eso, en lugar de regresar directos a casa, circularon un rato más por carreteras angostas bordeadas por altos arbustos. Su padre aparcó justo al lado de la cruz, que estaba rodeada de barandillas. La erosión en la superficie de la piedra había vuelto indistinguibles algunas de las escenas bíblicas grabadas en la cruz. Su padre señaló y nombró a Adán y Eva, las bodas de Caná, el Juicio Final. No importaba que las imágenes no fueran del todo visibles, pensó Helen: bastaba con que la cruz estuviera allí. Pensar que llevaba cientos de años ahí plantada la fascinaba casi tanto como fascinaba y maravillaba a su padre. Él adoraba la historia, era su tema de conversación predilecto. Tío Brian también hablaba mucho de historia, pero ella nunca habría afirmado que la adoraba. Había una diferencia, aunque no supiera explicarla ni definirla. Para su padre se trataba de la fascinación de pensar en las personas que habían vivido cientos, incluso miles de años antes donde él vivía ahora; algo tenía la curiosa combinación de cercanía y distancia que conquistaba su imaginación más que cualquier otra cosa. Una vez las llevó a ver la cabeza de alce que había aparecido cerca de Toome unos años atrás: un amasijo gris y huesudo con una cornamenta gigantesca y las cuencas de los ojos huecas que les dio un susto de muerte. «¿Os imagináis un bicho así paseándose por aquí? ¿No es la bomba?». Helen no olvidaría jamás su voz sollozante de entusiasmo. «¡El mundo es un sitio maravilloso!». De vez en cuando el periódico dedicaba una columna a hallazgos que algún granjero había hecho en sus tierras: una espada vikinga, un caldero lleno de monedas, incluso una canoa de la Edad de Hierro, y él siempre les pedía que atendieran y les leía el texto.

—¿Te gustaría que te pasara algo así? —le preguntaba mamá.

—Moriría feliz, eso seguro —contestaba él.

Traspasaron la cancela para acceder al cementerio que había detrás de la cruz. Junto a una iglesia diminuta en ruinas, el camposanto daba a la anchurosa inmensidad del lago. Hacía una tarde cálida, pegajosa, y abuela Kate se abanicó la cara con la mano para espantar los mosquitos que zumbaban a su alrededor. «Qué bochorno se ha metido, ¿eh?», protestó. «No me sorprendería nada que cayera una tormenta». El cielo descomunal estaba cargado de nubarrones azul oscuro y, a pesar de lo tarde que era, todavía brillaba una luz potente y extraña que alumbraba los árboles y el ganado blanco y negro que pastaba en un prado más abajo del cementerio. Cuando oyeron sus voces, los animales levantaron la cabeza y echaron a andar despacio para averiguar qué estaba pasando.

Charlie se metió la mano en el bolsillo de la chaqueta y sacó un puñado de calderilla. Les dio un penique a cada niña para que lo encastraran en el árbol del fondo del cementerio. Desde lejos no tenía nada de extraordinario, parecía incluso algo raquítico, pero según te acercabas veías que el tronco era casi más metal que madera, porque la gente clavaba monedas, alfileres y clavos en él. Papá las ayudó a buscar un sitio para encastrar sus peniques. No fue difícil, pues la madera era bastante blanda.

—No olvidéis pedir un deseo —les dijo la abuela.

—Yo voy a pedir que la nariz de Sally no mejore para que hagamos muchas más excursiones como ésta —dijo Kate.

—¡Mira a la granuja sabihonda! —repuso la abuela sin conseguir disimular la risa.

De camino a casa, Kate se dedicó a sobornar a Sally a base de bombones Rolo para que le contara cómo había sido la cura mientras Helen escuchaba la conversación de los adultos.

—Me ha pedido Brian que te pregunte si irás con él a la manifestación del sábado —dijo abuela Kate.

—¿Qué manifestación?

—La de Coalisland por los derechos civiles. Creía que Brian ya te lo había dicho.

—Ah, sí, ahora que lo dices creo que algo me comentó hace tiempo. ¿Peter va a ir?

—¿Estás de broma?

Papá se quedó callado un instante y luego dijo:

—Puf, no sé. ¿Tú crees que servirá para algo?

—Mal no va a hacer a nadie, eso seguro —respondió la abuela—. Creía que tenías un poquito más de sangre en las venas, Charlie. Yo, si fuera más joven, iría. Sólo de pensar en lo que la gente aguanta en este país... en fin. Por algo hay que empezar para que se enteren de que ya estamos hartos.

—Supongo que tienes razón —dijo él—. Dile a Brian que lo acompañaré.

Sin embargo, llegada la hora no pudo hacerlo, porque una vaca enfermó, se pasó en vela toda la noche del viernes y hubo que llamar dos veces al veterinario. Cuando Brian pasó a recoger a su hermano de camino a Coalisland, Charlie se limitó a negar con la cabeza.

—¿Manifestación? Me caería redondo, estoy agotado. Pero en otra ocasión voy contigo, de verdad.

El domingo, cuando las hermanas fueron a casa de Brian, sus primos Johnny y Declan no hablaban de otra cosa.

—¡Fue una pasada! Nos sentamos todos en la calzada y nos pusimos a cantar canciones rebeldes. La policía no fue capaz de pararnos. ¡Que vuestro padre os lleve la próxima vez!

El verano terminó, se reanudaron las clases y las hemorragias nasales de Sally regresaron. A Helen y Kate les daba vergüenza que las sacaran de clase, temían ese momento en que una de las pequeñas entraba en su aula y decía: «Por favor, señorita, Sally Quinn se ha puesto mala otra vez y necesita a una de sus hermanas mayores».

—Y entonces hay que ir a su clase y te la encuentras tumbada en la alfombra del rincón de los libros como una mema —le dijo Helen a su madre.

—¡No puedo evitarlo! —se lamentó Sally.

—Anda que no —dijo Kate cuando su madre decidió que Sally se quedara en casa un lunes en que le sangró la nariz, y luego también el martes.

El resto de esa semana, mientras Helen y Kate desayunaban a toda prisa y salían flechadas para la escuela con unos sándwiches de queso en la cartera, Sally se metía a hurtadillas en la cálida cama vacía de sus padres y se quedaba dormitando hasta mediodía. Luego se levantaba y, después de almorzar, dedicaba el resto de la tarde a jugar con los gatitos en el patio de atrás, a ayudar a su madre a hacer algún pastel o a colorear en la mesa de la cocina. Esos días no le sangró la nariz ni una sola vez y también se encontró bien durante el fin de semana, pero mientras Helen y Kate se preparaban para ir a clase el lunes siguiente por la mañana oyeron el gimoteo débil de Sally:

—Mami, estoy malita...

Todavía en pijama, Kate irrumpió en el otro cuarto.

—¡Si ella se queda, Helen y yo también, porque esto es una injusticia!

Su madre salió en defensa de Sally, pero papá terció y dijo que al colegio irían las tres y que ya estaba bien de chorradas. Sally se quejó un poco, pero tanto ella como mamá sabían que él casi nunca se implicaba en esos asuntos y que, si lo hacía, no había quien lo bajara del burro. Kate sonrió satisfecha cuando las tres montaron en el autocar, incluida Sally con su cartera y sus sándwiches.

—Y, si no te encuentras bien, no pidas que vengan a buscarnos a Helen o a mí, porque no iremos.

Aquel día Sally no sufrió ningún percance y durante semanas estuvo, como decía tío Peter, «como una pera limonera».

Se convocó otra manifestación, esta vez en Derry. En casa no se hablaba más que de derechos civiles y su padre decía que aquella protesta no se la perdería «ni aunque a todas las cabezas de ganado que tengo les dé un patatús». La organización de los Aprendices de Derry anunció una contramanifestación para el mismo día de la marcha por los derechos civiles y ambas fueron declaradas ilegales, lo que por supuesto sólo sirvió para que la participación cobrara aún más importancia. Las niñas exigieron que las llevaran, pero ni su padre ni su madre quisieron oír hablar del asunto.

—Sois muy chicas —insistía su padre—. Si se armara un follón y salierais mal paradas, a poco que fuera, aunque sólo os llevarais un buen susto, jamás me lo perdonaría.

—¡Declan y Johnny van!

—Pues sí, pero mira como Una no. —Esto no explicaba ni justificaba nada a ojos de Helen y Kate, todo lo contrario.

—¡Qué ganas tengo de ser mayor! —dijo Helen—. ¡Y hacer lo que me dé la real gana!

Para compensarlas, la abuela anunció que ese día las llevaría de excursión.

—Iremos al Pozo Sagrado.

—¿Y cómo vamos a ir?

—A patita.

—¡Son muchos kilómetros! ¡Andando, imposible!

Abuela Kate se echó a reír.

—Claro que se puede, lo que pasa es que en tu cabeza está muy lejos. Además, si fuerais a la manifestación tendríais que andar lo mismo, hasta más incluso.

Kate no terminaba de conformarse; le parecía que su abuela esbozaba una sonrisa.

—Mirad, se me ocurre una cosa: le pediré a Peter que venga y nos recoja, para que luego no tengamos que volver también a pie.

El paseo resultó ser más grato de lo esperado y se demoraron por los caminos que subían y bajaban en un serpenteo, caminos bordeados de arbustos de colores otoñales y cargados de frutos luminosos. Cada cierto tiempo pisaban la húmeda hierba alta y espesa de las cunetas para apartarse de los coches y tractores que pasaban por su lado. Los conductores de los vehículos levantaban la mano en dirección al grupo, las conocieran o no, y abuela Kate les devolvía el saludo. Las adelantó un tractor conducido por un joven de pelo negro.

—Ése es el hermano mayor de Willy Larkin, Tony —comentó Kate—. Dice Willy que la semana pasada alguien vio a un hombre misterioso en el bosque de detrás del colegio. Llevaba un abrigo largo y negro y sombrero negro, y donde tenía que estar la cara sólo había un espacio vacío.

—¿Lo vio el propio Willy? —quiso saber la abuela a la vez que Sally le agarraba la mano con más fuerza.

—No, se lo contó no sé quién y él me lo contó a mí.

—Y si se sabe que está en el bosque, ¿cómo es que es tan misterioso?

—No sé —reconoció Kate, decepcionada de que su abuela reaccionara con tanta indiferencia al hombre misterioso. Ella había saboreado el pavor, la posibilidad de una figura tenebrosa y sin rostro.

—Además, si no tenía cara ¿no iba dándose coscorrones por ahí? ¿Cómo veía por dónde pisaba? ¿Cómo se alimentaba sin boca?

—A lo mejor es que simplemente no le ves la cara, no lo sé —repuso Kate, vacilante esta vez.

Helen escuchaba la conversación sólo a medias: no se sacaba de la cabeza a Tony Larkin y lo que había hecho en la feria durante el último campeonato de fútbol a primeros de verano, algo que la alteró mucho, sobre todo porque no entendía el motivo.

Cuando montaban la feria, siempre iban por lo menos una vez. Normalmente las llevaba papá, que les daba puñados de calderilla para que jugaran a las maquinitas y pagaran a la señora del tenderete del juego de las anillas, que parecía una emperatriz africana, con los brazos cubiertos de brazaletes de madera desde las muñecas hasta encima de los codos. Se montaban en las barcas-columpio o en los coches de choque. A Helen le gustaba aquel barullo, la entusiasmaba: el sonido del inmenso generador que hacía funcionar las atracciones, el griterío de la gente, la música estridente. Había luces brillantes, chillonas, camionetas que vendían helados, refrescos y patatas fritas, y una carpa donde a última hora se celebraba un baile para los mayores. En definitiva, nada le gustaba más que la feria, pero aquella tarde en concreto se sentía ya un poquito a disgusto, porque andaba por allí tío Peter dando bandazos con el gollete de una botella asomando del bolsillo del abrigo. En un momento dado, advirtió que su padre se acercaba y hablaba seriamente con él, como si tratara de explicarle algo complicado. Se fijó en lo mucho que se parecían. Era como si papá tuviera dos identidades y la buena, la sobria, pretendiera convencer a la que se emborrachaba de que cambiara sus malas costumbres. Sin embargo, tío Peter no estaba dispuesto a escuchar a nadie; apartó con violencia el brazo de su padre y se alejó trastabillando. Helen jugó con sus hermanas a las anillas y, al cabo de un rato, divisó de nuevo a su tío, esta vez discutiendo con unos chavales que le tomaban el pelo y se burlaban de él. Ella se puso triste y se enfadó, pero no podía hacer nada para ayudarlo. Se alejó. Sally y Kate habían montado en los coches de choque y ella las estaba vigilando cuando papá se acercó y la llevó aparte para que la música a todo volumen no sofocara sus palabras.

—Tengo que llevar a casa a tío Peter —le dijo al tiempo que le ponía unas monedas en la mano—. Estate pendiente de las dos hasta que yo vuelva. Compraos unos helados o lo que os apetezca. Tardaré lo menos posible.

Helen lo vio alejarse, lo vio dirigirse hacia el suelo húmedo de detrás de la camioneta de las patatas fritas, que era donde estaba sentado tío Peter. Tenía la cabeza apoyada sobre los brazos cruzados alrededor de las rodillas, como si pretendiera echarse un sueño. Vio cómo su padre lo ayudaba a ponerse de pie con delicadeza y lo guiaba hacia la carretera donde estaban aparcados los coches, al lado del prado donde habían montado la feria.

Cuando Sally y Kate terminaron en los coches de choque, Helen les dio una explicación vaga sobre el paradero de su padre. Pidió un cucurucho de helado para cada una y, a continuación, compró entradas para que sus hermanas montaran en el carrusel waltzer. Estuvo un rato observándolas girar y gritar, hasta que se volvió para echar un vistazo a las barcas-columpio. Aunque era una atracción más que nada para niños, la pareja que subía a la barca del fondo la formaban Tony Larkin y una chica rubia de la edad de él, cuyo nombre Helen no conocía, pero que le sonaba vagamente de verla en la capilla los domingos. Tony acababa de dejar el colegio, hecho que lo convertía en un adulto.

Pagó al feriante, que se guardó el dinero en una talega de piel que le colgaba del cuello, y a continuación puso la barca en movimiento dándole un empujón brusco con la mano. Tanto Tony como la chica tiraron con énfasis de las cuerdas para que la barca se meciera; en un momento dado se pusieron de pie y, flexionando las rodillas y empleando la fuerza de sus cuerpos, columpiaron la barca más rápido y más alto. Al cabo de poco, Helen dejó de ser la única espectadora: varias personas interrumpieron lo que estaban haciendo para observar la atracción, que se mecía hasta alcanzar el punto más alto posible; cuando parecía que la pareja estaba a punto de caer, la barca emprendía el descenso y oscilaba en la dirección opuesta, alcanzando de nuevo el punto de más altura. Daba la impresión de que se detenía por unos segundos arriba del todo cada vez, una pausa que confería al movimiento un ritmo lento y extraño a pesar de las caídas abruptas que sucedían a los picos más elevados. Aunque la música seguía sonando, se hizo algo así como un silencio en la quietud que cayó sobre el prado a medida que la gente dejaba de lado sus actividades para ser testigo de la escena, preguntándose cómo acabaría aquello. El dueño de la atracción trató de detenerlos, pero la barca subía demasiado y demasiado rápido. En una ocasión intentó levantar el tablón de madera que detenía la barca al entrar en contacto con su base, sólo que dadas las circunstancias resultó ser una maniobra peligrosa: el tablón salió volando y al feriante no le quedó más remedio que esperar hasta que Tony Larkin y su acompañante frenaron y se detuvieron cuando buenamente les pareció.

Tony ayudó a la muchacha a apearse. Alguien soltó una carcajada, otro un silbido, y otra persona no muy lejos de Helen dijo: «Valiente pendón desorejado». La rubia, que pasaba por allí en ese momento, también oyó el comentario; se puso colorada, pero adoptó un aire desafiante a pesar de todo, tras lo cual Helen reparó en que volvía la cabeza imperiosamente para comprobar dónde se había metido Tony. Helen no entendía por qué lo que acababa de presenciar le había dejado un poso tan extraño y desconcertante. Lo único que sabía era que estaba deseando que su padre volviera, y cuando de pronto lo divisó entrando por el portalón echó a correr sin pensárselo dos veces y hundió la cabeza en su chaqueta.

También aquel día, mientras paseaba con sus hermanas y la abuela, deseó que su padre estuviera allí con ellas. De aquellas salidas nunca disfrutaba ni la mitad cuando él no participaba. Su padre amaba y comprendía aquellos lugares. La noche anterior les había contado que, cuando era pequeño, abuela Kate había ido allí en peregrinación con su madre, en charabán desde Magherafelt, y que acudía gente desde muy lejos cada año. «Pensad en esas personas cuando estéis allí», les dijo. Les habló también del pozo, cuyas piedras presuntamente te salvaban de morir ahogado, y les dijo que muchos emigrantes querían llevar consigo alguna en la travesía a América. Pero fue tío Peter quien le contó que el pozo había sido un lugar pagano y que los cristianos se lo habían adueñado, como si fuera suyo.

El pozo estaba cercado y sobre él flotaba un avellano con trapos y pañuelos atados a sus ramas. Helen recordó lo que le había dicho tío Peter: que el pozo poseía una atmósfera curiosa, nada que ver con la paz honda y apacible de una capilla vacía, sino una fuerza potente, desafiante, hermética en cierto modo. Abuela Kate sacó un puñado de trapos de algodón limpios que llevaba en el bolso y les entregó uno a cada una, disponiendo que los humedecieran en el agua del pozo, se santiguaran con ellos y luego los ataran al árbol. La abuela ayudó a Sally y le dio un toquecito en la nariz con el paño mojado antes de combar una rama del avellano para que la hermana menor pudiera atar su tela.

«¡Esto es la repera!», observó Kate, pero Helen advirtió que se sentía ridícula. Participaba en aquel ritual tan extraño porque se lo habían impuesto, pero no entendía su utilidad. ¿De verdad Dios curaría las hemorragias nasales de Sally sólo porque Nuestra Señora se lo había pedido, porque Sally se lo había pedido a Nuestra Señora atando un harapo mojado a un árbol? Antes de marcharse, la abuela las obligó a juntar las manos y rezar juntas una oración.

Dieron un breve paseo por la orilla mientras esperaban que llegara tío Peter para recogerlas. El lago era el Neagh, un tramo desde el que se percibía la inmensa extensión de agua mucho mejor que desde donde ellas vivían; se distinguían las riberas a lo lejos. Contemplaron las Sperrin y Slieve

Gallion y pensaron en su padre, que en aquel momento participaba en la manifestación de Derry. Helen seguía lamentando que no la hubieran dejado acompañarlo.

Sin embargo, cuando volvieron a casa descubrieron que la concentración no había transcurrido de forma pacífica. Se habían producido disturbios y, cuando Brian y papá no llegaron a la hora a la que los esperaban, las niñas se percataron de lo preocupada que estaba su madre, por más que tratara de disimularlo. La policía les había cerrado el paso y había cargado contra los manifestantes. Vieron por televisión imágenes en blanco y negro de grupos de gente a la carrera, personas con la cara y la ropa ensangrentadas, hombres arrastrados por el pelo o recibiendo una paliza en el suelo. A un señor, uno de los organizadores, que rogaba calma y sensatez, le atizaron un porrazo en el estómago antes de que terminara la frase. Después de aquello, Emily no pudo seguir ocultando su ansiedad. Cuando por fin oyeron que un coche aparcaba delante de la casa, salieron todas corriendo.

«No ha tenido ningún sentido lo que ha pasado hoy», les dijo su padre, furibundo y conmocionado. «Se han puesto a repartir leña a diestro y siniestro sin ningún pudor». Contó que habían llegado tarde a casa porque a Brian le habían dado un mal tajo en la cara y habían decidido pasar por el hospital por si necesitaba puntos. Les había tocado esperar un buen rato porque eran muchos los heridos que aguardaban para ser atendidos, y luego les costó otro rato volver adonde habían aparcado el coche. Se alegraba de que hubieran retransmitido todo por televisión. «Supongo que les habría convenido más que se silenciara».

Aquel año se convocaron más manifestaciones por los derechos civiles en Belfast, algunas organizadas por los universitarios, y aunque Charlie y Brian no participaron, en casa ya sólo se hablaba de derechos civiles y de que las cosas tenían que cambiar. Las niñas no entendían ni la mitad de lo que debatían. Había un proverbio que oían constantemente: «Aguanta, jamelgo, que hierba comerás».

Llegó Halloween y, como cada año, su padre las llevó a casa de Brian para que lo celebraran con sus primos. Se le escapó la risa cuando subió al coche, se volvió y descubrió en el asiento de atrás a tres brujitas con los sombreros de pico de papel decorado con lunas y estrellitas que él mismo había comprado en McGovern's. Las tres lucían las máscaras que se habían fabricado en la clase de manualidades del colegio. «¡Me habéis puesto el corazón en un puño!», exclamó mientras arrancaba el motor.

Corrieron y gritaron alrededor de la fogata que tío Peter había prendido para ellos y Helen observó la luz de las llamas expandiéndose por las caras ennegrecidas de sus hermanas y primos con una mezcla de espanto y excitación. También hubo fuegos artificiales: petardos, girándulas, bengalas y cohetes. Por un breve lapso de tiempo, las luces de colores manaban igual que líquidos mágicos cuando tío Peter encendía la pirotecnia, y los niños se tapaban los oídos para protegerse del estruendo. Después no recordabas los fuegos de artificio con exactitud: algo había en su naturaleza que lo volvía imposible, hasta que se prendía otro. Más tarde se trasladaron a la trascocina, donde tía Lucy llenó de agua un barreño de cinc y echó unas manzanas amarillas que flotaron para que ellos trataran de atraparlas y sacarlas con los dientes. Preparó montoncitos de harina en varios platos llanos, con un tofe envuelto en la punta, de nuevo para que ellos lo rescataran y se lo quedaran, pero sin usar los dedos. «Ensuciaos a gusto», les dijo en tono indulgente; y eso hicieron.

Después, cuando se aburrieron del juego, pasaron a la cocina, donde la abuela, que estaba sentada junto a la estufa, se partió de risa al verlos. «¡Vaya estampa!». Tomaron un té cargado y muy azucarado y unas rebanadas de bollo de pasas untado en mantequilla; había cuencos de cacahuetes con cáscara, naranjas y una tarta de manzana que había preparado la abuela con monedas escondidas dentro.

—Siempre me ha encantado Halloween —les dijo—. Una vez, era ya algo mayor que vosotros, jugué a un juego para averiguar con quién me iba a casar. —Les contó que, con dieciséis años, se sentó delante de un espejo en plena noche, se cepilló el pelo y se comió una manzana—. La idea era que cuando sonaban las campanadas de medianoche veías reflejada en el espejo la cara de tu futuro marido.

—Qué susto, abuela —dijo Una—. ¡Eso es como ver un fantasma!

—Peor sería si no vieras a nadie —intervino Kate—. Menudo chasco. ¡No sabrías si es que nunca te vas a casar o que el juego no ha salido bien!

—Pero yo sí que vi algo —prosiguió abuela Kate.

Les contó que se le apareció una cara: al principio muy tenue, como envuelta en una niebla, pero poco a poco fue definiéndose hasta que le pareció que estaba mirando a una persona de carne y hueso que se encontraba a su espalda, junto a su hombro, inclinándose y sonriéndole a través del espejo.

—Habría jurado por lo más sagrado que si me giraba vería a ese hombre de pie a mi lado en la habitación. Por supuesto, no me atreví.

—¡Yo me habría muerto allí mismo! —dijo Una.

Helen se fijó en que Una abría tanto los ojos que se veía un cerco blanco y nítido alrededor de los iris azules.

—Lo que sí hice fue quedarme con su cara —añadió la abuela—. Para reconocerlo cuando se cruzara en mi camino más adelante. Lo que pasa es que no era la cosa tan sencilla.

Ellos ya sabían cómo se conocieron la abuela y el abuelo: ella trabajaba en una pañería de Magherafelt y él entró un día buscando una chaqueta. Les había contado tantas veces la historia que los niños tenían una imagen mental clarísima de la tienda poco iluminada, el alto mostrador de madera, el olor a lana, el pesado libro mayor en el que ella debía registrar todas las ventas. Sin embargo, les costaba imaginar a la abuela y el abuelo de jóvenes, con el aspecto que lucían en los portafotos del salón: abuela Kate con el pelo recogido en un moño extravagante en la coronilla, abuelo Francis un muchacho de complexión fina y semblante tímido.

—Por la parte de dentro, la puerta tenía una campanilla chica que te avisaba de que había llegado un cliente cuando la oías desde la trastienda. Me acuerdo como si fuera ayer del primer día en que entró Francis. Andaba buscando una chaqueta de *tweed* y yo acababa de colocar justo eso en el momento en que sonó la campanilla. Pero sabía que si le vendía lo que quería quizá no volviera nunca más, así que le saqué tres modelos para que se los probara, perfectamente consciente de que no eran de su talla. Ay, Señor, parece que fue ayer, ahora mismo es como si lo viera con las mangas hasta la punta de los dedos. Total, que le dije que todavía nos tenía que llegar más género y que lo mejor sería que volviera la siguiente vez que pasara por el pueblo. «Vengo todos los miércoles», me contó. Ya me encargué yo de que el miércoles siguiente todas las chaquetas de su talla estuvieran bien escondidas, y le dije que todavía no habían llegado. Nunca se me olvidará su sonrisa. «En ese caso, volveré la semana que viene». Al miércoles siguiente, vuelta otra vez a esconder las chaquetas de su talla. Dan las once, entra Francis y nos ponemos los dos a repasar la hilera de chaquetas del perchero. ¡Y, ay, que me había dejado una! La etiqueta de la quinta o así lo decía claramente: la talla que él estaba buscando. Y va Francis y la mira, me mira a mí, pasa a la siguiente chaqueta y seguimos. «Nada», me dice. «Según parece, tendré que seguir viniendo todas las semanas. Que no es que sea un gran sacrificio». ¡Y entonces supe que lo había conquistado!

»Pero aquí viene la parte más espeluznante. Una noche, llevábamos ya años casados, estaba yo sentada delante del espejo grande que a día de hoy sigue en el cuarto del fondo de esta casa, cepillándome el pelo, cuando entró Francis y se plantó detrás de mí. Miré su reflejo, ¡y entonces me di cuenta de que era él! ¡El mismo hombre que yo había visto en el espejo a medianoche un Halloween de hacía muchos años!

Una dejó escapar un gritito.

—Van a tener pesadillas esta noche —comentó tía Lucy.

Abuela Kate puso cara de sorpresa.

—¡Si es una historia preciosa! —protestó—. Me refiero: que no es que estuviera muerto en aquel entonces. Aunque tampoco es que me hubiera yo asustado. Mi Francis jamás me habría metido miedo, ni vivo ni muerto. Cuando me dejó sola pensaba a menudo en lo bonito que sería levantar la vista y volver a verlo de nuevo ante mis ojos. Lo echaba más de menos...

Tía Lucy le puso a Una un cuenco de cacahuetes delante de las narices.

—Come de esto y olvídate ya de los fantasmas.

Pero no habría sido Halloween si la abuela no les hubiera dado un buen susto. Formaba parte de las celebraciones en igual medida que el bollo de pasas o la fabricación de las máscaras.

Pues el patrón de sus vidas era tan predecible como las estaciones. Celebraciones y festividades interrumpían la ronda periódica de menesteres: Navidad, Pascua, cumpleaños de familia. El alcance de sus vidas era mínimo pero profundo y, para ellos, inmenso. Si bien los límites físicos de su mundo abarcaban poco más que unos cuantos prados y casas, ellos dominaban aquellos lugares con el mismo conocimiento exhaustivo e inconsciente que pueden tener de su hábitat un pájaro o un zorro. Vivían de un modo tan cabal la idea de hogar que no habrían sido capaces de definirlo, aunque sí habrían sabido que frases como «Es el lugar del que procedes», «Es el lugar en el que vives» o «Es donde está tu familia» resultaban insuficientes.

Y, a pesar de todo esto, sabían que sus vidas, tan plenas en sí mismas, estaban descentradas en relación con la sociedad que se desplegaba más allá de aquellos prados y casas, un desfase que advertían con suma claridad cada mes de julio, cuando solían ir a la costa de Antrim a pasar el día y por el camino, atravesando Ballymena y Broughshane, les asaltaba la profusión de banderas británicas ondeando en las casas, y las banderolas rojas, blancas y azules que adornaban las calles. Los arcos orangistas que se extendían por las carreteras de los pueblos les parecían feos, y un poco siniestros también, con aquellos símbolos tan extraños: la escalera, el cuadrado y el compás, la estrella de cinco puntas. Sabían que no tenían por qué entender el significado de todas aquellas cosas; como sabían también, sin que nadie se lo confirmara, que el lema que exhibían los arcos, ¡BIENVENIDOS, HERMANOS!, no apelaba a la familia Quinn.

Conocían los desfiles de la Orden de Orange por las fotografías de la prensa y los reportajes de la televisión, pero en toda su infancia nunca presenciaron con sus propios ojos marcha orangista alguna, pues sus padres siempre procuraban quedarse en casa aquel día, protestando con amargura por no tener alternativa y ser prisioneros en su propio hogar, les gustara o no. A las niñas ni siquiera se les ocurría pedir que las llevaran; sabían que no era para ellas. No les interesaba especialmente y apreciaban que allí no las querían. Por lo general, ni siquiera pensaban en ello, pues sus vidas eran completas tal como eran.

Durante las semanas previas a la Navidad, hubo dos fechas marcadas en el calendario: una fue la visita a la señorita

Regan, la mujer con la que había vivido su madre cuando fue maestra en Belfast; la otra, la visita a abuela Kelly en Ballymena. El primer sábado de diciembre se pusieron en camino con el maletero lleno de patatas y turba y, en la bandeja de atrás, un cartón de huevos y un pastel navideño hecho por su madre. Emily llevaba también un detalle para la señorita Regan, un estuche con jabón y talco de muguete envuelto en papel estampado de flores de Pascua. No le suponía un mal rato decidir qué comprarle a su amiga, como sí ocurría cada vez que trataba de dar con un regalo para abuela Kelly.

Siempre había un ingrediente de apuro y emoción en el momento de la llegada. El salón minúsculo y abarrotado de la señorita Regan apenas si lograba contener el alboroto, pues Emily y ella hablaban atropelladamente y ambas lloraban un poquito, aunque fingían que no y se secaban las lágrimas casi antes de que se formaran. Aun después de tantos años, la señorita Regan reaccionaba con asombro ante la vida que llevaba ahora Emily, y las niñas y lo mucho que habían crecido desde la última vez eran una fuente continua de fascinación.

Después del tercer vaso de limonada White, Helen tuvo que ir al baño y mientras se lavaba las manos contempló a través de la ventana las hileras y más hileras de chimeneas y tejados de pizarra bruñidos por la lluvia bajo un cielo plomizo. Se preguntó cómo había podido vivir allí su madre y pensó en los prados, en los cielos abiertos y la luz de casa. Se dijo que ella se asfixiaría en un sitio lleno de casas apelotonadas en filas que daban directamente a la calle, sin tan siquiera un cuadradito de césped. Y, sin embargo, cuánto lo había disfrutado su madre, pues aún rememoraba sus tiempos de maestra como una etapa muy especial, una etapa en la que fue feliz. Helen intentó imaginarse a su madre mucho más joven, pero cuando trató de representársela como una persona que no era su madre se quedó en blanco y descubrió que le desagradaba la idea. Se secó las manos con la toalla y bajó las escaleras a toda prisa.

Sus padres y la señorita Regan hablaban de política y derechos civiles cuando Helen llegó de nuevo al salón. De un tiempo a esta parte, era el tema estrella de todos los adultos de su entorno salvo tío Peter. Se imponía en ellos un aire de desafiante excitación cuando hablaban de esos temas, algo que Helen no estaba acostumbrada a ver ni en su familia ni en su maestra ni en nadie que conociera.

Cuando su padre se hubo terminado el té, se llevó a las niñas al centro para que Emily pasara unas pocas horas a solas con su amiga. Las llevó a ver al Papá Noel del Co-Op e hicieron algunas compras hasta que se reunieron con su madre en el sitio y la hora que habían acordado. En Cornmarket había un hombre paseándose con algo así como un babero grande de plástico negro que rezaba en letras blancas mayúsculas: ¿DE QUÉ LE SIRVE A UN HOMBRE GANAR EL MUNDO ENTERO SI PIERDE SU ALMA? El hombre vociferaba comentarios sobre Dios, Jesús, el pecado y la salvación, y Kate se empeñó en leer uno de los folletos que repartía a los transeúntes. En un momento en que sus padres no miraban, cogió uno. «Toma, Sally, guárdame esto un segundo», dijo a la vez que le guardaba el papel en el anorak, sin darle a su hermana tiempo para reaccionar. Y ahí fue donde su madre lo descubrió cuando fue a sacar las manoplas de Sally poco después. «¿Y esto?», preguntó alisando el papel doblado, y las niñas se apiñaron a su alrededor para mirarlo, pues hasta entonces no habían podido.

El folleto mostraba un dibujo tosco de una botella enorme a la que estaban encadenadas un montón de figuras diminutas, algunas de rodillas, penando. ¿ERES ESCLAVO DEL DIABLO DEL ALCOHOL?, ponía debajo, en letras gruesas, y a continuación un texto salpicado de citas bíblicas. Sally miró primero a su madre, luego a su padre, con la boca entreabierta y una mirada furtiva. Charlie soltó tal carcajada que la gente de alrededor se quedó mirando.

«¡Espero que esto no caiga en saco roto, Sally!», exclamó. «Tu madre y yo estamos hasta la coronilla de que llegues noche tras noche dando tumbos, midiendo la calle». Sally, que no tenía ni idea de lo que le estaban diciendo, esbozó una sonrisa prudente y adoptó un aire aún más culpable.

La visita a abuela Kelly, unos días antes de Navidad, fue una excursión completamente distinta. Tuvieron que ponerse la ropa de los domingos y mientras esperaban a que su padre arrancara el coche Helen se fijó en que su madre, de pie junto a la ventana, se retorcía los anillos con semblante huraño y descontento. Su padre entró de nuevo en casa.

—¿Estás bien?

—Quiero cambiarme de falda —dijo encaminándose hacia la puerta.

Él sonrió y contestó en tono desalentado:

—La que llevas es estupenda, estás guapísima. No hace ninguna falta que te cambies.

—Ay, no sé, no me veo bien con ella.

—Pues ponte la verde entonces.

Tal vez sus padres no se percataban de que la sensibilidad de las niñas se había afinado con suma delicadeza para detectar sentimientos artificiosos y, por tanto, advertían el contraste entre aquella escena, el ambiente tenso en el coche y el aparente deleite del que hicieron gala a su llegada a Ballymena. La propia abuela Kelly, todo sonrisas, salió a la puerta para darles la bienvenida y los condujo a un salón de aspecto más cálido de lo habitual debido al centelleante árbol de Navidad y las tiras de oropel. Estaban allí tío Michael, tía Rosemary y los primos, y un observador casual podría haberse llevado a engaño, pero las niñas advirtieron que su padre y tío Michael conversaban en un tono más acalorado que de costumbre y de que, aunque a su madre no se le caía la sonrisa de los labios, era un gesto que no iba más allá de su boca: no sonreía con los ojos. Su risa era forzada y nerviosa, no la carcajada plena y desatada que oían en casa. Las niñas, sentadas muy formalitas en el sofá, chupaban galletas de barquillo rosas, sorbían té flojo y captaban muchos más detalles de lo que jamás hubieran pensado los adultos allí presentes.

Cuando el parloteo insustancial se hubo agotado, la conversación se encaminó inevitablemente hacia los derechos civiles y las manifestaciones que se habían celebrado durante el otoño.

—Panda de zumbados —observó tío Michael.

—¿Eso crees?

La respuesta vino de la madre de las niñas, y el tono de su voz había cambiado, pero o bien tío Michael no lo notó o le dio igual. Soltó una risilla y negó con la cabeza como si no valiera la pena hablar de semejante disparate.

—Porque a ver, ¿en qué creéis que va a acabar esto? O'Neill les ha ofrecido unas migajillas para que dejen de dar la vara, y, por supuesto, los otros se han puesto de uñas. ¿Se creen los de Democracia Popular que los de Stormont van a dar marcha atrás y a decir: «Santo Dios, estáis en lo cierto, en este país algunos tienen de todo y nosotros no movemos ni un dedo para ayudarlos; más nos vale empezar a regalarles trabajos y casas y todo lo que nos pidan»?[5]

—¿Entonces qué se supone que debe hacer la gente, esconderse como ratoncillos y no exigir siquiera lo mínimo que merecen?

Tío Michael volvió a negar con la cabeza.

—Esto acabará en escabechina —dijo—. Los otros se indignarán ante cualquier concesión que hagan los suyos. El poder lo tienen ellos y no van a permitir que se lo quiten. Acuérdate de lo que te digo: una escabechina. Y los que protestan se lo van a buscar ellos solitos.

—No es una cuestión de bandos —arrancó su padre, y añadió un comentario sobre el socialismo, pero la abuela lo interrumpió.

—Comunistas, querrás decir. A mí los que más me irritan son los estudiantes. Con la de oportunidades que les han dado... Si aprovecharan la universidad estudiando e

[5] El partido de izquierdas People's Democracy, fundado en 1968 por miembros de la Universidad de Queen's, abogaba por los derechos civiles de la población católica de Irlanda del Norte. El Palacio de Stormont es la sede del órgano legislativo de Irlanda del Norte, la Asamblea.

hincando los codos no tendrían ninguna queja, llegarían a algo en esta vida, conseguirían un trabajo y ganarían dinero. Pero no, eso para qué, mejor salir a las calles de todo el país a manifestarse y a protestar. La universidad debería cerrarles la puerta en las narices, expulsarlos y dar sus plazas a alumnos que estén por la labor de quedarse en sus pupitres y estudiar.

—Lo siento mucho, pero no puedo estar de acuerdo con usted en absoluto, señora Kelly —dijo su padre, y ellas supieron que esta vez no iba a permitir que le quitaran la palabra ni lo relegaran al silencio—. Estuve en la manifestación que hubo en Derry en octubre, la que desmantelaron, y allí conocí a varios estudiantes y le aseguro que eran personas admirables. No se han metido en la lucha para sacar provecho personal. Se preocupan por la población de este país que no ha tenido oportunidades ni va a recibir ningún apoyo a menos que alguien dé un paso adelante y promueva algún cambio, a menos que las personas que sí disfrutan de privilegios empiecen a defender a quienes no los tienen.

—Que cada palo aguante su vela —dijo la abuela, y tío Michael asintió—. Odio tener que decir esto de mi propia gente, pero los católicos de este país son una panda de inútiles y de vagos. Les das una oportunidad y la rechazan y se van por donde han venido.

Las niñas se dieron cuenta de que sus padres se indignaban al oír aquello, pero lo que no sabían era que su padre se tomó aquellas palabras como una pulla dirigida a su madre y su madre las interpretó como un insulto velado hacia la familia de su marido.

—A la siguiente manifestación que se convoque iré yo también —anunció su madre. Todos la miraron sorprendidos—. Y me llevaré a las niñas.

Cuando se montaron en el coche para regresar a casa poco después, Kate dijo:

—Qué bien que nos hayamos quitado este engorro de encima, ¿no? ¡Ahora ya podemos empezar a disfrutar de la Navidad!

—Ay, Kate… —dijo su madre; las tres pensaron que se echaría a reír, pero empezó a llorar.

Sin embargo, no faltó a su palabra. Cuando se celebró la marcha por los derechos civiles de Belfast a Derry, un par de semanas más tarde, fue Emily quien insistió en que acudieran todos juntos a jalear a los manifestantes. Pasaron mucho rato quietos esperando bajo un aire inclemente, pero cuando por fin aparecieron los universitarios, liderados por un hombre de aspecto cansado que gritaba a través de un megáfono, las niñas experimentaron una intensa combinación de miedo y emoción novedosa para ellas que habrían de sentir muchas veces en años venideros. Su padre se agachó y susurró al oído de Helen: «Estás presenciando un momento histórico», aunque ella ya se había dado cuenta sin que nadie se lo dijera. Aquella noche escuchó a su madre contarle a abuela Kate que el líder de la marcha había gritado: «Un hombre» y todos los demás habían respondido «¡un voto!». «Una familia», «¡una casa!».

«Había un policía a mi lado», añadió, «y me trajo sin cuidado, me puse a vociferar con ellos».

Helen recordó la cara de su madre, de pie en el arcén herboso de la carretera, con Sally agarrando su falda con el puño, como de costumbre. Tenía la tez colorada por el frío, pero cuando coreó los eslóganes se despojó de su timidez y su apocamiento habituales. Al verla, Helen entendió que aquello iba en serio: algo importante había cambiado.

CAPÍTULO 7.
MARTES

Nada más salir de la casa aquella mañana para dirigirse a Belfast, Cate se encontró a Brian en la carretera, caminando hacia ella. Paró el coche y bajó la ventanilla.

—Tengo una noticia para ti —le anunció ella, y vio cómo su sonrisa se marchitaba de pura aprensión—. Voy a tener un bebé.

—¡Cristo bendito!

Cate esbozó una sonrisa bobalicona muy a su pesar y tamborileó con los dedos en el volante mientras Brian la escudriñaba sin añadir nada más por unos instantes.

—Bueno… —dijo por fin—. Como reza el dicho, pasa hasta en las mejores familias. ¿Cómo se lo ha tomado tu madre?

—Como era de esperar.

—Esas cosas se van resolviendo solas con el tiempo —añadió al cabo de otra pausa—. Dentro de un rato me pasaré a ver cómo está.

—Yo le daría algo más de tiempo —repuso Cate a renglón seguido—. Hoy no vendré a dormir, me quedo con Helen y así le dejo a mamá algo de margen para que le dé una vuelta.

—¿Así estamos?

—Eso parece —contestó Cate, repentinamente afligida.

Brian se inclinó para arrimarse un poco más.

—Ay, hija mía, ésta es la peor parte. Me acuerdo de cuando… me acuerdo… —Desvió la mirada—. Tu madre acabará haciéndose a la idea. Al principio siempre es un palo, un buen palo.

—Dímelo a mí.

Brian le recomendó que se cuidara. Según se alejaba, Cate reparó en que contárselo a su tío le había levantado el ánimo, aunque no era capaz de explicarse el porqué.

Por un momento llegó incluso a preguntarse si se encontraba lo bastante bien para irse a pasar el día por ahí, quizá al condado de Down, estaría bien, y llegar a Belfast para cuando Helen volviera del trabajo. Desechó la idea nada más formularla. Había dormido mal la noche anterior, tal vez necesitaría echarse una siesta de un par de horas en casa de Helen a media tarde. Para colmo, todavía le duraba el mal cuerpo de las náuseas matutinas. Una ventaja al menos de haberlo contado: ya no se vería obligada a hacer el teatrillo y fingir que se encontraba bien cuando estaba hecha un trapo. ¡Ay, pero qué buena era Sally! Por la mañana había llamado suavemente a la puerta de su cuarto con un té y una tostada. Ingerir eso antes de bajar había ayudado mucho, nada que ver con entrar en la cocina con el estómago vacío y tener que reprimir las arcadas al oír si le apetecían unos huevos revueltos. Sally siempre había sido maravillosa, y ahora Cate se sentía mal por haber dado por descontada su amabilidad en el pasado. Y con qué facilidad le había puesto en la mano las llaves del coche, sin aspavientos.

Claro que tampoco era nada nuevo. En verano, en la semana de visita, era habitual que pasara un día fuera con su madre y con Sally, y para ello usaban el coche de Sally. Les gustaba acercarse a enclaves como los Glens de Antrim o la Calzada del Gigante, lugares con paisajes espléndidos. Hacían un pícnic o Cate las invitaba a almorzar en algún hotel. En cualquier caso, Sally sabía también (aunque no lo entendía) que a Cate le gustaba salir a su aire. «Ahí están las llaves», le decía señalando con la cabeza el juego que colgaba cerca de la estufa. «Date una vuelta si te apetece».

Y Cate se la daba, muchas veces conducía durante horas por los campos, sin compañía, tratando de sondear Irlanda del Norte de un modo innecesario para quien aún vivía allí. O poco recomendable, se decía ella. Imposible, incluso.

Swatragh y Draperstown; Magherafelt y Toome; Plumbridge y Castledawson. Su familia no entendía qué interés podían tener aquellos lugares. Cate atravesaba pueblos consumidos con las aceras pintadas de rojo, blanco y azul, con logias orangistas e iglesias cerradas a cal y canto; y también localidades más prósperas con monumentos conmemorativos de la Gran Guerra y canastos colgantes con lobelias y fucsias en las farolas, con placas bruñidas de «pueblo bonito» y pulcros escaparates. Cruzaba barrios con grupos de parados que fumaban en las esquinas u oscilaban entre el local de *fish and chips* y la casa de apuestas; dejaba atrás muros con pintadas republicanas o inmensas vallas publicitarias de incongruente sofisticación. Veía poblaciones fundadas en la época de las colonizaciones de Irlanda con el núcleo despanzurrado por las bombas; letreros de SEGUIMOS ABIERTOS pegados al contrachapado que cubría los cristales rotos de The Northern Bank y la ferretería Williamson. De vez en cuando, se topaba con el tenderete de unos misioneros o una señal de carretera temporal que indicaba el camino a un CAMPAMENTO DE VERANO DE LAS ESCRITURAS. Circulaba por carreteras angostas entre hayas y majuelos desgreñados y húmedos. En una ocasión, en algún punto del sur de Derry, divisó unas pocas cabezas de ganado pálidas, hundidas hasta las rodillas en un prado de ortigas y grama, delante de un edificio en ruinas con la proclama ARRIBA EL INLA en bastas letras blancas[6]. Los animales la escudriñaron sin inmutarse cuando pasó de largo.

Reparaba en postes indicadores de lugares cuyos nombres nunca tuvieron un eco especial y ahora estaban manchados por el recuerdo de sucesos allí ocurridos: Claudy, Enniskillen, Ballykelly. Circulaba y circulaba y circulaba bajo cielos plomizos y nubes algodonosas. Casas y campos desfilaban ante ella hasta que le parecía estar viendo una película, y en ésas se percataba de que si le hubiesen pedido que resumiera con una sola palabra sus sentimientos hacia Irlanda del Norte se habría quedado completamente en blanco, hasta el punto de no saber siquiera si habría sido más oportuno un término positivo o negativo.

Aquella mañana, camino de Belfast, recordó que durante aquellos trayectos estivales fantaseaba a veces con la idea de regresar al norte para establecerse, sobre todo cuando

[6] El INLA, Ejército Irlandés de Liberación Nacional (Irish National Liberation Army), fue una rama disidente del IRA.

descubría una casa que le agradaba, siempre una magnífica vivienda de piedra cubierta de hiedra, tal vez con un jardín que daba a un río, todo rodeado de tilos y robles. Admiraba una ventana a cierta altura y se imaginaba allí plantada, oteando el exterior desde otra vida. No obstante, aquella fantasía no significaba nada; habría hecho lo mismo durante unas vacaciones en los Cotswolds o la Toscana: construir una vida imprecisa a su medida en torno a una casa, un mercado o una localidad vislumbrada sólo a medias y olvidar enseguida tanto el lugar como las ensoñaciones que había propiciado.

Una vez, en una de aquellas salidas, paró a echar gasolina en un pueblo del condado de Fermanagh que la atrajo especialmente. Hacía una mañana luminosa y Cate recordaba flores y un ambiente de discreta prosperidad, negocios impecables, en la puerta de uno de ellos varios manojos de zanahorias con las hojas intactas. Le pareció el clásico lugar al que tantas de las personas que ella conocía en Londres desearían mudarse, y que desmentía la idea que muchos de ellos debían de tener sobre la vida en Irlanda del Norte. Sin embargo, más tarde oyó por la radio la noticia de que un varón de veinte años, reservista del RUC[7], había muerto tiroteado en aquella misma localidad mientras trabajaba en la frutería de su padre. Y, aunque no quiso pasar por allí de nuevo para regresar a casa aquella tarde, no le quedó otra. Para

[7] La Policía Real del Úlster (Royal Ulster Constabulary), a la sazón el principal organismo policial de Irlanda del Norte, muy militarizado. En 2001, en cumplimiento de los Acuerdos del Viernes Santo, el cuerpo fue sustituido por el Servicio de Policía de Irlanda del Norte (PSNI).

entonces el tiempo se había maleado y la cinta de plástico que la policía había atado a varias farolas para acordonar la zona latigueaba y se tensaba por efecto del potente viento y la lluvia. El Ejército había montado un puesto de control y estaban parando a todos los coches; fue una situación horrenda y deprimente. Pensó en el muchacho muerto y se avergonzó de la sensiblería facilona que se había adueñado de ella aquella misma mañana.

En cualquier caso, se cuidaba de no compartir con la familia, en especial con su madre, la idea de volver al norte, pues le daba miedo que se la tomaran en serio.

Pasado Antrim encendió la radio y escuchó los titulares. Durante la noche habían matado a tiros a un hombre en su propia casa en Belfast Norte. Tras unas cuantas noticias desoladoras más, dieron paso a la previsión del tiempo, que aseguraba que haría un día «agradable y despejado», pese a que Cate veía unos nubarrones negros formándose. Una vez le comentó a Helen que el parte del tiempo no daba una en Irlanda del Norte. «No hay duda de que lo hacen adrede», repuso su hermana. «Si coronaran las noticias que nos gastamos por aquí con un "Ah, por cierto, y lloverá a mantas las próximas veinticuatro horas", la gente no lo soportaría».

Apagó la radio y metió una casete, pero según iba acercándose a Belfast el tráfico aumentó y se complicó, así que prefirió quitar también la música, para concentrarse mejor. Los camiones pasaban tronando a ambos costados. EL ÚLSTER SIGUE NECESITANDO A JESÚS, decía en letras enormes el lateral de una iglesia. A lo lejos divisó un cementerio y, más allá, Belfast Lough. Siguió avanzando, dejó atrás los muelles y las grúas amarillas. Aunque no le disgustaba aquella parte de la ciudad, nunca fantaseaba con vivir en Belfast. Fue hasta Westlink para pasar por el despacho de Helen y le costó un triunfo dar con el camino. Ya había hecho ese trayecto en el pasado, pero aquella mañana antes de salir de casa le había pedido a Sally que le refrescara la memoria. A punto estuvo de pasarse la salida y acabar en la carretera a Dublín. Cate relacionaba más con su madre que con Helen la zona de Lower Falls donde su hermana tenía el despacho, si bien es cierto que el área había cambiado mucho desde los tiempos en que su madre vivió y trabajó allí. No se sentía cómoda en aquellos barrios; le generaban inquietud, le parecía que llamaba demasiado la atención y temía que pudiera ocurrir cualquier cosa. Saber que se trataba de un prejuicio no era de gran ayuda.

Pese a que nunca había estado en el despacho, no le costó dar con él. Una puerta verde junto a una licorería («Muy socorrida al final de un largo día», solía apostillar lacónicamente Helen) daba a un estrecho tramo de escaleras una vez que llamabas al interfono y te abrían. En lo alto de la escalera a mano derecha había una sala diminuta donde un joven y una mujer con un bebé en brazos aguardaban desamparados en sendas sillas deterioradas. Las paredes estaban forradas de papel con efecto madera y en un rincón languidecía una cinta en un tiesto. Cate entendió de inmediato el comentario sobre la licorería. Las oficinas donde trabajaba Cate en Londres eran bastante funcionales y sosas en comparación con la imagen de glamur que proyectaba la revista, pero esto era harina de otro costal. Al fondo se abrió una puerta de la que salió un hombre de cuarenta y pocos años.

—Veamos, señor y señora… —empezó a decir, hasta que reparó en Cate—. Ah, hola. Me ha dicho Helen que te pasarías por aquí —añadió, y la invitó a entrar en su despacho—. Enseguida estoy con ustedes —espetó por encima del hombro como si acabara de recordar a la pareja justo antes de cerrar la puerta.

El despacho era un pelín más grande que la sala de espera, pero se veía más reducido por culpa de las omnipresentes carpetas con documentos: dos escritorios con pilas y más pilas que se acumulaban también en el alféizar, encima de una silla, desperdigadas por el suelo. Parecía una escena de Dickens, pensó Cate, y le escandalizó descubrir que su hermana desarrollaba su vida profesional en semejante espacio.

—Helen ha ido a la cárcel de Crumlin Road, tenía una cita esta mañana. Te ha dejado esto —dijo Owen abriendo un cajón y sacando una llave que acto seguido le entregó a Cate.

Owen y Cate sólo habían coincidido en un par de ocasiones, pero él siempre la trataba con suma cordialidad. «Mucha más de la que me reserva a mí», observó Sally una vez de mala gana. «No me daría ni los buenos días si de él dependiera. Total, no soy más que una maestra de escuela primaria; ¿qué gana tratando con una persona como yo?».

—Mary, mi mujer, me enseñó la entrevista que le hiciste a Robert De Niro el mes pasado —añadió Owen—. ¡Impresionante!

—Ah, eso —respondió Cate—. Ya sabes cómo van estas cosas, parecen mucho más emocionantes de lo que son en realidad. De Niro es un hombre notoriamente difícil de entrevistar.

—Mujer, a otro perro con ese hueso. No me irás a decir que conocer a estrellas de cine es menos glamuroso que esto. —Y Cate echó un vistazo a la moqueta desgastada, los desvencijados archivadores y las carpetas, se puso en el lugar de Owen y no le quitó la razón. Él siguió su mirada y recogió una carpeta del escritorio—. El otro día Helen me leyó un reportaje sobre eso que llaman despachos libres de papel y me dijo: «¿Por qué no podremos tener nosotros uno así?». Nos echamos unas buenas risas.

Cate forzó una sonrisa.

—Dale las gracias a Helen de mi parte y dile que la veré esta tarde. No te robo más tiempo, que ya he visto que tienes a gente esperando.

—Están más que acostumbrados —repuso Owen en el momento en que traspasaba el umbral—. Si todavía estás por aquí a finales de semana, péganos un toque. A Mary le encantaría que vinieras a cenar a casa algún día.

Cate le dedicó una de sus sonrisas espléndidas y salió escopetada. Cuando se metió en el coche cayó en la cuenta de que otra vez estaba abatida. Le resultaba todo tan desolador que no reunía valor para sobreponerse. No era nada propio de ella, pensó a la vez que arrancaba.

No mejoró su ánimo cuando aparcó delante de la casa de Helen al cabo de pocos minutos, con su austero jardín embellecido por un árbol solitario en una tina. La deprimió pensar en su hermana llegando cada tarde desde la oficina, esa espantosa oficina, a aquel lugar tan inapropiado para ella. Ni siquiera Helen había sido capaz de plantar cara a la presión social, hasta ella se había amoldado. Helen no era como Owen, que se lanzaba a ciegas y sin reparos a la búsqueda de validación social como nutria al río; ni como la propia Cate, cuya carrera y prestigio entre sus colegas dependían de su capacidad para leer los signos de los tiempos con más premura y fluidez que la mayoría y refrendarlos con entusiasmo. Su hermana debería haberse quedado en Andersonstown, el suburbio en el que vivía cuando empezó a trabajar con Owen, pensó Cate. A Helen le gustaba aquella zona, pero la presión por someterse a la norma había desbordado hasta a una idealista como ella. Cate entró en la casa y no halló confort alguno en el recibidor despojado y el salón frío. Se quedó allí plantada unos instantes tratando de decidir qué cambios requería la vivienda: un color más potente y cálido en las paredes, para empezar. La estancia tenía un tamaño considerable, lo soportaría. Quizá una hornacina o algo parecido en aquel rincón, o que la chimenea cobrara más protagonismo... Era una costumbre suya, no podía evitarlo, incluso en casas amuebladas con más tino. Lo hacía también con otras mujeres: analizaba atuendos, peinados, maquillaje, como una profesional, aunque sin crueldad, o eso le gustaba pensar.

El elemento más llamativo del salón era una fotografía grande enmarcada de Helen y su padre en el césped de la Universidad de Queen's; Helen con su toga académica y su diploma en las manos. Se sonreían de tal manera que la imagen habría atraído incluso a un desconocido: el afecto entre ellos trascendía el de las habituales fotografías de graduación. Mientras escudriñaba la imagen, recordó las palabras que pronunció su prima Una cuando la recogió en el aeropuerto aquella noche de hacía dos años. Cate le preguntó por su madre y sus hermanas y Una le dijo: «Helen está hecha pedazos». Y cuando la vio más tarde, aquella misma noche y en los días siguientes, entendió que la frase había dado en el clavo de una manera terrible.

Al lado de la estampa de la graduación, que se encontraba encima de una estantería, había otra mucho más pequeña, una instantánea en blanco y negro, también enmarcada, de las tres hermanas de pequeñas, sentadas en el escalón de la parte de atrás de la casa, comiendo unas hamburguesas. Con una sonrisa, la cogió y se sentó en el sofá para estudiarla con detenimiento. Las hijas de Charlie Quinn. Cualquiera que las hubiera conocido de adultas habría sido capaz de identificarlas; el parecido resultaba casi cómico.

A mediados de diciembre del primer año que Cate vivió en Londres, una colega le comentó que se disponía a pasar la Navidad con sus padres y que su hermana estaría también.

—Aunque me da un poco igual —añadió—. No estamos muy unidas.

—¿Cuándo ha sido la última vez que has hablado con ella? —quiso saber Cate, y la mujer arrugó la nariz y se quedó un rato pensando.

—Diría que no hemos retomado el contacto desde la fiesta de Nochevieja del año pasado, ahora que lo pienso.

Cate se quedó tan impresionada que no supo qué contestar. Fue más o menos por aquel entonces cuando cambió la grafía de su nombre y a la familia no le sentó nada bien: Helen se mostró especialmente susceptible y pejiguera, pero, por incómoda que fuera la situación entre ellas, la mera idea de pasar un año entero sin noticias suyas, y tomárselo como algo natural, le pareció inconcebible. Se percató de que su interlocutora había notado su reacción, aunque Cate seguía sin decir nada.

—No pasa nada, ¿eh? —añadió la compañera—. No tenemos nada en común.

Esta apostilla no hizo más que aumentar su desconcierto. ¿Qué tenía ella «en común» con Sally y con Helen salvo el parentesco? Desde luego, aquél era el sentido de la familia. Para convertir a extraños en amigos era preciso compartir intereses de algún tipo, creencias o aspiraciones; con sus hermanas, en cambio, lo que tenían «en común» eran ellas mismas. Al recordarlo ahora, años después, incluso la avergonzaba un poco advertir hasta qué punto había dado por sentado a los suyos, lo ordinaria que le había parecido la inmensa calidez y el amor con los que se había criado. Siempre había sabido que la infancia era una etapa importante, y vislumbrar la infelicidad de vidas ajenas la conmocionó y trastornó.

Dejó la fotografía en su sitio y se metió en la cocina, sin sospechar que Helen la había limpiado y que lo que a ella le parecía tan desastroso era en realidad un progreso significativo con respecto al estado anterior. Con lo poco que había, se preparó un tentempié. Encontró pan y biscotes, pero el pan estaba duro y los biscotes blandos, así que optó por un tazón de sopa instantánea y una manzana. Lavó la taza y la cuchara nada más acabar y le dio un repaso a la hornilla y al fregadero, con la vaga impresión de que así Helen mostraría una disposición ligeramente mejor hacia su situación: Cate sabía que necesitaba toda la ayuda que fuera capaz de reunir.

Cuando hubo terminado en la cocina, se preparó una tetera, se trasladó a la sala y se instaló en el sofá para leer. Una hora más tarde, cansada del libro, examinó la colección de cine de su hermana y decidió ponerse *El tercer hombre*. Concluida la película, comió algo más. De no ser por la lluvia que caía sin tregua, habría salido a darse un paseo; en lugar de eso, se acomodó de nuevo en el sofá y retomó la lectura. Al instante la embargó una somnolencia irresistible. Se quitó los zapatos, se colocó un cojín debajo de la cabeza y a los pocos segundos se sumió en un sueño profundo del que sólo la sacó varias horas más tarde el timbre del teléfono.

—Soy yo. —Las hermanas nunca se identificaban más allá de aquella frase cuando se llamaban por teléfono, pero la destinataria del mensaje nunca se confundía ni dudaba siquiera un segundo de la identidad de la persona que hablaba.

—Ah, hola, Helen.

—¿Estás bien?

—Sí, estupendamente —mintió Cate, que había estado soñando con el padre del bebé y de pronto se sentía desubicada al oír a su hermana comentándole a qué hora llegaría a casa. Pararía a coger unas pizzas para no tener que cocinar,

¿le parecía bien? ¿Cuatro estaciones o peperoni? Y Cate dijo sí, sí, lo que tú prefieras, lo que a ti te parezca mejor. Y de repente la conversación había terminado y ella sostenía aún en la mano un auricular que pitaba, tratando de no llorar.

Había sido un sueño espantoso. Nunca antes había soñado con él; de hecho, hasta pensaba en él con menos frecuencia de lo que hubiera imaginado en aquellas circunstancias. Sin embargo, con el bebé sí soñaba a menudo, y tampoco era agradable. Siempre la misma escena: ella entraba en una guardería y en la otra punta de la habitación veía una cuna con la criatura dentro, sentada con la espalda erguida, en una postura más propia de un adulto. Cuando Cate se acercaba, el bebé se volvía y la miraba con cierto escepticismo, y ella se alegraba cada vez de que fuera demasiado pequeño para hablar, porque daba la impresión de que habría tenido mucho que decir.

En este sueño nuevo, el padre de la criatura también se mostraba escéptico. Se encontraban en un restaurante al que solían ir con frecuencia, pero que ella jamás habría considerado un espacio oportuno para darle la noticia. Aun así, era lo que acababa de hacer, y él estaba reaccionando tal como ella se había temido, si bien no había querido pensar demasiado en ello. En el sueño, él superaba sus peores figuraciones y la increpaba a voz en cuello para que todo el mundo se enterara. Se hacía un silencio sepulcral en la sala, el rumor de las conversaciones y los cubiertos se apagaba, y, aun cuando los comensales fingían no estar escuchando, sabía que nadie perdía ripio. ¿Cómo no atender a aquellas sonoras acusaciones de egoísmo y traición, y cómo interpretarían la incapacidad de la propia Cate para refutarlas? No atinaba a decir ni una sola palabra en su defensa, aunque en cuanto despertó le costó reprimir el impulso de formular excusas y explicaciones dirigidas a su hermana.

Tampoco es que hubiera necesitado explicarse hasta ayer mismo, pues en realidad él se había portado muy bien y le había ofrecido toda la ayuda y el apoyo que ella quisiera, que era ninguna; Cate sólo pretendía continuar con su vida sin él, y *a posteriori* se preguntó por qué se lo había contado, por qué arriesgarse a meterse en un lío. La única razón que lograba desentrañar era que no habría sido ni justo ni honesto no ponerlo al tanto de la situación; poder convencerse de que obraba con ecuanimidad y con honestidad había tenido una importancia capital para ella. Sólo que ahora, tras el sueño, ya no estaba tan segura de nada.

Había dos cuestiones muy claras que Cate no acertaba a reconciliar. La primera: jamás admitiría que había sido un embarazo buscado; habría sido capaz de jurarlo por lo más sagrado. La otra era que, cuando obtuvo los resultados de la prueba, sintió un arrebato de pura dicha. Y eso tampoco lo reconocería ante nadie.

¿Qué había ocurrido? ¿Era sólo porque había alcanzado cierta edad? Ni creía que fuera eso ni le gustaba la idea. No le gustaba establecer un nexo con la muerte de su padre, pero todo había cambiado a raíz del crimen. Incluso cuando su vida había seguido más o menos como hasta entonces, para ella había dado un giro absoluto hasta extremos que jamás hubiera sospechado. Sus reacciones iniciales la sorprendieron. Aunque podía entender el dolor y la rabia que sentía, no sabía explicarse por qué al regresar a Londres se había entregado de nuevo a la vida urbana como si de ella dependiera su propia existencia. Una de las primeras cosas que hizo después del funeral fue disponer que le redecoraran el apartamento en colores claros que transmitieran una mayor sensación de luz y espacio. A veces compraba más flores que jarrones tenía; desarrolló un interés muy sincero en la gastronomía e invitaba a gente a cenar en su casa mucho más a menudo que nunca hasta entonces. Se compró ropa obscenamente cara incluso para sus extravagantes estándares. No obstante, cuando estaba con sus amistades, a veces notaba que no se encontraban a gusto con la Cate en la que se había convertido, que había algo que no terminaba de cuadrar. Por eso en ocasiones salía por las noches a mezclarse con extraños y observaba las oleadas multitudinarias del West End con ansias de ruido, luz y color.

A pesar de todo, su vida se había vuelto amarga. La aflicción seguía allí. Como si durante años hubiera caminado por una cuerda floja con tanta habilidad y tanto talento que ni siquiera hubiera reparado en ello. Ahora, de pronto, zozobraba, había mirado hacia abajo y había visto que perfectamente podía caer, y que sería una caída muy muy larga. Peor aún, que a la gente le daría igual, que para ellos representaría poco más que un curioso espectáculo; varios hasta habrían zarandeado la cuerda con mucho gusto.

Después del funeral, algunos de sus colegas se habían comportado con distancia y frialdad, y no sólo porque a los ingleses les costara más que a los irlandeses bregar con los afligidos. Cate tardó lo suyo en caer en la cuenta de lo que estaban pensando, algo tan espantoso que se achantó, temerosa de tener que enfrentarse a ello hasta que no le quedó otro remedio; y, por supuesto, no tardó en suceder.

Un día, unas tres semanas después de que ella se reincorporara al trabajo, se reunió con un periodista que solía colaborar como externo para la revista, a propósito de un suplemento que habían encargado en ausencia de Cate. Mientras examinaba los bocetos preliminares que le traía, comentó:

—Lamento no haber formado parte de este proyecto desde el principio, pero he estado en Irlanda. —Y, sin saber por qué, agregó—: Murió mi padre.

—Ya lo sé —repuso el hombre—. Lo leí en la prensa.

Cate levantó la cabeza del material que había estado ojeando y examinó con severidad al periodista, que le devolvió la mirada sin inmutarse y sin mediar palabra. «Piensa que mi padre era terrorista», se dijo para sus adentros. «Piensa que él solito se lo buscó, que merece la muerte que ha tenido».

Cate no recordaba cómo puso fin al intercambio. Sólo se acordaba de estar en su escritorio hojeando las páginas que él le había dejado, sin verlas, y preguntándose si el corazón podía convertirse en un pedazo de hierro dentro de su pecho, pues sentía que era justo lo que estaba ocurriendo. No se creía capaz de contener la rabia y a ella misma le sorprendió la calma con que le comunicó a una colega que entró en la sala: «Seguiremos adelante con este proyecto porque se encargó cuando yo no estaba, pero no quiero que volvamos a colaborar con él en adelante. La calidad de su trabajo ha disminuido; la revista necesita talento nuevo». Pero fue ante las protestas de su colega (bien fundadas, Cate era consciente, pues no había absolutamente nada que reprocharle al trabajo de aquel hombre) cuando se desató su mal genio.

«¿No me has oído?», inquirió con un puñetazo en la mesa. «En este departamento mando yo, y lo que yo digo va a misa, y te digo que ése no va a trabajar más con nosotros. ¿Está claro?».

Se dio cuenta de que la otra mujer salió de la sala temblando de miedo tras el inesperado arrebato; sus propias manos también temblaban en el momento en que se tapó los ojos, en cuanto se quedó sola. Sabía que estaba cometiendo un error. Más tarde le pediría disculpas a su compañera, pero no se retractaría con respecto al periodista. Sí, estaba siendo injusta, pero la vida era injusta, y si eso él no lo sabía, ya era hora de que se enterara. Sin embargo, aunque reconocía y cebaba su propia mezquindad, la horrorizaba. La ira de aquella tarde brotaba de la misma fuente que había llevado a Sally, la amable y bondadosa Sally, a pronunciar unas palabras que Cate nunca habría imaginado que pudieran salir de su boca: «Odio a esa gente y ojalá alguien los mate».

Salió de la oficina al final de la jornada presa de un cansancio inexplicable. Por lo general, se incorporaba sin pensar al caudaloso río de trabajadores que tanto la había escandalizado y perturbado a su llegada a Londres, pero que formaba parte de la ciudad hasta tal punto que ya apenas le llamaba la atención. Convertida ya ella misma en parte del fenómeno, la pilló desprevenida la impetuosa reacción de Sally cuando la visitó: «Aquí lo de "hora punta" no es ninguna metáfora, por lo que veo».

Aquella tarde en concreto, Cate se sentía como si acabara de recalar en la ciudad y fue incapaz de soportarlo. En Hungerford Bridge la gente la empujaba y la apartaba con impaciencia. Las vías echaron chispas azules cuando un tren abarrotado salió despacio de Charing Cross. Las caras y los cuerpos apretados contra el cristal de las ventanillas se asemejaban a fruta en almíbar. El peso estruendoso y la proximidad del tren la inquietaron. Cate se apartó abruptamente de la marea humana y se encaminó hacia una de las zonas retranqueadas del puente, se apoyó en la barandilla y contempló el correr de las aguas verdes. Entonces levantó la vista para admirar la inmensa y fulgurante urbe: los festones de luces blancas que se balanceaban a lo largo de South Bank, el oscuro cielo invernal, la cúpula de San Pablo y los edificios iluminados y arracimados a su alrededor. El imparable motor de la ciudad en su máximo esplendor.

En su piso había un jarrón de rosas amarillas tiesas y sin espinas. Antes de irse a trabajar esa mañana había combado con delicadeza una de ellas para atraerla hacia sí y sondear su núcleo, oculto tras los arcos densos de puro color. ¿Había existido alguna vez otra rosa semejante? Desde luego: Cate recordó las rosas amarillas reventonas y suaves que había cultivado su abuela, y que seguían floreciendo. Brian le llevaba a la madre de Cate ramos flácidos, con los tallos envueltos en papel de aluminio. Las rosas salían y se marchitaban y volvían a salir; el rosal echaba hojas, luego capullos y luego flores, independientemente de quién viviera o muriera, independientemente de quién presenciara la floración o se preocupara de su existencia. Y, en aquel instante, Cate se percató de que la ciudad que se desplegaba ante ella era tan frágil como las rosas, en constante renovación, sólo que la ciudad era finita, un espejismo. Y, aunque no recordaba haber tomado ninguna decisión consciente en aquel momento, más tarde, cuando reflexionaba sobre por qué quería tener hijos, siempre recordaba aquella tarde en el puente y que, al volver a casa, encontró unos cuantos pétalos desparramados en la mesa. La única explicación que podría dar era: «Quería algo real».

Se giró y consultó la hora en el reloj. Helen no tardaría en volver.

CAPÍTULO 8

Ahora, todos los periódicos de Londres, Dublín y Belfast estaban plagados de artículos acerca de lo que sucedía en Irlanda del Norte. La televisión emitía reportajes sobre manifestaciones que degeneraban en violencia, atentados en instalaciones hídricas y energéticas e infinitas disputas políticas. Las niñas entendían que aquello era importante por la atención que le prestaban no sólo sus padres, sino prácticamente todos los adultos de su entorno, que dedicaban horas a hablar de lo que estaba pasando, de lo que podía pasar, de lo que debería pasar. Aunque las hermanas aprendieron enseguida a no interrumpir estos debates, a no hacer ruido cuando retransmitían las noticias por la radio o la tele, eran demasiado pequeñas para calibrar la envergadura de lo que estaba ocurriendo. En casa, todo fue alegría y entusiasmo cuando Bernadette Devlin salió elegida en Westminster, pero las vidas de Helen, Kate y Sally giraban todavía en torno a asuntos como un control de ortografía en el colegio, una visita al dentista o la perspectiva de una salida al cine en Magherafelt o Ballymena. En abril de aquel año descubrieron que Tigger iba a tener crías y con sumo deleite observaron cómo la gata fue engordando a lo largo de las semanas hasta parecer un torpedo peludo que se movía por el patio como un pingüino. La acariciaban y le prepararon una camita nueva; rogaban a su madre que aumentara sus raciones de comida y leche; especulaban sobre cuántos gatitos nacerían y qué nombres les pondrían.

Hasta que un buen día Lord Terence O'Neill, el primer ministro de Irlanda del Norte, dimitió justo la mañana en que Tigger dio a luz a su camada «y lo fastidió todo el muy desgraciado», como dijo Kate aquella noche. Entró corriendo en la casa para dar la noticia del nacimiento, pero sus padres, que se miraban con incredulidad y rabia mientras escuchaban una voz muy finolis que sonaba por la radio, la mandaron callar.

—Era de lo malo lo mejor —comentó su padre una vez terminada la retransmisión—, y si eso es lo que O'Neill piensa de nosotros, no me quiero ni imaginar cómo nos ven los demás. ¿Qué querías contarnos, cielo?

—Que Tigger ha parido a sus bebés —dijo Kate—. Seis.

No entendió por qué su madre reaccionó con una carcajada irónica y dijo:

—¡Tres más que yo!

Las cosas fueron de mal en peor en los meses siguientes, una crisis que culminó en el verano. Durante un tiempo, la información que les llegaba por televisión no coincidía con el mundo que las rodeaba. Aquellas imágenes de agentes de policía en Derry con la protección antidisturbios enfrentándose a personas que lanzaban piedras y cócteles molotov. Derry quedaba a poco más de una hora en coche, pero ellas nunca habían estado, a diferencia de sus primos: tía Lucy tenía allí una hermana y Johnny, Declan y Una solían ir a visitarla.

Veían las imágenes en blanco y negro mientras sus padres ponían cara de preocupación y luego salían de nuevo a la luz de un crepúsculo de agosto en el que las golondrinas se elevaban y se dejaban caer en picado alrededor del patio de atrás, el ganado deambulaba entre la hierba alta y la madreselva florecía junto a la cancela verde.

Sin embargo, los disturbios se extendieron a Belfast y el conflicto irrumpió en su universo. En un reportaje televisivo reconocieron la calle donde vivía la amiga de su madre, la señorita Regan, a cuya casa acudían todas las Navidades. Al final de la calle había un coche calcinado y el periodista informaba de que muchos vecinos de esa parte de la ciudad habían tenido que huir de sus casas. Su padre instó a su madre a llamar a la señorita Regan y decirle que podía quedarse con ellos si quería, a la espera de que se calmaran los ánimos, y al ver que su amiga no respondía al teléfono se preocuparon hasta media tarde, cuando la señorita Regan los llamó y les contó que se había trasladado a la casa de su hermana en Newry. «Aunque quién sabe si podré volver a la mía algún día, incluso si tendré una casa a la que volver. Es como una guerra, Emily», le dijo.

Emily trató de consolarla comentando que había que alegrarse de que el Gobierno británico hubiera decidido mandar tropas a Irlanda del Norte[8]. Los habitantes de las zonas donde se habían producido los disturbios durante el verano

[8] Con la llamada Operación Banner se inició, a partir del 15 de agosto de 1969, un despliegue de las tropas británicas en el territorio norirlandés que acabaría durando treinta y ocho años, hasta el 31 de julio de 2007, lo que la convierte en la campaña militar más larga de la historia del Reino Unido.

recibieron la noticia con alivio y consideraron que, a partir de entonces, estarían protegidos. Emily y Charlie también se lo tomaron como algo positivo, pero tío Brian no estaba de acuerdo.

—Más habría valido que los nuestros hubieran sido capaces de cuidar de nosotros —se lamentó—. Dublín nos ha dejado en la estacada. Lynch acabará arrepintiéndose de sus promesas vacías.

—Pero, si se implicara el Ejército irlandés, tendríamos una guerra civil en toda regla —protestó su hermano, a lo que Brian reaccionó encogiéndose de hombros.

—Tiene pinta de que es lo que acabará ocurriendo, sea como sea.

Las tropas británicas intervinieron primero en Derry, luego en Belfast y finalmente se desplegaron por todo el norte. Al principio resultaba raro ver los vehículos blindados hasta el extremo por las tranquilas carreteras rurales. Aterrizaban helicópteros en prados cercanos a la casa, alisando la hierba con sus aspas y asustando al ganado que allí pastaba.

—Supongo que terminaremos acostumbrándonos—dijo Charlie.

A lo que Brian repuso:

—Pues harías mal. No deberían estar aquí, que no se te olvide.

Brian no era el único que manifestaba una militancia creciente. A finales de aquel año, la actitud de la mayoría de sus conocidos hacia los soldados se había agriado considerablemente. Charlie se resistía a ceder y protestaba sin mucho afán, afirmando que no le habían hecho nada malo. Su contacto con el Ejército se limitaba más que nada a breves intercambios en los controles de seguridad, hasta el día en que los militares se presentaron en la casa.

Estaban todos a la mesa de la cocina un sábado, en mitad del día, cuando Kate, que tenía la ventana enfrente, exclamó de pronto:

—¡Papá, hay un soldado en el patio! ¡No, más de uno, mira!

Justo en ese momento llamaron a la puerta trasera.

—Quedaos aquí —les dijo su padre a la vez que se levantaba para abrir.

Y allí se quedaron, calladas, tratando de oír lo que se decían, y, cuando su padre entró de nuevo en la cocina, lo hizo acompañado de una pareja de soldados.

—Estos señores quieren hacernos unas preguntas —le dijo a Emily.

—Pues vamos al salón —respondió ella percatándose de que los soldados echaban un vistazo a los restos de comida en la mesa.

A la estancia a la que pasaron todos, oscura, formal, le daban poco uso. Emily y las niñas se acomodaron con rigidez en los sillones y el sofá, Charlie se quedó de pie, de espaldas al frío hogar, y el soldado más joven, que portaba un arma alargada, se colocó al lado de la vitrina de la porcelana. A través de las ventanas pequeñas y profundas distinguían la sombra de otro soldado apostado delante de la puerta principal, y a otro más agazapado junto al árbol. El soldado que a todas luces llevaba la voz cantante sacó un cuaderno y un bolígrafo y les explicó educadamente que su regimiento —lo nombró— acababa de desplegarse en la zona y necesitaban recabar información sobre los vecinos. Añadió que agradecerían su ayuda y cooperación.

—Empezaremos por usted, señor, si me permite. ¿Nombre?

—Charles Quinn.

—¿Me deletrea el apellido si es tan amable?

El soldado preguntó también por su segundo nombre, su profesión y su fecha de nacimiento.

—Y ahora vamos con usted, señora.

—Emily Mary Quinn.

—¿Apellido de soltera?

Puso cara de sorpresa, pero contestó.

—¿Fecha de nacimiento?

Miró de soslayo a las niñas, luego se examinó las uñas y masculló algo.

—Disculpe, no la he oído bien.

Emily repitió entonces lo que había dicho, lo bastante alto para que esta vez la oyera, pero en tono taciturno.

—Y ahora estas señoritas —dijo sonriendo a las tres hermanas, que advirtieron que sus padres se miraban, atónitos y ligeramente asustados.

Su padre se encogió de hombros y carraspeó:

—Pues... ella es Helen —dijo antes de que la propia Helen pudiera intervenir— y nació el 10 de enero de 1959.

Cuando el soldado tuvo los datos de todos los miembros del hogar, incluida Sally, preguntó si vivía alguien más con ellos o había alguna persona que durmiera a menudo en la casa. Quiso saber cuántas dependencias externas abarcaba la propiedad y si tenían perro.

—Querrá saber también cómo se llama el perro —dijo Sally, y el soldado, levantando la vista de sopetón, le dedicó una mirada severa—. Se... se llama Brandy —añadió con una voz que era poco más que un susurro.

—Sí, ¿eh? —dijo el hombre con una sonrisa—. ¿Y es bueno?

Sally asintió.

—Yo tengo un perro en casa, en Inglaterra —añadió con agrado guardando el cuaderno y el boli—. Se llama Muffin. Es un labrador.

—No sé qué será Brandy —terció Charlie—. Me parece que tiene un poco de todo.

Y tanto él como el soldado rieron sin ganas, tras lo cual el hombre les dio las gracias y Charlie los acompañó a la puerta.

Cuando todo hubo acabado, casi no se podían creer lo que había pasado. Desde la ventana vieron a los soldados abandonar la sombra que proyectaba la casa y adentrarse en el intenso sol espantándose los mosquitos de la cara. En cuanto desaparecieron de su campo de visión, fue como si aquella curiosa escena hubiera sido producto de su imaginación: que dos soldados, uno de ellos de uniforme de combate y armado, el otro con un acento que a duras penas lograban descifrar, habían estado en su salón, les habían hecho un montón de preguntas extrañas y personales y, con las mismas, se habían marchado.

—¿Para qué necesitan saber todo eso, por los clavos de Cristo? —exclamó Emily cuando Charlie volvió al salón.

—Eso quisiera saber yo —respondió él—. ¿Te has fijado en la cara que tenía el que estaba al lado de la vitrina? ¡Era un niño! Seguro que su mami no pega ojo por las noches desde que lo han mandado aquí.

»Me alegro de haber sido correcto con ellos —añadió metiéndose la mano en el bolsillo para sacar el tabaco y las cerillas—. No tiene nada de malo ser educado.

La misma frase se la repitió aquella misma tarde a su hermano, que también había recibido la visita de los soldados.

—Al infierno los tendrías que haber mandado —porfió Brian—. Eres un blando, Charlie, no me jodas. Ése es tu problema. Hazme caso, esa gente averigua lo que quiere sobre ti sin necesidad de preguntarte ni de que tú les cuentes nada.

—Yo creo que Brian tiene razón —intervino Emily—. ¿Con qué derecho vienen a mi propia casa a preguntarme mi edad y cómo me llamaba antes de casarme?

—Lo del perro ha sido lo que más me ha descolocado —siguió Charlie—. ¿Qué narices les importará si tengo o no tengo perro?

Brian puso los ojos en blanco.

—Les interesa para saber qué probabilidades hay de que cuando estén husmeando en las dependencias de tu finca en plena noche un chucho les pegue un bocado en el culo. Por el amor de Dios, Charlie, ¿acabas de caerte de un guindo o qué?

—Bueno, seguro que muchos de ellos tienen tantas ganas de estar aquí como nosotros de verlos —zanjó.

Aproximadamente una semana más tarde, Kate y su padre estaban en la tienda de McGovern's cuando entró un soldado a comprar tabaco.

—Lo siento, pero no te puedo despachar —respondió la señora McGovern.

—¿Por qué razón?

—Lo sabes tan bien como yo —dijo ella.

El tipo se encogió de hombros y se fue por donde había venido.

—Perdona, Charlie, pero ¿qué quieres que haga? —añadió a la vez que bajaba de la estantería un tarro de caramelos de clavo y empezaba a pesarlos—. No tengo ningún interés en estar de malas con el Ejército, pero por esa misma regla de tres en este país hay hombres que si se enterasen de que despacho a los soldados no dejarían piedra sobre piedra, ni de mi casa ni de mi negocio.

—A mí no me tiene que dar explicaciones —le respondió Charlie—. Conozco muy bien su situación.

—No es justo que entren aquí como Pedro por su casa y pretendan que los atienda, hombre —continuó ella—. Saben perfectamente la clase de zona que es ésta y sólo lo hacen para ver cómo reacciono yo.

Con el tiempo, los soldados dejaron de presentarse en las casas a pedir información y renunciaron a intentar comprar en los comercios locales. Comenzaron a circular habladurías sobre muchachos, amigos de amigos o hijos de conocidos, a quienes les daban el alto en los controles cuando volvían a casa de algún baile a altas horas de la noche para agredirlos sin motivo aparente. A plena luz del día, paraban a Charlie en un control de carretera a unos cientos de metros de su casa y le preguntaban su nombre y profesión. Le pedían el carné de conducir y le ordenaban que abriera el maletero. Le preguntaban de dónde venía: «De aquella casa gris detrás de ese árbol»; y adónde iba: «A la tienda a comprar el periódico». A la vuelta, no habían pasado ni cinco minutos, el mismo soldado lo paraba y con cara de póquer formulaba exactamente las mismas preguntas, como si no acabara de verlo, y otra vez le pedía que abriera el maletero del coche. Cuando la escena se repitió una y otra vez, hasta la proverbial paciencia de Charlie se agotó y empezó a mostrarse hosco y resentido con las fuerzas de seguridad.

En primavera, abuela Kate se cayó y se partió un brazo. Ella le quitó hierro al asunto y divirtió a toda la familia apareciendo en misa el domingo con un cabestrillo hecho con un pañuelo de seda que combinaba a la perfección con el traje que lucía. «Que me haya lesionado no significa que deba renunciar a ser una mujer elegante, ¿no?», declaró. Las clases se interrumpieron durante el verano y las niñas se recrearon en los días largos, lentos y ociosos, aunque sin perder de vista que la situación no hacía más que empeorar a su alrededor.

Una mañana de agosto, tan temprano que todavía estaban todas en la cama, sonó el teléfono. Helen se despertó y se acercó con sigilo a la puerta para escuchar lo que decían. Debía de ser abuela Kate, y era evidente que estaba alterada, pues su padre no paraba de pronunciar palabras de calma y consuelo. «Ahora mismo voy para allá, no tardo nada», oyó Helen que decía. Se quedó muy quieta en el momento en que él subió de nuevo y pasó por delante de la puerta tras la que se encontraba ella. Aguzó el oído para distinguir qué le decía a su madre cuando volvió al dormitorio.

—Era mamá. Que los soldados se han presentado de madrugada y se han llevado a Peter y a Brian. Están todos como locos; le he dicho que voy para allá inmediatamente.

—¿Puedo ir yo también? —Helen estaba en el umbral del cuarto de sus padres—. Por favor.

Su padre empezó a poner pegas y, por una vez, fue Emily quien intercedió por ella.

—Que vaya contigo. Si te paran los soldados por el camino, te darán menos guerra yendo con Helen.

—Eres más optimista que yo si de verdad crees eso —contestó Charlie, pero así y todo le pidió a Helen que fuera rápido a vestirse.

Todavía estaba oscuro cuando salieron de casa; un resplandor de luz muy tenue asomaba en el horizonte oriental. Cuando llegaron a casa de Brian y Lucy, su padre llamó a la puerta diciendo: «Sólo soy yo». Lucy les hizo pasar a la cocina a través de la trascocina. Reinaba un gran alboroto. Los niños estaban levantados y lloraban. Lucy tenía los ojos colorados. Sólo abuela Kate, bien arrebujada en una bata azul celeste, parecía conservar un atisbo de calma, aunque teñida de ira.

—Han llamado tan fuerte a la puerta que nos hemos desvelado todos. Brian estaba yendo a abrir y desde las escaleras ha oído que era el Ejército. «¿Qué hago?», dice, pero justo en ese momento los soldados han tirado la puerta abajo. Ha sido verlo y abalanzarse sobre él, lo han agarrado del pelo y le han preguntado: «¿Tú eres Brian Quinn?». Y Brian: «Sí», y le han dado tres minutos para que se vistiera, que se lo iban a llevar. En ésas ha salido Peter de su cuarto: «¿Qué pasa aquí, qué le estáis haciendo a mi hermano?». Y el soldado mandamás ha señalado a Peter con la cabeza y ha ordenado: «Tú también te vienes con nosotros». Y los han bajado a los dos a empujones y los han metido de mala manera en la parte de atrás de un camión militar aparcado fuera. Les he preguntado adónde se los llevaban, pero claro, no me lo han querido decir.

—¿Peter cómo estaba?

—Lleva un par de semanas bien; estaba durmiendo aquí en la casa. Pero los dos iban muy asustados.

—Señor bendito, qué desesperación.

—Me daba miedo que se te hubieran llevado a ti también. Qué alegría cuando he llamado y lo has cogido tú.

El padre de Helen se volvió hacia Lucy de pronto.

—¿Nos preparas una taza de té, corazón? Pero bueno, Declan, que te castañetean los dientes; a ver, Una... Id a echarle una mano a vuestra madre.

Lucy y los niños salieron de la cocina y, aprovechando el sonido del grifo abierto que llenaba la tetera y el estrépito de la vajilla, el padre de Helen le preguntó a la abuela en voz baja y apremiante:

—¿Sabes si tenemos razones para preocuparnos por Brian? —Sin apartar los ojos de la puerta de la trascocina, ella meneó la cabeza con ímpetu—. ¿Seguro, mamá? —insistió Charlie con un hilo de voz—. ¿Seguro que no está metido en nada, que no hay nada en la casa?

—Segurísimo —respondió también en un susurro—. Me aterraba que pasara algo así. Sobre todo que tuviera algo guardado en casa y lo encontraran los niños, o los soldados. Yo no podría vivir en esta casa si hirieran o mataran a alguien aquí. Por eso cogí aparte a Brian un día hace tres semanas o así. Le pregunté sin rodeos si estaba metido en el IRA y me contestó que no. Le pregunté también si tenía escondidas armas u otras cosas y me repitió que no. Le dije que si hacía algo así sería el fin, y le advertí de que, si se empantanaba en cualquier asunto que implicara meter a Peter en un lío o que alguien saliera mal parado, me iría a vivir a otro sitio. Y él me aseguró que podía estar tranquila a ese respecto.

—Entonces ¿por qué se lo han llevado?

Su madre se encogió de hombros.

—¿Y por qué se han llevado a Peter? —preguntó ella de vuelta, justo en el momento en que Declan llegaba con tazas y platillos en una bandeja.

Aquella misma mañana, cuando se enteraron de que habían encarcelado a gente en todo el norte y oyeron los nombres de otros vecinos a los que igualmente se habían llevado, su padre dejó de preguntarse por qué habían detenido a sus hermanos; más bien resultaba raro que no hubieran ido a buscarlo a él. Además de notorios simpatizantes republicanos locales como Brian y el padre de Willy Larkin, habían capturado a gente como los dos hermanos de la señora McGovern: uno de ellos era muy activo en el movimiento por los derechos civiles, pero el otro no tenía absolutamente ningún compromiso político, aunque, tal como comentó la propia señora McGovern con amargura: «Es posible que eso cambie cuando pase todo esto».

Charlie dedicó todo el día a intentar averiguar adónde habían trasladado a Peter y Brian. A media tarde, la señora McGovern llamó para contar que había localizado a sus hermanos en un cuartel militar cerca de Derry y aventuró que a lo mejor habían metido en el mismo sitio a todos los vecinos de una zona. Al día siguiente, tras una noche de nervios en la que Charlie temió que se presentaran también en su casa —sin saber cómo evitarlo—, descubrieron que la señora McGovern había acertado en su suposición.

Los liberaron a última hora de la tarde del segundo día y, cuando Lucy llamó para contar que ya estaban en casa, Charlie fue corriendo a verlos y de nuevo se llevó a Helen.

Lo que encontraron a su llegada, sin embargo, frustró las expectativas de Helen. Sabía que se alegrarían de estar en casa, y lo que esperaba era un ambiente de alivio, incluso de felicidad, no la cólera eléctrica de toda la familia por el hecho de que se hubieran llevado a los hermanos y los hubieran maltratado. Costaba creer que sólo llevaran dos días fuera, pues físicamente parecían otros, estaban cansados y sin afeitar, como si hubieran emprendido un largo viaje. Brian tenía además un corte justo debajo del ojo derecho. Les contó que los soldados lo habían interrogado durante horas para que diera nombres de miembros del IRA y de gente que almacenaba armas y explosivos. Lo intimidaron y amenazaron, y cuando él afirmó que no conocía a nadie, le pegaron en la cara. Su furia y el vocabulario violento que empleó al describir lo sucedido asustaron a Helen.

Se retiró al sofá de la otra punta de la sala, donde estaba sentado Peter. El perro de Brian, Spike, se encontraba a sus pies, con la cabeza apoyada en sus rodillas. Peter acariciaba y revolvía el pelo del cuello del animal con la mano izquierda mientras con la derecha sostenía un vaso de whiskey solo del que bebía con regularidad. Prácticamente no hablaba; se limitaba a asentir o a pronunciar algún que otro «sí» cuando

Brian solicitaba que confirmara algún detalle de su narración. En un momento en que se llevó el whiskey a los labios, Helen se fijó en el puño desgastado de su camisa y de pronto ató cabos entre Peter y lo que estaba contando Brian. Vio cómo sacaban a rastras a Peter de un *jeep* del Ejército, lo insultaban y le arreaban puntapiés, vio a soldados vociferando ordinarieces en su cara y retorcerle los brazos a la espalda hasta que él soltó un alarido. Su tío apuró el vaso como si contuviera agua y le pidió a Declan en voz baja que le acercara la botella que estaba en la mesa. A Helen la embargó una ira terrible, una ira que jamás olvidaría.

Acababan de volver a la escuela y se esforzaban por recuperar la estabilidad que traía consigo el otoño cuando otro suceso vino a trastocar sus vidas. Una noche de finales de septiembre, Tony Larkin, el hermano mayor de Willy Larkin, amigo de Helen en el colegio, murió colocando una bomba en una torre eléctrica cerca de Magherafelt. «Una torre eléctrica», recalcó con amargura su padre cuando se enteró de la noticia. «Una puta torre eléctrica», añadió, para sorpresa de las hermanas, pues su padre casi nunca hablaba en esos términos. «¿Qué se pensaba que iba a conseguir con eso? ¿Creía que así iba a liberar Irlanda?». Tony tenía diecinueve años. Lucy los llamó por la mañana temprano para contarles lo acaecido; a ella la había llamado la señora McGovern. Todos querían ahorrarles a los demás la conmoción de enterarse por la radio. Aun así, incluso estando prevenidos, hubo algo inquietante en ver la televisión aquella tarde y oír un nombre tan familiar enunciado de un modo tan displicente y público. Al presentador le costó pronunciar el nombre del lugar donde había muerto Tony. A lo largo del día, habían oído a gente hablar entre bisbiseos y en tono afligido sobre lo que había pasado, y resultaba extraño oír ahora la misma historia narrada sin sentimiento ni emoción.

Helen recordó la admiración que le profesaba Willy a Tony, lo mucho que presumía de hermano mayor. «Nuestro Tony no le tiene miedo a nada, ¡a nada!». En una ocasión mató un zorro y le regaló la piel a Willy, que la llevó a clase para enseñársela a sus compañeros; eso era lo que Helen recordaba en aquellos momentos, el olor fétido del pellejo cobrizo, y a Willy acariciándolo con ambas manos y diciendo: «No hay en todo el país nadie más valiente que nuestro Tony». Cuando Helen cerró los ojos, vio el prado inhóspito donde vivían los zorros y donde Tony murió; un prado delimitado por densos setos de espino y endrino. Kate y ella habían oído la detonación. Justo cuando estaban conciliando el sueño la noche anterior, hubo un largo estruendo a lo lejos. Las dos supieron de inmediato que no había sido un trueno, y no sólo porque el parte del tiempo no hubiera anunciado tormentas. Ya habían aprendido a distinguir entre el ruido del trueno y el bramido plano y tétrico de las bombas. «Dónde habrá sido», dijo Kate, tras lo cual se quedaron dormidas.

Esa noche, sus padres asistieron al velatorio y, a su regreso, las niñas se dieron cuenta de que su madre había llorado. Una atmósfera extraña flotaba alrededor de todo y de todos en la época en que murió Tony, un aire de duelo y silencio, y se creó cierta distancia entre algunas personas, como si por más que hablaran siguieran extremadamente aisladas. Las niñas lo advirtieron en su propia casa, en el colegio, donde rezaron oraciones por Tony y su familia; y fue palmario en la iglesia el día del funeral, al que asistieron a resultas de la insistencia de su padre. Se quedaron sobrecogidas cuando distinguieron a Willy y a su familia; parecían vivir en otra dimensión. Las niñas tuvieron la sensación de que, si hubiesen intentado hablar o comunicarse con ellos, los Larkin no habrían sido capaces de reaccionar. Como si la señora Larkin estuviera atrapada en una terrible pesadilla de la que no tenía fuerzas para tratar de despertar. Daba la impresión de que llevara dos días enteros sin parar de llorar; y cuando Kate le dijo esto mismo a Emily más tarde, su madre le contestó: «Seguramente tengas razón». Nunca habían visto a tanta gente agolpada en el reducido espacio de la iglesia, y, para cuando terminó la ceremonia y sacaron el ataúd, Kate pensó que iba a desmayarse por culpa del calor, el aire cargado y el potente olor a incienso. En cuanto el féretro traspasó las puertas del templo, le colocaron por encima una bandera tricolor, una boina y unos guantes negros. Brian les contó después que había oído que el padre Black había prohibido que pusieran la bandera dentro de la iglesia. Seis hombres y mujeres se desgajaron del gentío. Completamente de negro, con boinas negras y gafas oscuras, se ubicaron tres a cada lado del cortejo desde el atrio de la iglesia hasta la sepultura. Entre ellos, Helen reconoció a la rubia a la que había visto con Tony en la feria y en otras ocasiones; a pesar de las gafas, saltaba a la vista que también había llorado. El padre Black pronunció las últimas plegarias en el momento en que bajaron el ataúd, y la gente que estaba cerca oyó que la señora Larkin decía: «Tony, Tony, ¿cómo voy a vivir sin ti?».

Y, en ésas, ocurrió algo que quebró el ambiente de digna pesadumbre que había caracterizado la jornada hasta entonces. Los hombres y mujeres de negro sacaron unas pistolas, alguien dio una orden en irlandés, levantaron los brazos y dispararon una salva de tiros por encima de la tumba abierta. Muchos de los dolientes aplaudieron con entusiasmo; algunos hombres incluso lanzaron vítores y silbidos. Su tío Brian fue uno de los que más fuerte aplaudió, pero Charlie no se unió a la ovación.

Cuando subieron al coche para volver a casa, todos guardaron silencio un momento y su padre les dijo: «No olvidéis nunca lo que habéis visto hoy, y no permitáis que nunca nadie os convenza de que ha sido algo más que una vida desperdiciada y un montón de vidas destruidas».

CAPÍTULO 9.
MIÉRCOLES

Las flores y las plantas le gustaban desde siempre, pero después del asesinato de Charlie se convirtieron en obsesión, la única distracción en la que conseguía volcarse por completo, a menudo la única actividad con sentido para ella. Criaba guisantes de olor en espaldera y, en una zona sombreada del jardín, tulipanes rojos entre una nube de nomeolvides. Debajo de las ventanas tenía alhelí silvestre, estrellitas blancas y moradas de cuyo núcleo emanaba un suntuoso perfume al anochecer. En Pascua, la casa se doraba con los narcisos que ponía por todas partes en jarrones, jarras y frascos; sus trompetas atronaban en el aire tenue, y por muchos que cortara siempre quedaban más en el arriate profundo donde crecían, agitándose y hundiéndose en densas olas amarillas y verdes. En otoño ponía bulbos de jacinto en agua. A medida que los días se acortaban, contemplaba las raíces blancas tirando hacia abajo y los brotes verdes despuntando, y más tarde, a la débil luz de final de año, las extraordinarias flores estallaban e impregnaban las habitaciones con su aroma. De la tumba de su marido hizo un jardín. Como no sabía rezar por él, cultivó rosas en la tierra que daba cobijo a su cuerpo y para sus adentros le decía: «Esto es para ti, Charlie». Sus hijas le tomaban el pelo a cuenta de su manía; ella se limitaba a sonreír. Sabía que lo entendían. La jardinería le volvía soportable el tiempo porque la ligaba al ciclo de las estaciones, y de otro modo el tiempo habría sido una espantosa línea recta, un viaje despiadado y sin curvas a toda velocidad hacia la muerte. En lugar de eso, había logrado introducir de nuevo a Charlie en el círculo y en su vida, de una forma que ella aprehendía sin palabras y que le brindaba lo más parecido a un alivio o un consuelo que jamás conocería.

Estaba sentada en el porche acristalado que sus hijas habían mandado construir para ella con motivo de su sexagésimo cumpleaños. Allí había estado la mañana de la víspera, tratando de asimilar la noticia de Cate, cuando Sally entró para que hablaran y ella había insistido en que se trasladaran a la cocina, por si pronunciaban alguna palabra más alta que otra que pudiera envenenar el aire, en cuyo caso nunca más habría sido capaz de acomodarse entre las flores sin que la asediaran los malos recuerdos. Las flores eran importantes porque los objetos no significaban nada para ella, ni ahora ni antes, desde que era una niña pequeña. No sentía un apego sentimental hacia las cosas. Poco después de su boda, las misiones extranjeras organizaron una colecta de vestidos de novia para mandarlos a mujeres de África, y fue derechita a casa desde la iglesia y preparó un paquete con el suyo. Charlie hizo todo lo que estuvo en su mano para disuadirla y consiguió que llegaran a algo así como un acuerdo: Emily donaría el vestido pero conservaría el velo y la tiara de bisutería.

Después de que Charlie muriera encontraron en su ropero un alijo de recuerdos cuya existencia Emily ignoraba: el programa de una cena con baile a la que habían asistido en el hotel Halls de Antrim en 1962; un cuadernillo de caligrafía de la época de Cate en primaria; tarjetas de Navidad y de cumpleaños que sus hijas le habían hecho de pequeñas, y una carta solemne que Helen le escribió con diez años, cuando Charlie estuvo hospitalizado por unas piedras en la vesícula, en la que le decía que no se preocupara por los animales «porque tío Peter y yo cuidaremos de ellos hasta que te pongas bueno». Una vez hecho el repaso, aunque Emily quiso tirarlo todo, sus hijas se opusieron. Ella no veía qué interés tendría conservar aquellos recuerdos, de modo que las hermanas se los repartieron de manera amistosa.

Sí, se quedó con la tiara para darle el gusto a Charlie, pero para ella nunca significó nada. Dejaba que las niñas la usaran cuando jugaban a disfrazarse de princesas y con el tiempo se estropeó y el velo se desgastó y se rasgó. Cate lo encontró por casualidad un día cuando tenía dieciséis años y se abalanzó sobre él. «¡Ay, mami! ¿Me lo prestarás cuando me case?», le preguntó al tiempo que se lo calaba en la cabeza, y todos se echaron a reír, incluso Charlie, porque estaba la mar de cómica con su cara de ilusión bajo la corona rota de estrás.

Había sido un chasco para ella que las tres se hubieran quedado solteras. Cuando eran pequeñas, siempre había dado por hecho que se casarían; bueno, quizá Sally no, pero Helen seguramente sí, y Cate sin duda. No parecía muy probable que a estas alturas fueran a hacerlo. La gente decía que los tiempos habían cambiado, pero Cate pronto descubriría que no tanto, que la gente seguiría mirándola con desprecio por ser madre soltera. Pocos hombres había aún que asumieran la carga de un hijo de otro, y cuando discutieran sería lo primero que le reprocharían.

«¡Nunca quise que te fueras a Londres!», le había gritado a Cate el lunes. «Ya sabía yo que no traería nada bueno». Tanto Sally como Cate la miraron perplejas. «Me parece que ésa no es la cuestión, mamá», había replicado Sally. Pero la cuestión era que Emily siempre había pensado con miedo en la vida de Cate en Inglaterra. Cuando lo analizaba fríamente, no le veía lógica alguna, pues Cate era y siempre había sido sincera hasta la transparencia. Si hubiera tenido algo que ocultar, ¿acaso habría animado tan a menudo a su madre para que fuese a visitarla? Ella nunca había aceptado las invitaciones, pero Sally y Helen habían ido y se habían quedado en su casa, y tanto ellas como Michael y Rosemary se habían encontrado exclusivamente con la amabilidad, los lujos y la generosidad que caracterizaban a Cate. Una vez, sin embargo, estando su hija en casa durante unas vacaciones, Emily entró en su habitación y de pronto comprendió qué era lo que la angustiaba. Miró la agenda negra en el tocador, el platito de cristal lleno de anillos y cadenas de oro, la pulcra hilera de zapatos espléndidos junto a la ventana: la sofisticación de las posesiones de Cate hizo que Emily la viera no sólo como a una hija, sino como a una mujer, una mujer adulta que llevaba una vida de mujer adulta en una ciudad inmensa y anónima; cayó entonces en la cuenta de que era eso lo que inconscientemente la había asustado.

Luego estaba Helen. Al contrario de Cate, era indiferente a la idea del matrimonio, hasta un punto que a Emily le resultaba ofensivo. Recordaba que, en la boda del «joven Michael»

(¡cuánto le había costado convencerla para que asistiera!), Rosemary le había dicho medio en broma: «¿Y tú, Helen, cuándo nos vas a ofrecer un gran día como éste?». Desde luego Rosemary no había estado muy fina, y Helen tenía todo el derecho del mundo a molestarse, pero su desprecio glacial hacia el asunto fue tan absoluto, tan concluyente, que Emily se quedó impresionada y afligida. No entendía la actitud de Helen, dado que había crecido en una casa donde vivía un matrimonio feliz. Si todavía los hubiera visto a ella y a Charlie discutir sin parar, o a Charlie beberse hasta el agua de los floreros, como les pasaba a tantos hombres... Le habría gustado preguntarle, pero Helen le imponía. No le agradaba reconocer que sus propias hijas la intimidaban, pero así era. A veces, cuando Cate volvía a casa, al principio la asaltaba una sensación de extrañeza, porque era muy guapa. Parecía una de esas modelos que salían en la revista para la que trabajaba, pero su personalidad asomaba casi al instante por debajo del brillo satinado. A los diez minutos de llegar ya se había quitado los zapatos, investigaba la lata de los bizcochos, dejaba entrar a los gatos en la cocina para jugar con ellos, te sacaba de quicio y te hacía reír igual que cuando tenía diez años. Helen, en cambio, era distinta, siempre lo había sido.

Cate le había dado más preocupaciones que Helen y Sally juntas, y ahora mira en qué embolado se había metido, ¡y a su edad! Durante la adolescencia de Cate, el mayor temor de Emily había sido que su hija se quedara embarazada. Se recordaba a sí misma en la cama en plena noche, pendiente de los sonidos de la lluvia y el viento, con Charlie roncando a su lado, y sin pegar ojo hasta que oía el traqueteo de un coche viejo que se detenía junto a la casa, y luego la portezuela que se abría, y cuanto más largo era el intervalo entre la llegada del coche y el ruido de la portezuela, más se angustiaba. A continuación, oía a su hija subir las escaleras de puntillas, por fin en casa tras el baile que, en la mayoría de los casos, les había costado una buena discusión hasta que Emily, a regañadientes, le había dado permiso para asistir. No le caían nada bien algunos de los muchachos con los que Cate se juntaba en aquella época, tan alocados, y más aún le preocupaban los que no llegaba a conocer. Un buen día, en medio de una bronca, Emily perdió los estribos y soltó:

—¿Qué pasa si te metes en un lío y tienes un bebé, eh? Tu vida echada a perder; y a tomar viento toda la educación que has recibido.

—¿Educación? —contestó Cate—. ¿Y qué pasa conmigo? ¿Qué pasaría con el bebé? ¿Eso es lo único que te importa en la vida, la educación? Además, ¿cómo puedes decirme eso tú? Todo el mundo me imagina mucho peor de lo que soy.

Entonces se echó a llorar y Emily acabó pidiéndole perdón, pero después de aquello se instauró cierta frialdad entre ambas. Cate se había tomado las palabras de su madre como un gran insulto, una gran ofensa.

Helen nunca les dio esa clase de problemas porque su interés en salir de fiesta era nulo; sólo tenía ojos para sus libros del colegio. Emily nunca había visto a nadie hincar los codos como Helen, y ahora se decía que quizá Charlie y ella deberían de haberle insistido para que saliera más, aunque a la sazón se alegraba de que no hubiera sido así. Solía decir que si las tres hubieran sido como Cate, se habría vuelto loca. Por supuesto, era maravilloso que Helen tuviera un buen trabajo, dinero y una casa, había llegado a lo más alto; pero había pagado un precio demasiado elevado. Siempre había sido muy seria, hasta de pequeña, sin embargo, Emily nunca pensó que de mayor sería tan fría e imponente. En una ocasión, cuando ya estudiaban las tres en el convento, sor Benedict le dijo a Emily: «Helen es una alumna modelo, incluso intachable de más. Kate, una diablilla, pero también una de las niñas más afables del colegio. Y Sally es muy obediente».

De todos modos, Emily nunca quiso tener hijas. ¿Lo sabrían ellas? Desde luego, nunca lo había confesado, pero en algún sitio había leído que los niños captan y entienden mucho más de lo que una se imagina, aun de muy pequeños. Se sintió mal ante su propio chasco cuando nació Helen, sana y sin riesgos, pero no el hijo que ella tanto había anhelado. A Charlie no le importó; lo cierto es que estaba encantado. Decía que no entendía a qué tanto interés en los varones. «Ni que fuéramos de la realeza», decía. «Además, cuando Helen sea mayor, las mujeres estarán menos sometidas que ahora». Toda la familia Quinn recibió con deleite el nacimiento de Helen, porque Charlie no tenía hermanas y porque Brian y Lucy también habían tenido un hijo, de modo que una niña era toda una novedad. Quizá por eso Helen y Cate habían sentido más complicidad con Charlie desde el principio. Helen siempre fue muy tranquila, a diferencia de Cate, que desde el primer día aullaba y lloraba sin mesura cada vez que necesitaba o quería algo y aprendió a seducir a los demás desde antes incluso de echarse a andar. «Hace conmigo lo que le da la gana», solía decir Charlie, como si nada pudiera darle mayor satisfacción.

Luego, cuando Emily se quedó embarazada por tercera vez, temió que naciera otra niña y ser incapaz de quererla. Irónicamente, acabó teniendo una relación más estrecha con Sally que con las dos mayores. Las enfermeras del hospital comentaron lo mucho que la recién nacida se parecía a ella; y después resultó que Sally fue una niña frágil y débil, más dependiente de su madre de lo que habían sido Helen y Cate. ¿Sería que Emily entendió que ya no habría más bebés y que la idea de un varón no era más que un sueño del que debía olvidarse? Desde el principio se aferraron la una a la otra, de manera literal: Sally se agarraba a su falda, la cogía de la mano, siempre se sentaba a su lado y se achuchaba contra ella como si pretendiera regresar al interior de su cuerpo, convertirse en ella. ¡Y qué días tan horribles cuando empezó el colegio! Helen se fue sin rechistar cuando le tocó, y Cate, que en casa se aburría sin su hermana mayor, incluso había reclamado que la dejaran ir también a la escuela. Sally, en cambio, berreaba y se enganchaba a las barandillas cada mañana durante el primer mes y medio. Charlie era quien le abría los dedos y la llevaba en brazos, hecha un basilisco, agitando los puños en el aire, hasta el coche donde ya aguardaban Helen y Cate, desconcertadas y hasta cierto punto entretenidas por el espectáculo que les ofrecía su hermana pequeña. La propia Emily se desplomaba en la cama a llorar en cuanto el coche se ponía en marcha. Sin las niñas, la casa se quedaba vacía, muda; ella lo detestaba y dispensaba a

Sally de sus obligaciones escolares al menor pretexto, ante el más insignificante moqueo o molestia.

Incluso ahora Sally seguía siendo más frágil y enclenque que sus hermanas, pese a lo cual atesoraba una fortaleza que Emily, que creía conocer el alma de su hija menor en toda su profundidad, no había percibido nunca. La advirtió por primera vez cuando asesinaron a Charlie, sobre todo en las semanas y meses posteriores, cuando los demás consideraban que seguramente Emily empezaba a «superar» lo que había ocurrido (¡como si algo así fuera posible!). Sally, por instinto, había sabido lo que su madre necesitaba, y, cuando Emily estaba completamente desesperada de dolor, se había encargado de cocinar y de cuidarla. Había adivinado también cuándo le hacía falta un poco de mano firme, un empujón. En esos casos, Sally le pedía que preparara bollitos o le bajara el dobladillo de una falda o solicitaba cualquier otra tarea doméstica que era justo la distracción que Emily precisaba. A veces Sally la escuchaba hablar de Charlie, Charlie, Charlie hasta bien entrada la noche. Otras, la cortaba, le espetaba que no tenía sentido recrearse en el sufrimiento y le ordenaba que hablase de otra cosa; y administraba aquella ternura y aquella dureza con un discernimiento preciso y hasta inquietante de lo que Emily requería en cada momento.

Sin embargo, aun conociendo aquella faceta de Sally, a Emily la había pillado desprevenida su firmeza del lunes, cuando Cate les comunicó que iba a tener un bebé, y su hija empezó a dar órdenes; al día siguiente mandó a Cate a Belfast y a continuación se propuso ganarse a Emily para la causa. Era la primera desavenencia importante que tenían Sally y ella. Hasta en los asuntos más insignificantes solían coincidir y tomaban decisiones de mutuo acuerdo sin dificultad, como de qué color decorar la habitación de invitados, de suerte que cualquier discrepancia era sólo preliminar, como la duda que podía surgir en tu propia cabeza entre el verde hoja y el rosa caracola. No eran dos personas discutiendo sobre un tema, más bien algo así como una mente que piensa en voz alta y debate consigo misma hasta llegar a una decisión acerca del rumbo que tomaban sus preferencias.

Emily había dormido mal la noche del lunes, no por Cate, sino porque le dio por pensar en su vida y en los derroteros que había tomado, más concretamente en su niñez, con un lujo de detalles que raras veces se permitía.

No recordaba con claridad el rostro de su padre, un hecho que siempre la había perturbado y desconcertado, pues otros detalles los revivía con suma nitidez: el chaleco de *tweed* que olía a tabaco cuando apretabas la cara contra él, la sortija de heliotropo, el clip de la pluma asomando en el bolsillo de la pechera de la chaqueta. Las imágenes se desplegaban en su memoria igual que flores. Emily se sentaba en su regazo junto a la chimenea y él le mostraba unas ilustraciones a la luz de las llamas: un hombre paseando por un camino, un gato aseándose, una casa en un bosque. Se veía en el aula de la escuela blanca de la que él era director. Habían apoyado la cabeza en los brazos cruzados para echarse una siesta y Emily oía el runrún relajante de los niños que recitaban las tablas de multiplicar en la sala de al lado: «Dos por uno dos, dos por dos cuatro, dos por tres seis, dos por cuatro ocho...», un sonido que la envolvía como una manta cálida. Después de la lluvia, se levantaba un penetrante olor a tierra y vegetación. Su padre la llevaba a la playa y juntos paseaban por la arena pálida. Recogían conchas en un cubo de hojalata y él le contaba que todos los mares son un único mar, que un océano se fusionaba imperceptiblemente con el siguiente. El mar más al norte del mundo era frío, en él vivían osos polares y había icebergs; el océano de los trópicos, en cambio, era cálido y azulón y contenía corales y unos peces de colores magníficos. Luego, más adelante, Emily acabó por entender que el tiempo era como el océano, en la medida en que todo lo ocurrido en el pasado estaba conectado de un modo extraordinariamente sencillo. La historia no era más que el efecto de un día detrás de otro, un día detrás de otro, un retroceso desde el presente hasta un tiempo en que las mujeres llevaban extrañas faldas con aros y bonetes que ocultaban sus rostros, hasta un tiempo en que los hombres se mataban con espadas y creían que la tierra era plana, hasta un tiempo en que las personas vivían en cuevas.

Y entonces, una mañana, su madre se sentó en su cama y la sacó del sueño zarandeándola, la sacó por la fuerza de la ensoñación cálida y dichosa que había sido su vida hasta aquel momento y le contó que su padre había muerto, que su padre se había ido al cielo. No volvió a verlo más.

Esa misma mañana los llevaron a Michael y ella a través de un paisaje detenido en una llovizna neblinosa hasta la casa de la hermana de su madre en Ballymena. Allí pasaron tres días, incapaces de jugar, como les mandaban hacer, en habitaciones polvorientas de techos altos donde la luz era gris y los únicos libros disponibles, inmensos y pesados, sólo contenían unas letras muy negras y apretadas y ninguna ilustración. Michael lloraba porque echaba de menos a sus padres, lloraba de aburrimiento, lloraba de miedo; y Emily hacía intentos desganados por consolarlo, como buena hermana mayor, y le decía que pronto regresarían a su hogar.

Cuando por fin se reunieron con su madre, sin embargo, la encontraron atareada embalándolo todo. «Esta casa no es nuestra», les explicó escuetamente. «Tenemos que dejársela al maestro que sustituirá a vuestro padre». Hasta el momento en que vio a su madre desmantelar y descomponer con eficiencia la casa familiar, nunca se había planteado que su hogar estuviera formado por una serie de objetos independientes. En su cabeza, el aparador y la mesa alargada de madera clara tan sólo existían en interrelación y como parte de su cocina, y la desconcertó comprobar que su madre decidía sin conmoverse vender uno y llevarse la otra cuando se marcharan. En la casa de la tía no habría espacio para todas sus cosas, y su madre esperaba que ellos fueran comprensivos y colaboraran, no que se pusieran sentimentales y egoístas; así pues, se produjo una bronca tremenda a cuenta del cubo de conchas de Emily, una bronca que se inició con una petición que derivó en persuasión, luego en insistencia, lágrimas, chillidos, y terminó con una rabieta en toda regla: Emily lanzó el cubo al otro extremo de la habitación con un puntapié y gritó que, si no podía quedarse con las conchas, no querría nada nunca más.

En los años sucesivos, esta rabia se hacía sentir de tarde en tarde. Su alma se había roto cuando tenía doce años, pero el alma, ya sea la de una niña o la de una sociedad, nunca se rompe limpiamente, y quienes no entendían esto se llevaban una desagradable sorpresa cada vez que la niña sosa y calladita, tan dispuesta siempre a complacer, de pronto daba rienda suelta a un temperamento agresivo. Consideraban incompatibles esas dos facetas, sin entender que la malevolencia era el corolario lógico a la sumisión. Un día seguía a otro, y la imagen de ese hombre tan querido, el que fabricaba un ratón con su pañuelo para hacerla reír, el que paseaba con ella por la playa y le explicaba cosas, fue sustituida por un mito, una figura distante que fruncía el ceño en un marco y a la que ella sólo podría honrar siendo maestra, como él, y sus recuerdos se convirtieron en algo parecido a sueños.

«Nadie me preguntó nunca si yo quería ser maestra», les diría a sus hijas años después. «Fue una obligación. A mamá jamás se le hubiera pasado por la cabeza preguntarme si yo prefería hacer otra cosa. Aun así, me sonrió la suerte, me gustó más de lo que esperaba».

Recordó que Cate había comentado en una ocasión que sólo cuando vivías fuera de Irlanda del Norte y regresabas te percatabas de lo profunda que era la división de la sociedad, y de las extrañas consecuencias que se derivaban de este hecho. Como ejemplo, citó esa vez en que Sally respondió distraídamente a una peluquera que le preguntaba adónde iría de vacaciones ese verano, «a Italia», y vio en el espejo cómo a la mujer se le descomponía el semblante. Siguió dando tijeretazos en silencio un momento y entonces añadió:

—¿Y te alojarás en el Vaticano?

—Pues no —repuso Sally—. Voy a Rímini.

Cuando Sally les contó aquella anécdota, toda la familia acabó llorando de la risa; y pensar en ello ayudaba a Emily a entender a qué se refería Cate. No obstante, en su juventud le pareció natural estudiar en la escuela del convento local y luego en la escuela de formación de maestros católica y, por último, dar clases en un centro católico. A pesar de que sus hijas tenían edad suficiente para recordar la Irlanda del Norte previa al inicio del conflicto, a finales de los sesenta, en aquella época eran unas niñas y no habían sido conscientes de lo difícil que lo tenían los católicos. La propia Emily, joven adulta en la década de los cincuenta, sólo lo había entendido vagamente. Recordaba estar en el jardín de la casa de su tía, en Ballymena, una cálida tarde de verano, oyendo los sonidos de una banda de flautas que ensayaba en la calle con motivo de las celebraciones del Doce de Julio. En un primer momento escuchó sin prestar mucha atención, diciéndose que era una música lamentable, demasiado estridente, pero entonces empezó a pensar en los motivos por los que tocaban y cuando las flautas dieron paso al áspero estruendo de los bombos cayó en la cuenta de que aquella gente la odiaba, la odiaba a muerte, y no les darían tregua ni a ella ni a su familia. Experimentó entonces no sólo ese miedo moderado tan habitual que ya daba por descontado, sino también una rabia enconada. En ésas salió su madre al jardín y Emily le soltó enfurecida: «¿Por qué tenemos que escuchar esto? ¿Por qué tenemos que aguantarlo?», y su madre la había mirado con cara de no entender nada. Hasta que conoció a Charlie y a Brian, aquél fue su momento de mayor conciencia política, aunque a la sazón no habría sido capaz de definirlo como tal.

En aquel entonces, «política» era sinónimo de Stormont, o sea, de «un Gobierno protestante para un pueblo protestante», de suerte que si resultabas ser católico, el mensaje estaba claro. Tu función consistía en dejarte la piel trabajando dentro del minúsculo ámbito que se te concedía, lo que en sí mismo era tan complicado y laborioso que muy pocos —y desde luego Emily no era una de ellos— tenían el discernimiento o la energía necesarios para empezar siquiera a reflexionar acerca de cómo debían o podían cambiar las cosas. La única esperanza residía en la educación, que era como una cuerda a la que luchabas por agarrarte, con la esperanza de izarte hasta una posición menos desfavorecida que la inicial. Agacha la cabeza, no saques los pies del tiesto y en ningún caso te hagas ilusiones: nadie pronunciaba explícitamente esas palabras, pero tampoco era necesario, pues el mundo que la rodeaba le transmitía el mensaje cada día de su vida.

Ahora se avergonzaba de su falta de concienciación, aunque, por otro lado, cabía recordar que su percepción del desposeimiento personal había sido tan intensa que quizá habría sido demasiado pedir que en su juventud desentrañara los hilos de su propia infelicidad, que identificara y nombrara cada uno de los motivos. A veces recordaba lo que su padre le había contado sobre el tiempo y el océano, y la sensación de desajuste con respecto a la vida con él era tan grande que le parecía inverosímil que nada la separase del pasado salvo esa sencilla cadena de un día detrás de otro, un día detrás de otro. La pérdida del padre, que significó el fin de su infancia, dejó en su vida una herida terrible que nada pudo sanar hasta el preciso instante en que cruzó el umbral de una escuela primaria de Belfast como maestra en prácticas. Ahora, tumbada en la cama cuarenta años más tarde, se le venían a la cabeza los nombres y las caras de aquellos niños: Martin, Bernadette, Mary, Henry, Joe, con sus semblantes transparentes y sus acentos marcados, sus pecas y sus rodillas magulladas, sus pantalones cortos y sus vestidos de algodón; eran encantadores. Le dieron más de lo que jamás imaginaron, pues le proporcionaron no un camino de regreso a su niñez —algo inviable—, sino las herramientas para construir algo a partir de la felicidad de aquellos años, de un modo que jamás hubiera creído posible.

Ballymena era una pequeña y tranquila localidad comercial, y, aunque a Emily no le había hecho ninguna gracia crecer allí, había acabado acostumbrándose a su atmósfera de rectitud presbiteriana, su lluvia y sus domingos silenciosos. No esperaba que le gustara Belfast, porque en sus visitas ocasionales le había parecido un sitio ruidoso, sucio y feo. Cuando se trasladó allí para asistir a la escuela de formación descubrió que, si bien sus primeras impresiones no habían sido erróneas, sí eran irrelevantes. Podía ser una ciudad fea, pero el enclave era bellísimo, encajado entre las montañas y el mar. Las hileras y más hileras de casas adosadas de ladrillo rojo, las fábricas, las grúas amarillas de los astilleros, las torres de las iglesias y las curvas peladas de la Black Mountain se conjugaban y otorgaban a la ciudad su carácter. El aire era fumoso, y cuando despertaba por las mañanas oía el estruendo metálico de los trolebuses que iban y venían por Falls Road. Sin contarle nada a su madre, decidió que una vez que se diplomara haría todo lo posible por encontrar trabajo en Belfast en lugar de regresar a Ballymena, como todos esperaban.

En la escuela de formación floreció e hizo amigas que no había hecho en Ballymena porque le habían dado a entender que su tía les hacía un gran favor al permitirles vivir en su casa y que habría abusado de su hospitalidad si hubiera llevado allí a otras niñas. En el primer trimestre entabló amistad con una mujer que se llamaba Agnes Bell, cuyo padre regentaba un pub cerca de Randalstown. Aggie Angulosa, la llamaban, porque por más que comiera siempre estaba flaca. «¡Fíjate! ¡Un saquito de huesos estoy hecha!», solía exclamar en tono quejumbroso, tirándose del pellejo de las piernas y los brazos. Aun así, le encantaba la ropa y salían mucho de compras al centro. Como su padre tenía dinero, Agnes podía permitirse conjuntos y vestidos magníficos de almacenes como The Bank Buildings y Robinson and Cleaver's, totalmente inasequibles para Emily, aun después de diplomarse y ganando un buen sueldo.

Su primera nómina desató una pelea con su madre, algo que Emily nunca olvidó ni le perdonó, pues le echó a perder la muy esperada dicha de manejar su propio dinero, ganado con el sudor de su frente. Michael estaba aún en el colegio y ella había accedido a aportar una ayuda sustancial a la familia, sólo que a su madre le pareció poco lo que les ofrecía. No contenta con eso, añadió que, si Emily hubiera albergado algún sentimiento de gratitud por todo lo que habían hecho por ella y la educación que le habían dado, le habría entregado la paga íntegra cada viernes para que su madre decidiera cuánto debía ser para la familia y cuánto para Emily y «sus divertimentos», según sus propias palabras. Los «divertimentos» incluían alojarse en la diminuta casa de ladrillo rojo de la señorita Regan cerca de Clonard; la madre lo consideraba un lujo del que perfectamente se podría haber prescindido si Emily hubiera tenido la decencia de buscar un empleo en Ballymena y volver a vivir en casa. «Ni loca», le había confiado Emily a Agnes, y ambas dieron saltos de alegría cuando consiguieron trabajo en la misma escuela de Lower Falls donde Emily había hecho sus prácticas. Necesitaba también ropa de calidad, nada tan elegante como las prendas que lucía Agnes, pero sí algo más y mejor de lo que su madre creía, pues a las maestras, en aquel entonces, se les exigía buena presencia. Era lo que se esperaba de ella, incluso por parte de los colegiales, que no la habrían respetado si hubiera ido hecha un espantajo.

A ella, su vida de entonces —terriblemente dura, en opinión de sus hijas— no le había parecido tan mal. «¿Cómo conseguías aguantar?», le preguntaban, cuando en realidad ella había disfrutado mucho, igual que disfrutaba hablándoles a sus hijas de aquella época. Les describía su austera habitación en la casa de la señorita Regan, esa misma señorita Regan que no sabía cocinar, cuyos huevos fritos siempre quedaban chamuscados por abajo y crudos por arriba, cuyas salchichas siempre se partían en la sartén, cuyo pudin de carne resultaba indescriptible. Solían ir juntas a la Hermandad Femenina de Clonard una vez a la semana («¡La gran vida!», intervenía Helen). En algunas ocasiones, para agasajar a la señorita Regan y ahorrarse un disgusto, Emily la avisaba para que no preparase cena y la invitaba a una ración de *fish and chips*. Incluso ahora, después de tantos años, recordaba aún lo mucho que había disfrutado de aquellas veladas y, si por la calle se cruzaba con alguien que llevara un cartucho de patatas, el olor del vinagre y del tubérculo frito la retrotraía a lo importantes que habían sido para ella los ratos en aquel salón diminuto, y el fuego en el hogar, y los ojos inmensos y bondadosos de la señorita Regan, y el sonido de los autobuses y el de la lluvia, y la luz de las farolas jaspeando los estores bajados. No ponía demasiado empeño en explicarles a las niñas el porqué de su satisfacción, pues habría tenido que abundar en lo fría que había sido su vida anterior y, aunque sabía que eran conscientes de ello, lo habría considerado una deslealtad. En la sala de estar de Belfast habían reinado una calidez y una naturalidad que ella jamás había sentido en el hogar familiar.

Emily seguía sin estar convencida de que la enseñanza fuese ahora una vocación más fácil que entonces. «En mis tiempos era una auténtica profesión», le decía a Sally, «bien considerada, y contabas con el respaldo de la sociedad». A un niño ni se le habría ocurrido darte una mala contestación; Emily no daba crédito a algunas historias que llegaban a sus oídos sobre críos —incluso muy pequeños— que insultaban y gritaban a sus profesores.

En cualquier caso, era innegable que las condiciones habían sido duras: no era inhabitual meter a cuarenta niños en una clase. A veces tenías que compartir el aula con otra maestra, en cuyo caso había que coordinar cuidadosamente las clases para que un grupo no molestara en exceso al otro.

Sally se quedaba de piedra cuando Emily contaba que ni siquiera tenía una silla, que no había espacio y sólo disponía de un escritorio pegado a la pared, es decir, que se tiraba de pie desde que sonaba la campana de la primera hora hasta la última. Con frecuencia, los viernes por la tarde a duras penas conseguía arrastrarse hasta el centro de la ciudad para coger el autobús a Ballymena. Al igual que la mayor parte de los pasajeros, Emily solía descabezar un sueño mientras atravesaban los campos. ¡Con razón se había mostrado tan reacia a entregarle a su madre la totalidad de su salario!

A veces la entristecía que a sus alumnos les esperara un futuro tan negro. Emily deploraba su falta de ambición, aunque a ratos le parecía una ventaja que no tuvieran unas aspiraciones que sólo podían acabar frustrándolos. Cuando les preguntaba qué querían ser de mayores, la mayoría de los chicos decía: «Yo, guiar un caballo para Wordie, señorita», refiriéndose a Wordie Cowan, el cervecero. Las niñas ni siquiera contaban con la perspectiva de las fábricas textiles donde trabajaban sus madres, pues en la década de los cincuenta ya estaban echando el cierre. En los autobuses, Emily se encogía cuando se le sentaba al lado alguna obrera de las fábricas por temor a que los largos hilos blancos que llevaban prendidos de la ropa se le pegaran al abrigo o al vestido. Así y todo se sentía culpable de apartarse de aquellas mujeres exhaustas cuyas madres llevaban a sus propios hijos a la escuela cada día para encomendárselos a Emily. En cuanto a los desempleados cabezas de familia, los grandes astilleros y demás industrias pesadas de Belfast, bien podrían haber estado en la luna, pues ellos y sus hijos habrían tenido las mismas probabilidades de conseguir empleo, siendo, como eran, católicos. Sólo a los más capacitados, los más decididos y los más perseverantes les aguardaba apenas una ínfima posibilidad de salir bien parados en la vida; y la educación era su gran esperanza.

En el primer trimestre, el de otoño, el hermano de Agnes, Paul, empezó a rondarla: se plantaba en Belfast en el Zephyr negro de su padre y la llevaba al cine o a algún baile en el Floral Hall los pocos fines de semana en los que se quedaba en la ciudad. Hasta mucho después no fue consciente de que en realidad él nunca le interesó —era tan flaco como Agnes—; lo halagador había sido la atención que le prestaba. A su madre y a su tía les habló de él sin tan siquiera plantearse por qué; se habría escandalizado si alguien le hubiese señalado que lo hacía por alardear, aunque se trataba exactamente de eso. Sólo cayó en la cuenta de lo necia que estaba siendo cuando les enseñó muy orgullosa el collar de cristales que él le regaló por Navidad. Su madre lo levantó contra la luz para admirar sus destellos y de pronto su tía comentó: «Este muchacho debe de ir en serio, Emily». Experimentó en la boca del estómago una sensación fría, extraña. «Bah, no sé yo», contestó estirando la mano para tocar las cuentas, que ahora le parecían pedacitos de hielo. «Tiene mucho dinero, seguro que para él es un regalo cualquiera», añadió; un comentario que no casaba con el triunfo con el que les había enseñado la joya apenas unos minutos antes. Tanto su madre como su tía esbozaron una sonrisa y la tía exclamó: «¡A otro perro con ese hueso!». Emily guardó de nuevo el collar en su estuche.

Por eso, cuando empezó a salir con Charlie un par de meses más tarde, no lo contó en casa. Curiosamente, a él también lo conoció a través de Agnes. Su amiga tenía un tío cura que estaba de misionero en Nigeria, y cuando volvió a casa por vacaciones la familia organizó un gran baile campestre con el fin de recaudar fondos para su parroquia.

Charlie se burló de ella durante todo el tiempo que duró su matrimonio porque no recordaba el momento exacto en que se conocieron, pero es que aquella noche Agnes la paseó por todo el baile presentándole a tantos amigos que el instante en que oyó: «Emily, éste es Charlie Quinn» se perdió de inmediato en una nebulosa de presentaciones parecidas. Lo que sí recordaba Emily era el final de la velada, cuando se despidió de él. «La próxima vez que estés en Belfast, pásate a verme», le dijo. «Me encantaría. Agnes sabe dónde vivo». Él reaccionó con sorpresa, y con razón, pues debió de parecerle un grandísimo atrevimiento; pero ella estaba dispuesta a correr el riesgo de que él pensara mal si la alternativa era no volver a verlo por aferrarse a su dignidad. En un momento dado de la noche, tras las presentaciones, habían vuelto a coincidir y se sentaron encima de una bala de paja, bebieron Coca-Cola y charlaron. Aquello le hizo abrir los ojos a lo poco que le interesaba Paul. Lo importante no había sido el propio Paul, sino impresionar a su madre a cuenta de los regalos que le hacía, que la señorita Regan viera y admirara el bonito coche en el que iba a recogerla; lo importante eran los almuerzos, los bailes, las visitas al cine, y Paul en sí le traía sin cuidado.

En cambio, cuando Charlie fue a Belfast y empezó a salir con ella, los comentarios de la señorita Regan eran sobre el propio Charlie y no sobre sus posesiones. «Qué chicarrón tan encantador, Emily», le dijo mientras desayunaban las habituales tostadas chamuscadas y la avena viscosa al día siguiente de las presentaciones. Por lo demás, Agnes demostró ser una buena amiga y la animó a no preocuparse por Paul. «Ya le he dicho que se puede ir olvidando». En primavera le preguntó a Emily si le había hablado de Charlie a su familia.

Emily reconoció que no. «Pues yo de ti lo haría, o les dará un patatús cuando les anuncies que te casas y resulte que jamás han oído hablar del afortunado». Emily no contestó, pero siguió el consejo de Agnes. Su madre, sin embargo, no pareció hacerle apenas caso, sobre todo cuando supo lo modesta y pobre que era la granja de la familia de Charlie. Emily incidió en este punto y su madre —ella se percataría mucho tiempo después— la malinterpretó, tomándolo por una insinuación de que el idilio no iba en serio, cómo iba a ir en serio. Ah, qué fría le resultó su propia madre en comparación con la de Charlie cuando la conoció, y no pudo haber una exhibición más patente de las diferencias entre ambas mujeres que cuando decidieron casarse: las lágrimas de rabia de la madre de Emily, las lágrimas de alegría de la de Charlie. «Pues claro que se alegran», repuso la madre de Emily, «tienen mucho que ganar y nada que perder. ¿Qué va a ser de tu carrera profesional? No me puedo creer que vayas a mandarlo todo al garete».

Lo peor era que su madre llevaba razón a este respecto, algo que la propia Emily había cavilado sin llegar a encontrar una solución al problema. Al término de su primer año como docente, llevaron a los niños de excursión a Groomsport, en el condado de Down. Las únicas fotografías que conservaba de su época de maestra eran las que otra profesora había hecho con una Brownie aquel día, y de vez en cuando las sacaba para mirarlas. Los niños no cabían en sí de la emoción; por entonces era un gran acontecimiento ir a la playa. La víspera, Charlie le había propuesto matrimonio y había aceptado. Sentada en la arena, reparó en que siempre había pensado que algún día se casaría, aunque era un plan a largo plazo. Si se iba a vivir al campo, tendría que renunciar a su empleo en Belfast, pero si se casaba sería complicado, por no decir imposible, encontrar otro trabajo allá. No estaba bien visto que las mujeres siguieran trabajando una vez casadas; se suponía que su deber consistía en quedarse en casa cuidando de la prole. Era una gran injusticia no poder conciliar ambas cosas, pensó mientras veía a los niños corretear y gritar junto a la orilla. Ni siquiera Agnes fue capaz de infundirle ánimos cuando le planteó el dilema poco después: las dos recordaban algunas historias que habían oído en la escuela de formación acerca de mujeres que se guardaban el anillo de compromiso en el bolsillo antes de entrar a una entrevista de trabajo. Aun así, siempre las pillaban, no les daban el puesto y de propina las tachaban de ladinas y embusteras por haber intentado disimular sus intenciones.

Una semana después de que Emily le comunicara a su madre que se había prometido, esta última le envió el recorte de una carta al director publicada en *The Irish News*. No era la primera carta del estilo que Emily leía, pero, por el hecho de que hubiera llegado a su nombre y sin ninguna nota manuscrita de su madre, le pareció una especie de anónimo envenenado, dirigido a ella personalmente. Aquellas palabras se grabaron a fuego en su memoria:

Estimado señor:

Observa uno con pesar el creciente número de chicas que, al casarse, incurren en el acto egoísta de conservar sus puestos de trabajo en nuestras escuelas católicas, negando así el empleo a muchachas solteras que necesitan un puesto en la enseñanza y, más importante aún, a varones, muchos de los cuales tienen esposas e hijos propios que mantener. Constatar tal falta de comprensión de su vocación cristiana como esposas y madres le lleva a uno a preguntarse si no sería menester prestar más atención al tipo de perfil que se selecciona para recibir la formación docente. ¿Son acaso unas chicas tan ignorantes del papel que Dios les tiene reservado las personas a las que deberíamos confiar el cuidado de nuestros hijos?

Atentamente, etcétera,
Patrick Gallagher

La respuesta de Emily consistió en hacer añicos el recorte y enviárselo de vuelta a su madre, también sin nota adjunta. La cosa fue de mal en peor a partir de entonces. Emily se enrocó en una postura cada vez más cerril, estaba dispuesta a admitirlo ahora. ¿Conque no podía tener un marido y un trabajo? Pues que así fuera. Optó por el matrimonio, y su carísima educación quedaría desaprovechada: ¿acaso no era culpa de la sociedad, que no le permitía darle uso? ¿Por qué tenía que pagar ella el pato? No le costó mucho conseguir que su madre reconociera que lo escandaloso para ella había sido que renunciara a todo a cambio de tan poco. Si Emily hubiera decidido casarse con Paul, quien tarde o temprano heredaría el pub y la casa de su padre, otro gallo habría cantado. Usar la educación como cebo para pescar un buen marido, evidentemente, no era desperdiciar los años de estudio, como sí lo era casarse con un hombre sin patrimonio.

«Con el tiempo me acabará aceptando», decía Charlie con entrañable optimismo.

Nunca lo hizo.

Y Sally conocía tan bien a su madre que era justo ese tema el que había abordado la víspera en su argumentación a favor de Cate. Que si pobre Cate por aquí, que si pobre Cate por allá. Para empezar, su principal desvelo había sido exhortarla a la compasión. Desde luego que Cate debía de sentirse mal por lo que había pasado, argüía Sally. ¿Y qué iban a hacer ellas, su familia? ¿Obligarla a sentirse aún peor? ¿Con qué objetivo, si no el de espantarla? Ahora Cate sólo las tenía a ellas. Era obvio que ese hombre, fuera quien fuera, había echado balones fuera. ¿Iban ellas a dejarla en la estacada también?

—Y que no se te olvide que estamos hablando de un bebé, de tu nieta, de mi sobrina —le había dicho en más de una ocasión.

—Yo nunca he querido una nieta en semejantes circunstancias —repuso ella, sorprendida ante la vehemencia con la que Sally le plantaba cara.

—¿Y te crees que Cate sí? Estoy segura de que mi hermana habría preferido casarse antes de tener críos, pero las cosas no han salido así y la última persona que necesita que le recuerden lo lamentable de la situación es Cate.

Sally estaba en lo cierto. Una no siempre estaba en condiciones de elegir lo que le pasaba en la vida, pero sí era libre de lamentarlo o no. «Si te arrepientes de cosas que no lo valen, les otorgas más poder, más dignidad de la que merecen», se dijo. No obstante, Sally se permitió insistir enunciando consecuencias que Emily se había permitido pensar fugazmente, pero que le resultaba insoportable oír en voz alta. Una vez que Cate supo que el bebé estaba en camino, ¿qué podría haber hecho? Muchas cosas. No le habría costado ningún esfuerzo abortar en Londres, dijo sin paños calientes, y aquí paz y después gloria. «¿Habrías preferido eso?», le preguntó a una Emily llorosa que soltó un aullido. No, eso no, eso nunca. Pues ¡ea!, zanjó Sally. Pero, al tener al bebé, ¿no estaría trazando Cate un círculo que ella, Emily, siempre la obligaría a cuadrar?

Ése era el dilema que Sally le pedía a Emily que le ahorrase a Cate. Emily creyó que, una vez que se casara con Charlie, su madre se plegaría a lo inevitable y acabaría aceptándolo, pero no fue así, y ella no pudo hacer nada para cambiar aquella realidad. Si su madre había decidido no asumir que Emily había hecho un buen casamiento, allá ella. Al cabo de unos pocos años, Emily renunció a tratar de ponerla de su parte y dejó de ir a visitarla; era Charlie quien llevaba a las niñas a Ballymena para que vieran a su abuela, insistiendo en que se negaba a encarnar el motivo de una ruptura total en la comunicación entre Emily y su familia. «La vida es demasiado corta», solía afirmar. «Llegará el día en que ella no esté y tú te sentirás mal».

«Mal ya me siento», le contestaba Emily invariablemente. Saber que llevaba razón y su madre se equivocaba no era ninguna garantía contra el cargo de conciencia. «Fue como andar con un clavo en la suela del zapato durante treinta años», solía decirle a Sally.

Una noche, años después de la muerte de su madre, que ocurrió cuando las niñas aún estaban en el colegio, Emily soñó que navegaba con su familia en una balsa a la deriva por un río. Era la única despierta: sus hijas, su marido, su hermano y su madre dormían hechos un ovillo y, mientras los observaba, pensaba en todo lo que no le gustaba de ellos, en todo lo que le molestaba. El rechazo de su madre hacia Charlie. El desorden de Helen, su sarcasmo. En el sueño, Cate llevaba el uniforme escolar. Tenía las uñas y los labios carmesí y Emily recordaba con amargura las discusiones sobre maquillaje, bailes y ropa. Miraba a Charlie y rememoraba lo mucho que se había enfadado con él cuando descubrió que le había estado pasando dinero a Peter, un dinero que bien podrían haber destinado a sus hijas. Incidentes olvidados hacía tiempo, algunos graves, otros triviales, se agolpaban en sus pensamientos mientras contemplaba a su familia durmiente con irritación y resentimiento.

De pronto, advertía un bramido de agua a lo lejos y caía en la cuenta de lo que significaba. La balsa iba directa hacia una catarata. Se iban a ahogar, la embarcación seguía su curso inexorable. Y no podía hacer nada por evitar el desastre.

¡Qué distinto se le antojó todo a la luz de aquel hecho! Era ridículo y absurdo enfadarse porque Cate se pintara los labios. La generosidad de Charlie con su hermano se tornó virtud, pero, sobre todo, el espíritu de compasión y perdón que sentía de pronto por su condenada familia transformó su actitud hacia su madre. Emily era incapaz de cambiar las cosas, pero sí su modo de verlas, y así determinar el efecto que ejercían sobre ella. Cobrar conciencia de ello fue lo más cerca que estuvo jamás de una reconciliación con su madre, pero sintió que no podía hablar con nadie de lo que había aprendido, ni siquiera con Charlie. Lo que sí debía hacer era intentar transmitirles a sus hijas el valor de saber discernir lo que importaba en esta vida de lo que no, y que a menudo resultaba esencial lo que tú menos esperabas, mientras que otras cosas eran del todo irrelevantes.

Se frotó los ojos con las dos manos. Le parecía que aquello había ocurrido hacía mucho tiempo, pues ahora todo era distinto. Frente al sueño de la balsa contraponía otro que la angustiaba noche tras noche y no le daba paz.

Estaba en la cocina de Lucy y a sus pies había un bulto alargado que alguien había cubierto con un mantel de cuadros. En un extremo sobresalía un par de pies calzados con unas botas que ella misma había ayudado a elegir en una tienda de Antrim. El otro extremo del mantel estaba oscuro y húmedo; flotaba un hedor a sangre y excrementos. En la otra punta de la habitación había un joven agazapado, de dieciocho años, diecinueve a lo sumo, un chico flaco y tembloroso en vaqueros y camiseta, con los antebrazos cubiertos de feos tatuajes. Tenía la cara roja y desfigurada por el llanto. «Por favor, señora», le repetía a Emily, «por favor, señora, le pido perdón por lo que he hecho, lo siento, de verdad, por favor, señora...». Ella se quedaba mirándolo hasta que el chico lloraba tanto que no conseguía articular las palabras. Entonces Emily hablaba, en voz baja, con claridad.

«Nunca te perdonaré», le decía.

Ni siquiera a sus hijas podía confiarles cómo se sentía al despertar de un sueño sabiendo que ésa era la verdad, sabiendo que su corazón se había cerrado por la fuerza. Ser una mujer de casi setenta años, haber rezado a Dios todos los días de tu vida y de buenas a primeras volverte incapaz de sentir compasión, misericordia, nada más que rencor y odio, era una clase de horror que jamás hubiera imaginado.

Sólo lo había compartido con el padre Johnston, el joven cura que había ungido a Charlie, y había hablado con él, por extraño que pudiera parecer, porque estaba convencida de que él no lo entendería. El sacerdote iba a verla con frecuencia desde el asesinato. Tomaban asiento frente a frente a la mesa de la cocina. A veces se producían largos silencios que ni ella ni él interrumpían. Emily desvió la mirada hacia la ventana y contempló el cielo invernal, los árboles desnudos, las aguas grises del lago.

—Para mí, el mundo está vacío sin mi marido —le confesó a aquel joven que seguramente jamás había conocido la sensación de estrechar a una muchacha entre sus brazos y besarla, mucho menos la de compartir su vida con alguien durante casi cuarenta años—. No puedo perdonarles lo que hicieron, padre. Es más: no quiero ser capaz de perdonarles.

—Señora Quinn —dijo entonces el cura con un tono de voz que la obligó a volverse de nuevo hacia él—. Vi lo que le hicieron a su marido. Si alguien le hiciera eso a mi padre, yo tampoco sería capaz de perdonar. Creo que lo más a lo que podría aspirar sería a rezar para algún día, tal vez, desear perdonarles. —Se quedó callado unos instantes—. Espero que no le moleste que pase a verla tan a menudo —añadió, y Emily se percató entonces de que iba a su casa para consolarse a sí mismo tanto como para consolarla a ella—. También voy a ver a la otra señora Quinn, pero allí no es lo mismo…

Se le apagó la voz y agachó la mirada, avergonzado, consciente de que había hablado más de la cuenta. Brian le había contado a Emily que oyó al sacerdote vomitar en el patio después de lo que había visto en la casa.

—Usted siempre es bienvenido, padre —le aseguró Emily.

Él reaccionó con una tímida sonrisa y ella pensó en lo mucho que había anhelado un hijo. Lo llamaba «padre», cuando, en realidad, lo veía como a un niño.

El padre Johnston debía de ser poco más que un bebé cuando se inició el conflicto, hacía veinticinco años. Emily había estudiado en el colegio la guerra de los treinta años y recordaba haberle preguntado a su maestra cómo podía haber ocurrido tal cosa. «¿Libraron batallas todos los días a lo largo de tres décadas, señorita, o paraban a descansar una vez al año más o menos?». La profesora le había contestado que no lo sabía.

Poco antes de la visita de Cate, Sally había llevado a Emily a Ballymena de compras. Entraron a almorzar en el Skandia y en una mesa cercana vieron a la señora Larkin. Emily la saludó e intercambiaron unas pocas palabras, y en la comida no pudo evitar mirarla cada dos por tres. Una mujer consumida con un abrigo gris que jamás se habría destacado en una multitud, de la que jamás nadie habría adivinado todo lo que había sufrido; que estuvo meses encerrada en su dormitorio tras la muerte de Tony, incapaz de articular una sola palabra, como si hubiese perdido el habla de la noche a la mañana; que durante años no dejó de pasar temporadas internada en el psiquiátrico, hasta que paulatinamente empezó a hablar, a revivir un poco. En el velatorio de Charlie agarró con fuerza la mano de Emily y le dijo: «Cuando le aseguren que lo superará, señora Quinn, no se lo crea, porque es mentira». Más de tres mil personas habían muerto asesinadas desde el inicio del conflicto, y todas y cada una de ellas tenían padres, maridos, esposas e hijos a los que les habían arruinado la vida. La prensa hablaba de ellos un par de días, pero en cuanto acababa el funeral era como si aquello fuese el final, cuando no era más que el principio.

Lucy, por ejemplo, la pobre Lucy, siempre tan tranquila, tan desenfadada. Estuvo tomando tranquilizantes y somníferos varios meses después de haber sido testigo del asesinato de Charlie. Mandaron instalar una potente luz de seguridad en el patio que se encendía sola cada vez que se acercaba alguien y reforzaron las puertas con cerrojos y cerraduras. Ir a ver a Brian y a Lucy era ahora como entrar en Fort Knox, se oía el tintineo de las llaves mientras te abrían; así y todo, Lucy vivía al borde de un ataque de nervios.

Nadie era capaz de comprender ni el sufrimiento que el conflicto había infligido a las personas ni los espantosos sucesos que habían acaecido. Cuando Sally entró segundos después con una taza de té y unas galletas para ella, en cierto modo no hizo sino confirmarlo: se acercó a la ventana y comentó que había un pinzón precioso en el árbol, le preguntó si no tenía frío, admiró el helecho holandés que Helen le había regalado un par de semanas antes. Para Emily, aquella cotidianidad cariñosa era lo más preciado de la vida, y justo lo que habían destruido: Charlie debería haber estado allí con ellas.

Sally se apartó de las plantas y se sentó frente a su madre.

—Bueno, ¿ha sido una tarde provechosa? ¿Le has dado una vuelta a las cosas?

—Ah, tengo la cabeza en otra parte. He estado pensando en tu padre.

—¿Y en Cate?

—En todas vosotras.

Sally hizo una pausa.

—¿Y en Cate? —insistió con delicadeza.

Emily tardó unos instantes en contestar.

—Lo único que sé, Sally, es esto —dijo por fin—: que la próxima vez que Cate vuelva a casa por vacaciones, ya no estará sola. Vendrá con un bebé recién nacido. Y puedo recibirlos con los brazos abiertos o dedicarme a recordarle a mi hija constantemente, aun sin expresárselo con palabras, el fiasco que es que la criatura no tenga padre. Y podría seguir en mis trece hasta que la propia criatura llegue a la edad de entender lo que pasa. Pero ¿qué ganaríamos ninguna de nosotras con ello? Tu padre no se cansaba de repetir que la vida es demasiado corta para eso. Aun así, lo que ha pasado no deja de ser un fiasco, Sally. Todavía tardaré un tiempo en sentirme como es debido, o como deseo sentirme. Y Cate y tú tendréis que echarme paciencia. Sé lo que se me está pidiendo, pero requerirá un proceso. Habrá que explicarle esto a Cate.

Sally sonrió.

—Es mucho más de lo que esperaba que dijeras a estas alturas. En realidad, me parece fabuloso que hayas dado ya ese paso de gigante. Y sí, tienes razón, habrá que explicárselo a Cate.

Oyeron que un coche paraba delante de la casa.

—Debe de ser ella. Quédate aquí, yo le abro. Te la mando para que se lo digas tú en persona ahora mismito.

CAPÍTULO 10

Seguían yendo a visitar a la familia de Brian y Lucy todos los domingos por la tarde. Uno de esos días en que se juntaban con sus primos, salieron a dar un paseo por la orilla del lago y al regresar oyeron un vocerío furioso según se acercaban a la casa. En la cocina vieron a los tres hermanos enzarzados en una discusión.

—Yo no digo que no sea un asunto feo, porque lo es —estaba diciendo Brian.

—¿Cómo que «un asunto feo»? —gritó Peter—. Por los clavos de Cristo, ¡ha sido una masacre!

Antes de que Peter interviniera, los niños ya habían adivinado el motivo por el que reñían los adultos; incluso mientras paseaban por la ribera sabían que sus padres estarían hablando de los atentados en Belfast, pues desde hacía dos días nadie hablaba de otra cosa. Aquel viernes, veintidós bombas habían explotado en el centro de la ciudad en un lapso de hora y cuarto. Murieron nueve personas, aunque en un primer momento se pensó que la cifra ascendía a once: los fallecidos habían quedado tan desmembrados que los servicios de socorro tuvieron dificultades para determinar cuántos cadáveres había en realidad. Además de las bombas, el IRA había lanzado varios avisos falsos, de modo que la ciudad se sumió en un caos absoluto y la gente que trataba de huir a la desesperada se encontró con todos los accesos cortados. Seis de los fallecidos se habían refugiado en una terminal de autobuses porque los habían evacuado de un lugar cercano.

—Ni se te ocurra intentar explicarme o justificar lo que ha pasado —le cortó Charlie, pero Brian elevó aún más la voz e insistió en que había sido culpa del Ejército británico por haberse abstenido deliberadamente de emitir todas las alarmas a tiempo.

—¿Pretendes que me crea que seguirías diciendo lo mismo si hubieran matado a alguien de tu familia, si hubiesen muerto Lucy o Declan? —inquirió Peter.

—Hay que verlo en su contexto —repuso Brian—. Es una guerra, y en una guerra pasan estas cosas.

De nuevo, sus hermanos lo vituperaron; ninguno de los dos establecía una conexión directa entre aquello y otros sucesos ocurridos en el pasado. Los niños recordaban el dolor y la rabia de sus padres seis meses atrás, cuando trece personas habían muerto tiroteadas en Derry. Sus familias, como casi todas las familias que conocían, habían colgado una bandera negra de una de las ventanas de su casa, y las escuelas en las que estudiaban los niños habían decretado un día de cierre en señal de respeto.

—Aquello estuvo mal, y esto también —decía ahora Charlie—. Y una cosa no hace buena la otra.

Aquella noche, Helen, que tenía el sueño ligero, oyó que su padre pasaba por delante de la puerta de su dormitorio y bajaba las escaleras. Aguardó y, cuando comprobó que su padre no regresaba al cabo de lo que le pareció un rato largo, salió de la cama y bajó de puntillas.

La casa entera estaba todavía a oscuras y ella se abrió paso a tientas por el pasillo hasta plantarse delante de la puerta abierta de la cocina. Distinguió la brasa del cigarrillo en el extremo más alejado, pero incluso sin eso Helen habría sido capaz de percibir la presencia de su padre. «Papá», dijo flojito para no sobresaltarlo. Él le pidió que se acercara y ella obedeció, sintiendo el frío glacial de las baldosas en las plantas de los pies descalzos, y, cuando estuvo delante, él la abrazó con fuerza. Helen notó la barba áspera contra su mejilla, pero no le importó, y aspiró con ganas su olor teñido de humo de tabaco. «¿Y si...?», dijo él por fin, abrazándola aún más. «¿Y si...?», pero no fue capaz de articular lo que estaba pensando, y Helen se percató de que estaba llorando. De pronto, entendió lo que estaba pensando, y allí, en la penumbra, fue como si ya lo hubiera perdido, como si ya hubieran aniquilado con violencia su cuerpo amado. Se estrechaban como dos supervivientes de un naufragio o un edificio en llamas; pero era inútil, porque el desastre ya había acaecido. Por todo el país había gente que vivía en sus carnes la pesadilla que ahora Helen temía más que ninguna otra cosa. ¿Quién era ella para considerar que merecía salvarse? Su padre la condujo de nuevo hasta su dormitorio y la arropó estirando mucho las mantas; le acarició la cara y le dijo que la quería; le pidió que durmiera. Sin embargo, aquella noche Helen adquirió un conocimiento tenebroso que jamás la abandonaría.

Todo el mundo vivía ahora con miedo. Se producían secuestros, asesinatos; a veces a tiros, otras eran palizas mortales o amputaciones con cuchillos. Estallaban bombas, a menudo sin que mediaran avisos, que mataban o mutilaban a cualquiera que tuviera la mala suerte de pasar por allí. Un coche aparcado sin nadie dentro, incluso en una inhóspita carretera comarcal, encarnaba ahora una amenaza. Sammy, el vendedor ambulante, y el ferretero de la furgoneta habían dejado de pasar por su casa hacía tiempo. Charlie lo aceptaba porque no era nada personal: como protestantes, no se sentían seguros circulando por zonas católicas de noche. Ya no visitaban a ningún conocido de los Quinn; en cambio, la negativa de Wesley Campbell de seguir haciendo negocios con ellos sí le sentó mal.

Wesley era un pintor y decorador de Castledawson que durante años había prestado sus servicios a la familia; ellos siempre quedaban satisfechos con su trabajo porque era rápido y limpio y cobraba un precio justo por lo que hacía. Más aún, habían disfrutado de su compañía. Cada día almorzaba con ellos y durante la comida los divertía contándoles anécdotas divertidas sobre su madre, que vivía con él y con su mujer. Una y otra vez le echaba flores a Emily por sus pasteles; en definitiva, era un hombre cordial y bondadoso. Por eso Charlie se disgustó cuando lo telefoneó para proponerle que les empapelara dos habitaciones y Wesley escurrió el bulto. «Ando con mil faenas últimamente, no te puedo prometer nada. Ya te llamo yo dentro de un par de meses, si eso».

Charlie hizo oídos sordos al «si eso» y volvió a llamar al cabo de un tiempo. Esta vez lo atendió la esposa de Wesley, que dejó clarísimo que su marido no estaba disponible para ellos ni lo estaría en el futuro. Aquel rechazo tan tajante tuvo a Charlie de mal humor durante días.

—Wesley y yo nos llevábamos de fábula —no se cansaba de repetir—. ¿Por qué me hace esto? Él sabe que a mí me trae sin cuidado a qué iglesia acuda los domingos. Y si jamás pisara ninguna, allá él. Lo mismo lo llamo otra vez para decírselo.

—De eso, nada —le contestó Emily a renglón seguido—. Déjalo tranquilo. Sin duda, ahora mismo le da canguelo meterse en casa de unos católicos. Como insistas, sólo conseguirás ponerlo en un apuro.

—Puede que lleves razón —contestó Charlie. Y, tras una pausa larga—: Eso es lo más horrible, Emily, que posiblemente lleves razón. Que Wesley tenga miedo de venir a mi casa. Para que veas a lo que hemos llegado en este país.

Su abatimiento no hizo más que agravarse cuando admitió su derrota y contrató a un vecino de la zona que resultó ser un chapucero y le cobró una fortuna.

Aquel mes de septiembre, Kate se incorporó de mala gana al colegio de secundaria de Helen. Y no porque prefiriera seguir en la escuela primaria, sino más bien porque la horrorizaba el uniforme verde que tendría que ponerse cada día de los siguientes siete años. «Es como estar en la cárcel, las cosas como son», farfullaba; por lo demás, nada más arrancar el trimestre comenzó a quejarse de que los profesores no paraban de hablarle maravillas de Helen. Le decían que tendría que esforzarse mucho y portarse de un modo excepcional si quería que la considerasen tan buena alumna como su hermana. «Al menos se podrían haber esperado a ver cómo soy antes de empezar a hacer comparaciones y darme tanto la vara».

Abuela Kelly murió a finales de aquel año. Fue Charlie quien atendió la llamada de Michael y se lo anunció a Emily. Las niñas, que estaban en la habitación de al lado, la oyeron gritar: «¡No! ¡No!», y fueron corriendo a ver qué pasaba. Encontraron a su padre intentando tranquilizar a su madre, que no hacía más que dar alaridos y llorar. «¿Por qué estás tan alterada?», preguntó la inocente Sally al conocer la noticia. «Creía que no querías a abuela Kelly», lo que provocó que su madre llorase aún más.

El deprimente funeral se celebró en Ballymena bajo los latigazos de la lluvia. Tío Michael llevaba un sobretodo de corte impecable; a tía Rosemary, con sus pieles, le costó disimular su alivio ante el fallecimiento de abuela Kelly. «En comparación, nosotros parecíamos unos pelagatos», observó Kate aquella noche. «Y ellos también se han dado cuenta. La única persona a la que le ha importado que se muera la abuela es a mamá». El duelo de Emily duró meses. Se sentaba junto a la ventana o se quedaba mirando el fuego de la chimenea durante horas, sin hacer ni decir nada, sin leer ni hacer punto ni crucigramas, como era su costumbre en el pasado. A veces, las niñas se metían en la cama y oían a sus padres charlar hasta bien entrada la noche en la salita de abajo. De vez en cuando captaban retazos de lo que se decían, y en una ocasión Helen oyó en boca de su padre: «El pasado no lo puedes cambiar. Lo único que está en tu mano es procurar no cometer el mismo error, no distanciarte de las niñas para que ellas no te guarden rencor con los años. Deja de pensar en tu madre y ponte a pensar en Kate».

No estaban nada satisfechos con cómo se estaba adaptando Kate al convento, y las notas que recibieron a finales de año no hicieron más que aumentar su desconcierto. Tenía unas calificaciones excelentes, pero los comentarios de los profesores no eran nada halagadores en algunos casos.

—¿De verdad eres respondona en clase, Kate?

—¡No, papá!

—Pues tu profesora de Geografía opina que sí.

—Ya, claro —replicó Kate con desdén—, porque es un muermo y sólo le caen bien los muermos. ¿Sabes de qué nos habla? ¡De rocas! ¿Tú te crees? Tiene en el poyete de la ventana un montón de piedritas y pretende que nos aprendamos los nombres y el proceso de formación de todas ellas. ¿Se te ocurre un tema más rematadamente soporífero? Oye, ¿y el señor Higgins? Seguro que él habla bien de mí.

—¿Qué asignatura te da?

—Mates.

—Dice que es un placer tenerte como alumna.

—¿Ves? —dijo Kate con una sonrisa de oreja a oreja.

—Pensaba que las Matemáticas te aburrían —añadió su padre mirándola por encima del boletín de notas.

—Y me aburren, son aún peor que la Geografía —repuso ella—, pero el señor Higgins es un amor.

Hubo más disturbios al otoño siguiente. Después de clase, Kate solía meterse en tiendas del pueblo hasta que llegaba la hora de coger el autobús a casa. Un día entró en un quiosco de prensa a mirar revistas, se enfrascó en la lectura y a punto estuvo de perder el autobús. Salió que se las pelaba y subió de milagro; se puso a bromear y a charlar con sus amigas, y sólo cuando el autobús llegó a su parada, tres cuartos de hora después, se dio cuenta Kate de que no llevaba la mochila. Charlie llamó de inmediato a la comisaría, pero el daño ya estaba hecho.

—Alerta de seguridad máxima, Kate —le dijo nada más colgar el auricular—. Han bloqueado todo el centro y el Ejército está a punto de dinamitar tu cartera.

El espanto de Kate enseguida derivó en sonrisa.

—Te estás quedando conmigo, ¿no?

Pero su padre no le devolvió la sonrisa.

—Me temo que no.

La llevó en coche hasta el pueblo para que recogiera sus pertenencias y «aguantara el chaparrón», según sus propias palabras. Tuvieron que presentarse en las dependencias policiales y un policía del RUC le echó una buena reprimenda.

—Si de mí dependiera, las niñatas como tú pasaríais una noche en el calabozo, así aprenderíais que esto no es ninguna broma y en el futuro os lo pensaríais dos veces antes de ir abandonando bultos por ahí.

—Ha sido un descuido, le podría haber pasado a cualquiera —intervino Charlie cuando Kate empezó a moquear; el agente del RUC se volvió hacia él—. Es verdad —insistió—. Lo único que ha hecho la niña es olvidarse la cartera. Que eso haya provocado tanto revuelo es más bien un reflejo de la clase de país donde vivimos.

El policía se conformó con añadir algún comentario más sobre la irresponsabilidad de los padres y les permitió irse.

Se quedaron un momento sentados en el coche y Charlie dejó que Kate se desahogara del todo. Sacó un pañuelo de algodón blanco y limpio y se lo dio; ella se sonó la nariz sonoramente y lo miró con el rostro abotagado.

—Odio vivir aquí ahora —dijo entre lágrimas—. Es un horror. No para de morir gente, y las bombas y demás. Todo el mundo está triste o asustado. Cuando sea mayor me iré a vivir a otro sitio. —Sorbió y añadió, como si acabara de caer en la cuenta—: Además, no para de llover.

—¿Te has llevado la revista que estabas leyendo en el quiosco? —le preguntó Charlie, y ella negó con la cabeza. Se sacó del bolsillo un puñado de calderilla y se la puso en la mano—. Corre y cómpratela, te espero aquí. Pero cuando lleguemos a casa escóndela debajo del abrigo, que no la vea tu madre.

CAPÍTULO II.
JUEVES

Aunque el colegio al que habían asistido las hermanas de pequeñas y donde Sally era ahora maestra quedaba a poco más de un kilómetro de la casa, era una ruta que no conducía a ninguna otra parte, de ahí que Cate llevara años y años sin tomarla y sin entrar en el edificio, desde sus tiempos de alumna. Cuando Sally hablaba de su trabajo, Cate siempre comentaba lo mucho que le gustaría volver a la escuela alguna vez. Por eso, al día siguiente de su regreso de Belfast, Sally propuso pedirle un juego de llaves al conserje para satisfacer la nostalgia de su hermana.

Sin embargo, por el camino Sally se molestó con Cate, y para colmo por una estupidez: Cate estaba de buenas. Sally se daba cuenta de que su reacción no tenía ninguna lógica, dado que su objetivo al sugerir la visita había sido precisamente ése: distraer y animar a su hermana. Pese a todo, no podía evitar el resentimiento. Por vivir lejos, Cate se había ahorrado el dolor y la fatiga emocional de ayudar a su madre a superar el duelo. Y ahora se les presentaba en casa con un nuevo lote de problemas y volvía a tocarle a ella aliviar la carga: apaciguar a su madre, defender a Cate, rebajar en la medida de lo posible la tensión y la indignación, evitar broncas.

Miró de soslayo a Cate, que estaba sentada a su lado. Sally sabía que jamás sería capaz de abordar el tema. Tantos años intentando complacer a todo el mundo le habían pasado factura. Disimular sus verdaderos sentimientos cuando sabía que podían desencadenar dolor o descontento a su alrededor y decir sólo lo que creía que los demás deseaban oír se había convertido en algo tan natural que ahora le resultaba imposible obrar de otro modo. Como para recalcar este hecho, Cate dijo de pronto:

—Nunca olvidaré lo bien que te has portado conmigo esta semana. Nunca.

Y Sally se sorprendió a sí misma respondiendo como una autómata:

—Mujer, faltaría más. Para eso estamos las hermanas.

Aparcaron delante de la verja del colegio y añadió:

—A ver, una cosa: me tienes que prometer que no te vas a poner pesada con lo pequeño que te parece todo.

Pero Cate se negó a prometer nada e incluso antes de que entraran se puso a hacer aspavientos a cuenta de la tapia del patio de recreo, que debían de haber achicado, porque ahora veía sin dificultad lo que había al otro lado, y añadió que no podía creer que fuera sólo porque ella era más alta ahora. Mientras Sally se peleaba con las llaves, Cate se acercó a la ventana y, haciendo visera con las manos, echó un vistazo al interior.

—¡Guau, qué sensación tan rara! —exclamó—. Se me pone la carne de gallina, ¡está exactamente igual que en mis recuerdos! Dios, creo que hasta me acuerdo de ese mural, el del arcoíris. ¿Será posible, Sally?

—Lo dudo mucho —respondió con sequedad su hermana, que por fin había conseguido abrir la puerta—. No seremos unos ases actualizando los soportes visuales, pero ¡tan malos tampoco somos!

—Hasta el olor es el mismo —observó Cate en el momento en que entraron—. Y las baldosas, ahora me acuerdo de las baldosas, aunque si me hubieras preguntado de qué color era el suelo no habría sido capaz de contestar. Para ti debe de ser rarísimo trabajar aquí.

—Ni mucho menos —discrepó Sally—. Estoy acostumbrada. Más raro sería si clausuraran el centro, que es una posibilidad que se baraja cada dos por tres. Casi nunca pienso en el pasado. A lo mejor eso es algo que me he perdido por no haberme ido.

Estaban de pie en el pasillo, junto a una hilera de ganchos bajos; por encima de cada uno de ellos había un papel con un nombre escrito.

—Mi talega para los zapatos era de tartán, y la tuya, verde oscuro con lunarcitos blancos. La de Helen tenía un estampado de flores o algo parecido. Creo que nos las hizo la abuela. ¿Por qué me acuerdo de eso? ¿Por qué algunas cosas se nos quedan grabadas en la memoria y otras no?

Cate se agachó a leer los nombres de algunos de los niños en las etiquetas.

—Patrick Larkin. ¿Es el hijo de Willy Larkin?

—No preguntarías si lo vieras —dijo Sally—. Creo que nunca he visto un niño que se parezca tanto a su padre. Igual hasta pensarías que hemos tenido almacenados veinte años a los mismos niños, como lo de los murales. Ven, ven que te enseñe mi aula. No me gusta cuando está así —añadió, señalando con la cabeza las filas de pupitres con las sillas colocadas encima—. Sin los niños no te haces una idea en condiciones. Se ve muy vacía también sin las plantas y el pez de colores.

—¿Qué hacéis con todo eso durante el verano?

—Mamá cuida de las plantas y uno de los alumnos se lleva el pez a su casa. Se decide por sorteo. En septiembre siempre pasa lo mismo: el pez ha muerto y las plantas han medrado tanto que ya no caben en los alféizares. El peque que se quedó con el pez el año pasado juraba que el que trajo era el mismo que se había llevado a su casa, pero, si lo era, debía de haber vivido un par de meses la mar de traumáticos, porque había menguado cinco centímetros por lo menos.

Cate se echó a reír. Se paseaba por la sala mirándolo todo: las bandejas con ceras y las cajas con bloques de madera; los dibujos de madres y padres ladeados flotando junto a casas vivarachas y puntiagudas con árboles que parecían piruletas; la lista de vocabulario de los colores escritos cada uno en su color correspondiente. Sally se alegraba de no haber hecho ningún comentario hiriente; sólo habría conseguido sembrar hostilidad. Para colmo, tal vez habría dado la impresión de que no se alegraba de que Cate fuera a ser madre, cuando nada más lejos. Lo problemático para su madre, y por tanto para la familia, eran las circunstancias del embarazo. Por lo que a Sally respectaba, lo único que importaba era que Cate estuviera contenta, y tenía la firme sospecha de que por ahora estaba ocultando su alegría; como la propia

Sally. En el fondo le emocionaba que fuese a nacer un bebé en la familia y no dudaba de que, con el tiempo, su madre también se haría a la idea. La cuestión principal en aquel momento, lo delicado, era llegar a ese punto. Sally miró a Cate, se percató de que estaba secándose los ojos y decidió que lo mejor sería no hacerse la despistada.

—Anda, no te me pongas melancólica. Espérate unos añitos y lo verás todo con otros ojos. Harta vas a acabar de plastilina incrustada en las moquetas y de bloques de Lego debajo del sofá, créeme. Lo que desearás será tener una conversación mínimamente inteligente con un adulto, no hablemos ya de un pelín de paz y silencio.

Por suerte, Sally tocó la tecla adecuada con su tono liviano y de chanza. Demasiada socarronería y Cate se habría disuelto en un charco de lágrimas; demasiado blanda y sentimental y el resultado habría sido exactamente el mismo. Cate rió de nuevo, se secó los ojos otra vez y ya no lloró más.

Se giró para mirar a su hermana, encaramada en su silla, con las manos en los bolsillos. Qué menuda seguía siendo Sally, con sus huesos finos y su carita delicada; y esa manera tan suya de recogerse con un lazo el pelo liso color caramelo acentuaba su aspecto aniñado. Con todo, había algo en ella que contradecía esa impresión: algo en su frente, en la forma de su boca, la hacía parecer una niña que había visto más de lo que debía, una niña que sabía demasiado. Cate no se había fijado hasta ese momento y se preguntó cuándo se habría operado el cambio. A veces se daba cuenta de que no conocía a Sally tan bien como a Helen. Había presupuesto que su hermana pequeña tenía una personalidad menos compleja de la que tenía en realidad y, por lo tanto, había dado por sentados erróneamente las ideas y los sentimientos de Sally con respecto a ciertos temas. Ahora, viendo a su hermana sentada con las piernas cruzadas y el zapato derecho colgando de los dedos del pie, se avergonzaba de ello.

—¿Alguna vez te has arrepentido de haberte quedado en casa, Sally? ¿De no haberte ido?

El zapato dio un golpetazo contra las tablas cuando cayó al suelo.

—Antes sí —reconoció—. Hace mucho tiempo. Luego se me pasó y me alegré de estar aquí. Y ahora, en fin, ahora es distinto. Es... curioso. De pequeña, mi único deseo era ser maestra y trabajar aquí. —Hizo una pausa y frunció los labios. No sabía cómo explicarle a Cate que quizá ésa no era toda la verdad. Que quizá sólo se había hecho maestra para complacer a su madre y ser como ella. Se encogió de hombros—. En cualquier caso, fue diplomarme y que me ofrecieran este puesto. El día en que empecé a trabajar me sentí atrapada. Quise dejarlo todo.

—No tenía ni idea —dijo Cate.

—Nunca me has preguntado, ¿no? En fin, me encargué de disimularlo bien. Una noche le insinué algo a mamá, le pregunté: «¿Cómo era ese refrán que dice que uno es capaz de conseguir cualquier cosa que desee en esta vida siempre y cuando no le brinde la felicidad que esperaba?». Ella entendió al vuelo adónde pretendía yo llegar: «No me estarás diciendo que...», y percibí rabia en ella, y comprendí que jamás sería capaz de explicárselo, así que reculé y le dije que era feliz, que estaba estupendamente, y ya no hablamos más del asunto. Pero aún me duró unos años aquella inquietud. Luego acabé acostumbrándome. Una se acostumbra a todo, ¿no te parece? O eso dice la gente. Igual es verdad.

—Pero ¿por qué no te fuiste? —inquirió Cate—. Ni a mamá ni a papá les habría importado a la larga, no me cabe duda.

—¿Tan segura estás? No tengo del todo claro que eso sea así. ¿Quién sabe? En cualquier caso, sí sabía que si me iba no podría volver. No se me habría permitido volver, eso para empezar. Este puesto era permanente, y estuve investigando discretamente la posibilidad de solicitar una excedencia, de un año quizá, pero no. Y, al mismo tiempo, no ignoraba que en algún momento querría regresar, así que se me plantearon dos opciones: o irme para siempre o quedarme tal cual. Y aquí estoy.

—¿Cómo podías tener la certeza de que querrías volver? A lo mejor habrías disfrutado más de la vida en otra parte.

Sally soltó una carcajada.

—Me daba miedo esa posibilidad. Me daba miedo crear vínculos sólidos en otro sitio, pero no lo bastante sólidos, y pasarme la vida eternamente insatisfecha dondequiera que estuviera. Cuando te visitaba en Londres pensaba con frecuencia en lo maravilloso que sería vivir allá, pero la moneda tenía un reverso: mi lealtad hacia el hogar. Odiaba que la gente emitiera juicios desagradables sobre Irlanda del Norte. Una vez conocí a un hombre que me preguntó de dónde era. Cuando le respondí, comentó: «En fin, esas cosas no las elige uno», y su amigo se rió. Me enfurecí. Y pensé que, de vivir allí, no me quedaría más remedio que aguantar esa clase de consideraciones y no me sentía preparada.

De todos modos, ya te digo que se me pasó y senté cabeza en casa. —Hizo una pausa—. Estaba bien hasta que murió papá. —Respiró hondo—. Ahora otra vez quiero huir. Si no fuera por mamá, me iría mañana mismo. No soporto vivir en Irlanda del Norte. Todas esas chaladuras sobre lo estupenda que es la vida en un sitio pequeño y lo amable que es la gente. Me da vergüenza haberme dejado llevar por ese discurso; a otras personas las mataban como a papá y yo, mientras tanto, era una de esas que decían que Irlanda del Norte es mucho más que los tiroteos y las bombas. De todas formas, he vuelto a dejarle caer a mamá, con mucho tacto, que me gustaría marcharme, pero no quiere ni oír hablar del tema. Ahora me necesita. Y puede que yo también la necesite a ella.

Sally era consciente de la tremenda dependencia emocional que expresaba con aquellos comentarios finales en apariencia triviales. Era lo máximo que estaba dispuesta a reconocer ante Cate; y Cate no esperaba más. Raras veces hablaban del hecho de que su madre se hubiese adueñado de Sally de un modo tan absoluto, tan rápido. Por supuesto, ella lo habría negado, pero lo último que su madre hubiera deseado para Sally era una vida autónoma como mujer independiente. Le venía de perlas tener de compañera a su hija pequeña, cuya voluntad y cuyo carácter había moldeado para que encajara con sus propias necesidades. Tan rotundo había sido su éxito que, cuando a Sally la asaltaba una sensación de falta de intimidad en su vida, o veía que la actitud de su madre con ella era egoísta, de inmediato experimentaba un agudo cargo de conciencia por permitirse albergar tales ideas.

—Pero no es sólo por mamá —se apresuró a añadir—. Recuerdo cuando estuve de vacaciones en Italia, disfrutando hasta que vi en un quiosco un periódico inglés de dos días antes con un titular sobre un coche bomba que había estallado en Belfast. De repente sólo quería estar aquí. Me sentí culpable por no estar, aunque ya ves tú de qué habría servido. Me refiero a que, al margen de las pocas vacaciones que he pasado fuera, he vivido aquí desde el inicio del conflicto, y eso no ha cambiado absolutamente nada. Por mí no se ha dejado de disparar ninguna bala, pero sí que habría sido distinto si yo no hubiese estado aquí, para mí sí habría sido distinto. No te lo sé explicar mejor.

—Descuida, entiendo lo que quieres decir —dijo Cate.

Recordaba muchos momentos parecidos a los que acababa de describir su hermana. Uno en concreto se había quedado grabado en su recuerdo. Una tarde de invierno estaba en la cocina cortando en tiras finas un poco de ternera para prepararse un salteado. La radio daba las noticias y ella las escuchaba sin hacerles mucho caso hasta que empezaron a hablar de un hombre que, la víspera, había aparecido tiroteado en South Armagh. Entrevistaron al párroco de la zona, al que llamaron para que administrara los óleos al cadáver en el propio lugar de los hechos, en un camino solitario. Cate interrumpió lo que estaba haciendo y soltó el cuchillo para prestar más atención a aquella voz delicada y vacilante que describía la lluvia y el viento en la noche cerrada, la hierba alta y mojada en la que yacía el cuerpo, y que había ido a continuación personalmente a dar la noticia a la viuda; y su tono delicado, su aflicción, le resultaron obsesivos y terribles. Se deslizaron en su mente igual que un detalle amable y al tiempo atroz en un sueño, filtrándose desde la radio hasta la luminosa y cálida cocina donde se encontraba, mirando ahora con repulsión el montón de carne cortada en la tabla de madera manchada de sangre. No entendía por qué, pero quiso estar en casa.

—Pienso a menudo en eso que se dice de que si no eres parte de la solución eres parte del problema —añadió Sally—. No sé si estoy de acuerdo.

—¿Sigues afiliada al SDLP[9]? —quiso saber Cate, y a Sally se le escapó una risotada.

—Claro, porque eso lo cambia todo, ¿no? Sally Quinn tiene su carné del SDLP, así que ya podemos dormir todos tranquilos y sentarnos a esperar que llegue la paz. Sí, sigo afiliada, por si sirve de algo. Sólo me metí porque Mark, el director del colegio, me lo pidió, y me habría dado apuro negarme. Supongo que no estoy siendo del todo sincera con esto último. Sí que apoyo los principios del partido, con ciertas reservas; pero me parecen lo mejor a lo que podemos aspirar. Y sé que hay bastante gente que apoya al Sinn Féin por los mismos motivos. Los padres de numerosos niños de este colegio, por ejemplo. El SDLP es demasiado clase media para ellos, los incomoda, no les parece que estén en condiciones de representarlos. Las convicciones republicanas de varios de ellos son mucho más fuertes que las mías, pero eso no significa que se sientan del todo a gusto con lo

[9] El Partido Socialdemócrata y Laborista (Social Democratic and Labour Party), uno de los dos grandes partidos nacionalistas de Irlanda del Norte. A diferencia de su gran rival, el Sinn Féin, durante el conflicto rechazaba la violencia.

que dice o hace el Sinn Féin. Por lo menos saben que la raíz del conflicto es un problema político; eso hay que reconocérselo, porque ya es más de lo que algunos políticos de este país están dispuestos a admitir.

Cate estaba apoyada contra la pared del fondo del aula.

—Sally... ¿Tú culpas a Brian de lo que le pasó a papá?

—No —respondió Sally a renglón seguido. Y, al cabo de un momento—: Bueno, a veces, quizá. —Y luego—: Puf, no lo sé. ¿Acaso importa?

—A mí me parece que sí.

—¿Por Brian?

—No, por ti. Me parece que sería importante que tú tuvieras clara tu opinión al respecto.

Sally entornó los ojos y escrutó a su hermana.

—Permíteme que te recuerde, Cate, que en esta sociedad las personas más peligrosas son las que no tienen dudas, las que saben perfectamente lo que piensan y lo que sienten. En cuanto a Brian, a lo mejor lo culparía más si no se culpara tanto él solito. Cada cierto tiempo me saca el tema. Tuve que pedirle que no lo hablase más con mamá, porque lo único que consigue es alterarla. Hace menos de un mes me soltó otra vez la misma cantilena: «Ojalá hubiese vuelto a casa unos minutos antes». Le respondí que de qué habría servido. Los habrían matado a los dos, y Lucy estaría ahora igual que mamá, y ¿qué habríamos ganado ninguna de nosotras con eso? Es un derroche de energía emocional, pero por lo visto no puede evitarlo. Además, Brian albergaba ya sus dudas mucho antes de que mataran a papá. Recuerdo que hace años lo oías hablar de «actos de guerra». Si le señalabas algo que había hecho el IRA, nombraba otras atrocidades cometidas por los militares o el Gobierno británicos. Y sigue siendo republicano, lo será hasta la tumba; está demasiado arraigado como para que cambie. Pero hay cosas que ahora no puede soportar, que se niega a defender. Vio lo que hicieron, Cate; y Lucy también. Ya comprobaste ayer con tus propios ojos las repercusiones.

El miércoles por la tarde, Sally y Cate fueron con su madre a visitar a Brian. La reunión resultó más modesta de lo que había planteado Brian a primeros de semana; no hubo tiempo para avisar a Una porque al final Sally llamó y propuso que acudieran ese mismo día, en parte como maniobra para distraer tanto a su madre como a Cate de la noticia.

Cate creía que entendía la reforma que habían hecho en la casa de Brian, y por eso se había negado a pisarla desde el asesinato. Le daba miedo lo que podía llegar a imaginar sobre las baldosas rojas irregulares donde de pequeñas se acuclillaban en Halloween para cascar nueces con un martillo. Hasta que por fin se había dejado persuadir por los ruegos de Sally y Brian: «Está muy cambiada».

Sin embargo, el problema era justo el cambio; la cocina era ahora tan completamente distinta que sólo las conocidas vistas de setos y cielo al otro lado de la ventana demostraban que aquél era de veras el mismo lugar que Cate guardaba en su recuerdo. Contempló la esterilidad, la novedad de todos los elementos que la rodeaban: los módulos de pino natural, el suelo de vinilo, las sillas de respaldo alto que Brian y Lucy ocupaban con desazón, como si no terminaran de sentirse a gusto en su propio hogar.

—De todos modos ya tocaba renovarla —dijo Lucy, a lo que Brian repuso farfullando:

—Bah, estaba estupenda tal como era, pero qué le vamos a hacer.

Sí: qué. Con la renovación, Cate no imaginaba a su padre inerte en el suelo, asesinado, tal como se había temido; pero tampoco era capaz de representarse la escena de las nueces. Siempre había pensado en su niñez no en términos de tiempo, sino como un lugar al que poder regresar en cualquier momento. Ahora eso se había acabado. ¿Qué palabra había empleado Lucy dos años antes? «Profanar». Eso era. «Han profanado este lugar».

Sally seguía hablando.

—La gente como tía Rosemary me molesta mucho más que Brian —insistió—. No hace el más mínimo esfuerzo por comprender lo que está ocurriendo, ni creo que en el fondo le importe en absoluto. Mientras no le toquen su bonita y coqueta vida burguesa... Tía Rosemary opina que las cosas están mejor ahora en Irlanda del Norte que hace veinticinco años porque hay un Marks and Spencer en Ballymena. —Cate se echó a reír—. No es broma. No creo que deseara la paz si implicase algún tipo de cambio en las comodidades materiales de su vida. «Si la gente no se metiera en tantos líos, si se limitaran a trabajar y a dejarse de politiqueos...» —la imitó Sally—. Es la única persona que conozco que todavía dice que los unos son tan malos como los otros. Dios santo, qué país. —Miró en torno y se rió—. Más me vale tener cuidado con lo que digo. Aquí suelo comportarme de manera irreprochable.

»A todo esto —agregó—, no me has contado cómo fue la cosa con Helen el otro día. No he querido preguntarte delante de mamá.

Cate se tapó los ojos con las manos.

—¡Madre mía, nefasto! —exclamó.

Todavía conservaba grabada en la cabeza la llegada a casa de su hermana. Llamó al timbre, porque se la había llevado Cate, y ella dio tal respingo de susto al oír la suave campanilla que no pudo negarse a sí misma lo mucho que la angustiaba aquella conversación. Pero incluso lo nefasto tenía su lado cómico y la visión de Helen plantada en el umbral con un traje Alexon azul marino y una blusa color crema, el maletín en una mano y sosteniendo cuidadosamente dos cajas de pizza con la otra, le quitó algo de dramatismo a la situación.

—¿Qué te dijo? —quiso saber Sally.

—Poca cosa. Ése es el problema.

Cate albergaba serias sospechas de que los pensamientos que Helen rumiaba serían tan dañinos formulados en voz alta que jamás sería capaz de perdonarlos u olvidarlos, que su relación se rompería de un modo irreparable. «Sólo tu propia familia sabe cómo hacerte daño de verdad», le había dicho alguien una vez, un comentario que le había causado una fuerte impresión, una realidad que hasta entonces nunca había admitido. Sí, Helen podría haberla destrozado aquella noche, podría haberla hecho llorar, podría haber conseguido que se odiara a sí misma; pero no había hecho nada de eso y Cate no acertaba a entender el porqué. Su hermana siguió inescrutable y cuando a ella se le escapó que era consciente de la vergüenza que sería para la familia y nombró a Rosemary, una sonrisa asomó a sus labios.

—Tú por tita Rosemary no te preocupes —le dijo—. Si te da guerra, me la dejas a mí.

Le preguntó por el padre de la criatura y, curiosamente —o eso le pareció a Cate—, una de las primeras cosas que quiso saber fue si tenía fotos suyas.

—Creo que sí —respondió, lo que en rigor no era verdad, pues lo sabía con certeza.

En Londres guardaba un pequeño álbum con fotografías tomadas durante un pícnic invernal en Hampstead Heath. Había sido idea de Cate; aunque a él al principio le había parecido un disparate, al final lo había convencido escogiendo un día frío pero con un sol luminoso y un cielo crepitante y raso. Llevó vino caliente en un termo y no paró de incordiarle toda la tarde haciéndole fotos; en un par de ocasiones, incluso pidió a alguien que pasaba por allí que los retratara juntos. Él se prestó al juego enseguida. Comieron la fruta y el pan que ella había llevado y reconoció que le parecía estupendo, que los pícnics invernales eran tan buena idea como las vacaciones de invierno. Sin embargo, Cate recordaba que aquella misma noche, mientras vaciaba la cesta sola en la cocina, se sorprendió a sí misma pensando que sí, que había estado bien, que habían pasado un buen rato, que había merecido la pena a pesar de que… ¿A pesar de qué? Se paró los pies. Sólo era un hombre que le gustaba, eso era todo, no había nada más allá; ¿por qué no iba a ir a un parque y beber vino y reír y hacerse fotos con alguien que le gustaba?

—Sí, creo que tengo algunas fotos suyas por ahí —añadió, y supo que algún día le mostraría a su hija las imágenes de aquel hombre riendo en el banco de un parque, un hombre alzando su copa hacia la cámara, un hombre asomando detrás de un árbol. Y le diría: «Éste es tu padre». Y no tendría nada más para enseñarle. La niña contemplaría las fotografías, se las bebería con los ojos, se empecinaría en la imposible tarea de tratar de conocer a aquel hombre. Y con fervor le haría las mismas preguntas que acababa de hacerle Helen con aparente indiferencia: ¿cómo se llama? ¿De dónde es? ¿A qué se dedica? Helen hacía pausas entre pregunta y pregunta y no manifestaba ninguna reacción al oír las respuestas. ¿Cómo se habían conocido? ¿Sabía que Cate estaba embarazada? ¿Necesitaba ayuda con la parte legal del asunto? ¿Mantendrían el contacto una vez que naciera el bebé? A medida que las preguntas se volvían más delicadas, la actitud de Helen se tornaba más cuidadosa; Cate tenía la impresión de que podría eludirlas si lo deseaba, de que si se limitaba a encogerse de hombros y negarse a responder, Helen pasaría a otra cosa sin hacer comentarios ni mostrarse sorprendida. No podía evitar la sospecha de que todo aquello no era más que un truco, un truco profesional de curtida abogada, una manera de ablandar a Cate y relajarla para que sus duras acusaciones tuvieran repercusiones aún más devastadoras cuando por fin las formulara. Pero cuando, tras una pausa muy larga, Helen puso fin a la conversación, lo hizo con pena y no con rabia.

—Imagínate… —dijo en voz tan baja que Cate a duras penas la oyó—. Imagínate si nunca hubiéramos tenido padre.

Como Cate le explicaba ahora a Sally, todo aquello había sido en cierto modo infinitamente peor que la pelea que ella esperaba.

—Me preocupa Helen —comentó Sally—. Le está pasando factura el trabajo, en mi opinión; pero ya sabes cómo es, ni te atrevas a decirle nada. Por lo que a ti respecta, en cualquier caso, yo no le daría importancia. Se hará a la idea a su debido tiempo, igual que mamá. Yo, en cambio, ya estoy entusiasmada.

—Sé que te encantan los críos —repuso Cate.

Y Sally no supo qué responder a aquella observación. Confesar que consideraba que la familia necesitaba un acontecimiento así habría sido como subrayar lo atormentada y amenazada que se había sentido durante los dos últimos años. Echó un vistazo al aula con incomodidad; no le gustaba rememorar el extraño incidente que había acontecido allí mismo seis meses antes. Los niños estaban en sus pupitres una mañana, dibujando con ceras gruesas, y ella iba pasando, uno por uno, admirando su trabajo para ayudarles en lo que fuera menester. Una de las veces que se irguió, vio que una furgoneta se detenía ante la verja del colegio. No reconoció al conductor, que se apeó y atravesó el patio corriendo hacia la puerta de la escuela. Se le puso el corazón en un puño. «Ya está», pensó.

«Soltad las ceras», les ordenó a los niños. «Brazos cruzados, apoyad la cabeza y cerrad los ojos». Fue una reacción totalmente inapropiada, y lo sabía, pero ni siquiera *a posteriori* se le ocurría qué otra cosa podría haber hecho. Se quedó allí plantada, mirando la puerta, esperando a que el hombre irrumpiera en el aula. Pero no pasó nada; no pasó nada. Los niños, inquietos, entreabrían los ojos para espiar y se revolvían en sus sillitas, porque percibían la ansiedad de Sally. Y, de pronto, vislumbró al hombre a través de la ventana, corriendo de nuevo pero alejándose de la escuela, bajo una lluvia constante… ¡la lluvia!

Sally se echó a reír, una carcajada aguda y nerviosa sin una pizca de júbilo. Entonces todos los niños se incorporaron y abrieron los ojos. «Poneos de pie», les dijo. «Vamos a cantar una canción». Sally arrancó con voz temblorosa e inestable: «Cabeza, hombros, rodillas y pies, rodillas y pies», y los niños cantaron a coro. Sus voces desafinadas y felinas la calmaron mientras se señalaban las partes del cuerpo por turnos a medida que las nombraban: «Orejas, ojos, dientes y nariz». En cuanto dejaron de cantar, sonó el timbre del recreo; Sally los dejó salir del aula y cerró la puerta con llave, se sentó a su mesa, apoyó la cabeza en los brazos cruzados y lloró desconsoladamente.

Lloró porque podría no haberse equivocado. Durante los últimos veintitantos años habían asesinado o mutilado a toda clase de personas, muchas de las cuales debieron de pensar erróneamente que el tipo de tareas que desempeñaban los eximían de cualquier peligro. Albañiles y basureros habían muerto a tiros en su descanso de mediodía. Al conductor de un autocar escolar lleno de niños lo habían matado; habían abierto fuego sobre unos hinchas en un partido de fútbol, y habían disparado a los parroquianos de un local de apuestas que veían las carreras del hipódromo por televisión. Habían despertado y asesinado a bocajarro a hombres que dormían junto a sus mujeres o novias. Con cada nueva variante, Sally participaba de la conmoción de su entorno. ¡Mira que matar a los miembros de una banda de música! ¿Cómo podía entrar alguien en una iglesia y liarse a tiros con la congregación? Aun así, ningún acontecimiento parecía funcionar como preparación o advertencia para el siguiente. Hasta que alguien atacó a los asistentes a un funeral y les lanzó unas granadas, parecía imposible que ocurriera algo semejante. Por tanto, nadie había entrado nunca en una escuela primaria de Irlanda del Norte para abrir fuego contra un grupo de niños de cinco años y su maestra; ¿qué demostraba eso? Nada, pensó Sally. Que algo nunca haya ocurrido no significa que no sea susceptible de ocurrir.

La habría alterado demasiado tratar de explicarle todo esto a Cate; y probablemente también habría alterado a Cate, y mejor evitarle un mal rato. Sally miró a su hermana, de pie junto a la ventana. Cate también quería contarle algo, pero no sabía cómo hacerlo sin revelar más de lo que deseaba. Temía que, por debajo de las apariencias, incluso Sally desaprobara que fuera a tener un bebé sin estar casada ni mantener una relación estable, o una relación a secas. No dejaba de parecerle un poco inquietante que su hermana hubiese adoptado unas actitudes tan tolerantes, tan abiertas, sin que ella se hubiese dado cuenta hasta entonces. Siempre había dado por hecho que su familia consideraba una cuestión de tiempo que ella, Cate, conociera a alguien con quien querría pasar el resto de su vida. Ella misma lo esperó también durante muchos años, y cada vez había sentido más consternación cuando tarde o temprano todo se desmoronaba. Lo peor era que no entendía por qué. No era que la atrajeran hombres violentos o crueles que condenasen de manera irremediable cualquier relación. Por muy bien que fueran las cosas, siempre oía de fondo una voz porfiada que le decía que no era suficiente. Por mucho que amara a alguien, inevitablemente se desvelaba de madrugada, incapaz de evitar la idea de que le faltaba algo. El instante de iluminación, cuando por fin llegaba, era abrupto y doloroso.

Un día estaba almorzando en un restaurante con un hombre con el que llevaba saliendo seis meses; le hablaba de Sally, de quien había recibido carta esa misma mañana, cuando, de buenas a primeras, la interrumpió: «Cate, no sabes lo harto que estoy de oírte hablar de tu puñetera familia. ¿Piensas alguna vez en otras cosas?».

Cate lo escudriñó con severidad y le pidió disculpas con formalidad glacial. «No te preocupes, que en el futuro ya no me oirás hablar más de mi puñetera familia, te lo prometo». El hombre, consciente de lo desconsiderado que había sido, se retractó de inmediato; pero el daño, mayor de lo que podía imaginar, ya estaba hecho. Sin querer había ido directo a la raíz del problema, como el médico que pregunta con tibieza: «¿Le duele si aprieto aquí?», y el paciente suelta un alarido y casi pierde el conocimiento. No era sólo que hubiera menospreciado a su familia: a Cate la conmocionó percatarse de que había dado en el blanco.

¿Existía la posibilidad de tener una infancia demasiado feliz, de recibir demasiado amor? Cate se hizo esta pregunta un día en el metro, observando a una niña que iba con su madre. La chiquilla, de unos ocho años, estaba acurrucada contra el costado de una mujer con la que guardaba un gran parecido y que no paraba de acariciarle las mejillas con las yemas de los dedos; de vez en cuando se inclinaba también para plantar un beso junto a la diadema de lunares que llevaba en la cabeza. Tenía las piernas recogidas de tal modo que los pies asomaban por el pasillo, y en un par de ocasiones la mujer le dijo: «Siéntate derecha, tesoro mío, que vas a ensuciarle el abrigo con los zapatos a la gente que pasa». La niña retorcía los piececitos a modo de vaga reacción, aunque sin cambiar de postura. En lugar de eso, examinaba el vagón con languidez, como si las personas en las que se detenía su vista fuesen a duras penas dignas de su atención. Cate se la quedó mirando y se preguntó cómo se adaptaría al mundo aquella niña cuando creciera y se viera obligada a salir de la burbuja del afecto maternal. ¿Qué amor futuro podría equiparar eso? No le quedaría más remedio que descubrir la indiferencia de los demás, su antipatía incluso; ¿le guardaría rencor a su madre por no haberla preparado para ello, por haberle dado tanto que nada jamás le parecería suficiente?

En aquel momento, Cate se limitó a observar, sin establecer conexiones entre ella misma y la niña engreída. Sin embargo, cuando aquel hombre le señaló lo obsesionada que estaba con su familia, recordó aquella escena en el vagón y, aunque trató de negarla, no pudo evitar establecer una comparación. Quizá no había estado tan mimada o consentida como imaginaba que estaría la otra niña, aun así, en el fondo, el resultado era el mismo. Si no, ¿por qué estaba allí ahora, por qué estaba con Sally en el aula donde habían sido alumnas hacía tantos años? ¿Por qué en Londres no sólo se fijaba sino que buscaba estímulos que encerraran una parte de la intensidad y la bravura que recordaba de aquellos tiempos? En la sección de alimentación de unos grandes almacenes había visto tarros de cristal llenos de huevos pequeños con pintas marrones en conserva, como si la propia memoria pudiera preservarse, al igual que la lavanda o la fruta. Algunas flores pintorescas —el lupino, el alhelí, la boca de dragón— o una estancia mal iluminada y fría con espejos y muebles macizos podían ejercer el mismo efecto. Aun cuando las asociaciones mentales no eran particularmente agradables, Cate las apreciaba por el acceso que le brindaban a su propio pasado. Lo mejor de todo era el cielo, el mismo cielo que ahora contemplaba a través de la ventana del aula, esa luz acuosa y alimonada que abría unos nubarrones pesados y oscuros.

—Cuando esto termine, sin duda querrán levantar un monumento conmemorativo —le dijo a Sally—. Espero que hagan algo original. Deberían concebirlo de tal modo que el protagonismo recaiga en el cielo.

—¿A qué te refieres?

—A incorporar el cielo en el diseño del artefacto, sea el que sea…

A Cate le falló la voz y siguió mirando por la ventana. Imaginó una sala, un cuadrado perfecto. Tres de sus tabiques sin ventanas, cubiertos por pulcras hileras de nombres, más de tres mil; y la cuarta pared, todo ventanal. La estructura se levantaría en un enclave con un horizonte bajo y un cielo inmenso. Sería un espacio para ofrecer dignidad a la memoria, donde dar cabida tanto a la rabia como al dolor.

—¿Y qué te hace pensar que esto acabará algún día? —repuso Sally.

Cate se volvió para mirarla a los ojos.

—De cuando en cuando salen artículos de prensa que sugieren que entre bastidores ocurren muchas cosas que no nos están contando, y que todo podría dar un vuelco de un día para otro. Me parece que Helen está de acuerdo.

Sally negó con la cabeza.

—Ojalá consiguiera creérmelo. Viviendo aquí ves demasiado como para esperar que nada cambie de la noche a la mañana. Me creeré que todo se va a acabar cuando se acabe. ¿No has oído las noticias esta mañana, lo del tipo al que han matado de un tiro? —Cate asintió. Las dos guardaron silencio unos segundos—. Ojalá me equivoque —insistió Sally a la vez que cogía las llaves del colegio—. Venga, te enseño las otras aulas y luego nos vamos a casa.

CAPÍTULO 12

Aquella tarde, Helen, Sally y Kate llegaron a casa a las cuatro y media. Como de costumbre, lo primero que hicieron fue cambiar el uniforme escolar por un jersey y unos vaqueros. Cuando bajaron, su madre les dio de cenar chuletas de cerdo, puré de patatas y guisantes. Terminaron poco antes de las cinco y media. Vieron por la tele con sus padres las noticias locales y luego, a las seis, las internacionales de la BBC. Helen se quedó sólo el primer cuarto de hora de este segundo informativo, pues, a las seis y cuarto, sentada frente a su escritorio, se disponía ya a hacer los deberes.

Dado que su madre otorgaba tanta importancia a la educación, cada una de las tres hermanas disponía de un sitio en condiciones para estudiar, a diferencia de algunas de sus compañeras, que hacían las tareas en la mesa de la cocina o en una salita con el televisor siempre encendido. Helen tenía un escritorio en su habitación; Kate, una mesa en el cuarto que compartía con Sally; y Sally hacía los deberes en el salón. Cuando Helen se fue a la universidad en Belfast al año siguiente, Sally se trasladó adonde ahora estudiaba la hermana mayor.

El escritorio estaba junto a una ventana que daba a la parte trasera de la casa y que encarnaba una gran distracción para ella en primavera y otoño. Veía el prado, y el lago a lo lejos; lo que distinguiera más allá de eso dependía del tiempo: algunas veces despuntaban las casas de la orilla opuesta; otras, la neblina y la lluvia lo envolvían todo en un manto gris, y la ribera e incluso el propio lago quedaban oscurecidos. A menudo dejaba volar sus pensamientos cuando debería estar concentrada, y soñaba despierta contemplando el cielo o el ganado que deambulaba lento por los campos. Le resultaba curioso, y también injusto, que siempre la trataran como la hija modelo de la familia Quinn, pues Kate era igual de lista que su hermana mayor. En ella se daba ese extraño fenómeno de la empollona rebelde, y su capacidad de concentración era muy superior a la de Helen. Kate estudiaba dando la espalda a la ventana y con una lamparita en la mesa. Tardaba la mitad de tiempo en hacer los deberes y pasaba el resto de la velada viendo la tele, hojeando las revistas de moda que se compraba con la paga o encerrada en el baño aplicándose tratamientos capilares o faciales. El de Helen era un caso de pura fuerza de voluntad, y por más que se esforzara nunca le parecía suficiente. Era una alumna de sobresaliente, pero Kate también.

Aquella tarde, entre las seis y cuarto y las siete y cuarto estuvo preparando un trabajo sobre la narración en primera persona en *Grandes esperanzas*. De siete y cuarto a ocho leyó un capítulo de *La maison de Claudine*, consultando en el diccionario las palabras que no entendía y copiándolas en su cuaderno de vocabulario. A las ocho entró en la cocina para hacerse una taza de té. Se la subió a su habitación, encendió la radio y giró el dial hasta que dio con una música de su agrado. Mientras la escuchaba, repasó vagamente los acontecimientos de la jornada. Se percató de que estaba cansada, pero todavía le quedaban los deberes de Historia.

Aquella misma tarde había ido al despacho de la directora, sor Benedict, para comentar las opciones que había marcado en su solicitud para el acceso a la universidad, un trámite por el que tenían que pasar todas sus compañeras de promoción. Muchas de ellas lo temían porque aquella monja podía llegar a ser muy severa y acusarlas de vanidad por aspirar a entrar en planes de estudio en los que no tenían esperanza alguna de ser admitidas. Otras veces las reprendía justo por lo contrario, por no ser lo bastante ambiciosas, por desaprovechar su potencial.

—A lo mejor intenta engatusarte para que abraces los hábitos —le había dicho Kate en el autobús escolar esa misma mañana, y Helen había resoplado de risa sólo de pensarlo—. Nunca se sabe —insistió—. Conmigo no creo que nadie vaya a perder el tiempo intentándolo. ¿Te imaginas? Vivir en una casa inmensa con un montón de mujeres, todas vestidas exactamente igual, y sin un hombre a la vista. ¡Antes muerta!

Helen estaba en la biblioteca cuando una compañera de clase se le acercó y le dijo que sor Benedict quería hablar con ella. Para llegar a su despacho, Helen caminó casi hasta la otra punta del colegio, atravesando pasillos con revestimientos de madera, estatuas policromadas de escayola sobre pedestales con ramilletes de flores delante y puertas cerradas desde las que salía un rumor de cánticos o de verbos recitados o la voz solitaria de una profesora dando su clase. En una ocasión, cuando abuela Kate visitó el colegio, comentó: «Una pensaría que un sitio así, con doscientas chicas aquí metidas cinco días a la semana, debería estar más desordenado». Helen le dio la razón mientras tomaba nota de los pulcros vestuarios, los carteles con chinchetas de los pasillos, las plantas bien cuidadas en los poyetes. De las cocinas de Economía Doméstica salía un olorcillo a tarta de manzana. Seguramente era la clase de Kate: aquella mañana en el autobús llevaba la vieja lata de galletas Kimberly que contenía el delantal y el plato con tapa en el que luego llevaría a casa el fruto de su trabajo. Kate había insistido en cursar esa asignatura desde el nivel básico porque quería aprender costura. Le había costado convencer a sor Benedict para que le diera su visto bueno. Lejos de animar a sus pupilas a cultivar las habilidades domésticas, la monja consideraba que aquella vía sólo era válida para las que no eran lo bastante inteligentes para estudiar una materia científica suplementaria. Quería que Kate cursara Física. En cualquier caso, al margen del talento de su hermana para la costura, como cocinera dejaba mucho que desear. ¡Madre mía, lo que había llevado a casa la semana anterior! Según ella, un pudin de carne. Helen la había visto en el fondo del autobús desafiando a los chicos de la Academia para que lo probaran.

Cuando Helen entró, notó el despacho de sor Benedict sensiblemente más caldeado que el pasillo. Hacía un clásico día otoñal norirlandés. Al otro lado de la ventana caía una cascada de hojas de los árboles por efecto del viento potente y una lluvia intensa chorreaba por el cristal. Sor Benedict, que estaba contemplando el espectáculo, se volvió nada más entrar Helen. La monja llevaba una rebeca negra gruesa por encima del hábito. Había pasado más de veinte años en África y nunca se había reaclimatado del todo al tiempo irlandés. Todas las niñas del colegio conocían aquella flaqueza. «Qué frío más espantoso, ¿no, chicas?», decía cuando se cruzaba con ellas por los pasillos, tocando los radiadores para comprobar si funcionaban. Solía quejarse de corrientes y andaba a la gresca con la vicedirectora, sor Philomena, que siempre estaba abriendo puertas y ventanas y vivía tan obsesionada con el aire puro como sor Benedict con el calor. Lo cierto era que las dos religiosas discrepaban en muchas cosas; la temperatura del centro sólo era uno de los puntos más insignificantes.

Aunque sor Benedict, como directora, era quien al final evaluaba y firmaba las solicitudes de ingreso en la universidad, sor Philomena, la tutora del grupo de último curso, ayudaba a las chicas a rellenar los formularios correctamente. Unos años antes había despreciado a las alumnas que escribieron «británica» en el espacio donde debían indicar su nacionalidad y les había ordenado que lo cambiaran por «irlandesa», algo que no había sentado nada bien en casa de una chica cuyo padre, policía, se presentó en el colegio para manifestar su descontento ante sor Benedict, que a su vez, según se rumoreaba, le echó a sor Philomena una reprimenda feroz. Desde entonces, cuando llegaban a la sección del formulario relativa a la nacionalidad, sor Filomena les pedía a las alumnas que preguntaran a sus padres qué debían poner; y, desde entonces, las chicas se habían dividido según lealtades, admirando y apoyando a una u otra monja.

En sus ratos libres, las chicas discutían a veces a cuenta de este tema. A pesar de que el colegio era católico, en su seno se daban fuertes divisiones de opinión política. A chicas como Una, la hija de Brian y Lucy, les caía bien sor Philomena. Como se había criado en Derry, decían, entendía la discriminación que sufrían los católicos en Irlanda del Norte, no como sor Benedict, que era de la República. Si le contabas a sor Philomena que a tu padre o a tu hermano lo habían sacado del coche y le habían dado una paliza durante un control del Ejército en medio de la noche, se ponía furiosa y se solidarizaba, no daba por sentado de inmediato que algo habría hecho para provocar a los militares. Chicas como la hija menor del policía, que estaba en la clase de Helen, o una alumna que tenía un tío diputado por la Alianza[10] se indignaban con las arengas de sor Philomena: «Ésta es vuestra sociedad, no lo olvidéis. Tenéis tanto derecho como el que más a formar parte de ella, y quiero que todas salgáis ahí y reivindiquéis el lugar que os espera, el lugar que merecéis». «¿De verdad se piensa que necesitamos que nos diga eso?», comentaban con desdén. Se quejaban de que sor Philomena no hacía más que mezclar la política con lo estrictamente educativo; sus defensoras, en cambio, sostenían que la educación era ya una cuestión política en Irlanda del Norte y que quien se equivocaba era sor Benedict al intentar negarlo o ignorarlo.

La postura de Helen era inusual en la medida en que opinaba que sor Philomena tenía razón pero le caía mejor sor

[10] Partido de la Alianza de Irlanda del Norte (Alliance Party of Northern Ireland), unionista moderado.

Benedict. La entristecía que esta última ofendiera o se enemistara con algunas de las chicas casi sin darse cuenta, algo que había ocurrido esa misma mañana en la reunión diaria, cuando las invitó a rezar por un soldado que habían matado durante la noche. «Tía zorra», siseó entre dientes una chica cerca de Helen cruzándose de brazos con hosquedad. Cuando era sor Philomena la que conducía la reunión, rezaban «por la paz en Irlanda del Norte y por todas las víctimas del conflicto», una fórmula a la que nadie parecía oponerse.

A Helen le sorprendía lo mucho que se había encariñado con sor Benedict. Si hubieran sido de la misma edad, pensaba, seguramente habría sido su mejor amiga. No tenía nada que ver con las demás monjas. Para empezar, era desorganizada hasta decir basta, como la propia Helen, que sabía, además, lo que se esforzaba sor Benedict por alcanzar ese perfecto orden que a las demás les salía de un modo natural: las más de las veces, fracasaba en su intento. Ahora empezaba a revolver en un escritorio atestado de libros y papeles.

—Tiene que estar por aquí, Helen, la he visto hace un momento.

Mientras rebuscaba su solicitud, Helen echó un vistazo al despacho, a las paredes color magnolia con una fotografía del papa, una reproducción de la *Anunciación* de Fra Angelico y un crucifijo alargado. Escudriñó también a aquella monja cuya vida era un misterio para ella.

Las chicas de su clase habían calculado que si sor Benedict había estudiado en la universidad en Dublín durante cuatro años, luego había pasado veinte en África y luego otros diez en Irlanda del Norte, debía de tener cincuenta y pocos años como poco, aunque no los aparentaba en absoluto. Sabían con certeza que se había criado en una granja en Tipperary y que era la mayor de seis hermanos.

Cuando Helen tenía dieciséis años se organizó una jornada para las alumnas de su clase a propósito de las misiones. Dos sacerdotes que acababan de volver de Tanzania acudieron a darles una charla sobre el trabajo que desempeñaban allí, les mostraron diapositivas y obligaron a sor Benedict a dar testimonio de su vocación. Habló de lo feliz que fue el día que tomó los votos perpetuos y describió la despedida de sus padres antes de marcharse a Kenia, sabiendo en su fuero interno que tal vez no volvería a verlos «en este mundo», según sus propias palabras. A punto estuvo de ganarse la antipatía de Helen cuando relató con aplomo el momento en que un telegrama le comunicó la muerte de su padre. A Helen, «supe que era la voluntad de Dios» le pareció una reacción completamente inadecuada; la relación entre ambos debía de haberse enfriado.

Aquella tarde les dieron una hora para rezar o leer la Biblia y Helen se sentó en un banco de piedra en el jardín del convento, con la Biblia cerrada en el regazo. Sor Benedict se acercó y se acomodó a su lado.

—¿Te está gustando oír a los sacerdotes hablar de las misiones?

—Es interesante —dijo Helen con educada diplomacia.

—Yo estoy deseando que acabe —repuso la monja con franqueza, removiendo la gravilla del sendero con la puntera del zapato—. Lo odio, me provoca... añoranza. Ver las diapositivas, escuchar sus testimonios. Es raro, siento lo mismo que sentían tantas hermanas irlandesas cuando estaban allí, un anhelo terrible de estar en otro lugar. Y, en general, no me agrada cómo se presentan aquí las misiones. Persiste esa mentalidad de «unas monedas para los niños negritos», esa idea de que les estamos haciendo un favor. La gente que conocí en Kenia me dio más en veinte años de lo que podría haberles dado yo en veinte vidas. Pero en cierto sentido me engañaba. Me gustaba pensar que estaba cumpliendo con la voluntad de Dios; una voluntad que casualmente coincidía con lo que yo deseaba hacer, de modo que me resultaba fácil verlo como un gesto noble. Los votos nunca fueron un problema para mí. Pobreza: en el plano material, teníamos muy poco cuando yo era pequeña, y pese a todo nunca faltó la felicidad en casa. Nunca me apenó no haberme casado ni fundado mi propia familia. Cuando Dios me otorgó mi vocación, me otorgó también el regalo de un corazón célibe.

Helen se sintió incómoda al oír hablar en esos términos a sor Benedict. La veía bajo una luz distante que chocaba con la imagen que se había formado de ella. No es que pensara que la monja no estuviera siendo sincera, pero le hablaba de una realidad que Helen no había experimentado y con la que no lograba empatizar.

—Ahora entiendo que mi problema era la obediencia. El día que me informaron de que me mandaban a Irlanda del Norte fue el más difícil de mi vida. Más difícil, creo, que cuando murió mi padre. —Su discurso iba quebrándose; hacía largas pausas entre las frases—. Recuerdo cuando me marché de la estación misionera. Recuerdo cuando me despedí de mis amigos. Volamos de Nairobi a Londres. Llevaba el rosario en el bolsillo y me pasé todo el vuelo rezando y diciendo con cada cuenta: «Tu voluntad, no la mía, Señor. Tu voluntad, no la mía». Cuando cambiamos de avión en Heathrow seguí repitiendo esas palabras. Aterrizamos en Irlanda del Norte un día de invierno. Recuerdo el choque físico del frío cuando crucé la pista de asfalto, recuerdo la lluvia cayéndome encima y pensar: «¿Cómo voy a vivir aquí?». —Se echó a reír—. Cuando llegamos al convento había un frutero en el salón con una fruta enana y como desvaída… No sé por qué, pero se me quedó grabado: aquí es donde estás. Jamás he sido capaz de olvidar aquella fruta. Llegué… llegué incluso a plantearme dejar la orden y marcharme de nuevo, como cooperante, pero sabía que el Demonio estaba tratando de menoscabar mi vocación. Porque nunca he dejado de creer, a pesar de todo, por más cuesta arriba que se me haya hecho. En Kenia, cada mañana daba gracias a Dios por mi vocación. Aquí rezo para ser capaz de mantenerla.

Helen trató de concentrarse en lo que le estaba diciendo sor Benedict en ese momento.

—Estos papeles son los tuyos, ¿verdad? Estás cursando Francés, Lengua Inglesa e Historia, por lo que veo. —Helen asintió—. Y has solicitado como primera opción Derecho en Queen's. ¡Derecho! Impresionante.

—Mis padres no están demasiado satisfechos con mi elección —respondió Helen muy a su pesar. No sabía por qué lo había dicho.

—¿Ah, no? ¿Y eso? ¿Creen acaso que no conseguirás entrar? Tus profesores no tienen más que elogios para ti. Veo aquí que aprobaste con nota el simulacro de exámenes del año pasado. ¿Por qué no están contentos tus padres?

—Pues… diría que les resulta un poco difícil creer que su hija vaya a estudiar Derecho. Les parece muy ambicioso. Soy la primera de la familia que irá a la universidad y creo que les cuesta hacerse a la idea, sea cual sea la carrera.

—¿Qué querrían ellos que hicieras?

—Les habría gustado que entrara en St. Mary's y me metiera a maestra. —Sor Benedict enarcó las cejas—. Mi madre fue maestra —añadió Helen; en vista de que la monja seguía sin reaccionar, se angustió—; quiero decir que se formó para ser maestra, aunque sólo ejerció un año o así. Luego se casó y lo dejó.

Sor Benedict le clavó una mirada muy severa, pero Helen no tenía nada que añadir. Impotente, desvió la vista hacia la ventana, que seguía inundada de lluvia.

—¿Has oído alguna vez que no hay nada más importante para un niño que lo que sus padres no han sido?

—No, hermana. —No sabía qué otro comentario hacer al respecto.

—¿Y por qué Derecho?

—Porque esta sociedad necesita abogados católicos —explicó Helen, y sor Benedict le dedicó una mirada acerada. Creía que Helen estaba siendo sarcástica, que repetía como un loro lo que sor Philomena no paraba de inculcarles—. La población católica instruida tiene un papel que desempeñar en esta sociedad. Necesitamos profesores, médicos, enfermeras y abogados católicos. —De pronto, Helen se sintió confusa.

Sor Benedict se limitó a escudriñarla durante unos segundos.

—Bueno —dijo por fin—, si hubiera más clase media católica instruida en Irlanda del Norte, seguramente las cosas cambiarían, pero no creo que cambiaran como tú u otros creéis.

—Lo he pensado mucho y sé lo que estoy haciendo. No quiero estudiar Derecho sólo por el estatus o el dinero, de verdad que no.

—Me alegra saberlo —repuso con sequedad sor Benedict—. Pero todavía no has contestado a mi pregunta. ¿Por qué Derecho?

—Porque quiero hacer algo provechoso con mi educación; quiero ayudar a las personas. El sistema aquí es tremendamente injusto y quiero hacer algo significativo.

—Pero es que eso no va a pasar. —La monja soltó su réplica a tal velocidad que a Helen le pareció que le había tendido una trampa, que la había manipulado para que dijera precisamente lo que ella necesitaba para contradecirla—. Créeme, puedes tirar tu vida por la borda si quieres, pero no harás nada significativo para nadie salvo para ti.

Cuando Helen hizo amago de decir algo, sor Benedict no se lo permitió; levantó la mano y continuó.

—Quieres defender a gente a la que han acusado injustamente. De acuerdo. Pero dime una cosa: ¿cómo te sentirás cuando te toque defender a otros que sí que han cometido actos atroces, gente que ha puesto bombas o matado a hombres delante de sus familias? ¿Por qué estás tan segura de que encauzarás tu carrera hacia lo que de verdad te llama, de que no acabarás especializándote en derecho fiscal o de propiedad? Cualquier otro se consolaría con el sueldo, pero eso no va contigo, eres demasiado austera. El dinero no hará más que empeorar las cosas. A veces pienso que el idealismo es una de las fuerzas más peligrosas que existen. Lo veía con mis propios ojos en África, sin parar. Chicas como tú, de buen corazón, chicas altruistas pero con la mente cerrada en banda; un desastre. Llegaban allí pensando que iban a ayudar a la gente. —Su voz se cargó de énfasis sarcástico—. Que iban a cambiar las cosas. Y lo que pasaba era que perjudicaban a otros y se perjudicaban a sí mismas. Mírame a mí. Yo quería ser misionera y mira dónde he acabado, sentada en un despacho en Mid Ulster discutiendo contigo.

Con un ademán de la mano, la monja señaló la ventana que la lluvia seguía castigando.

—Yo no quiero irme a África —repuso Helen—. Sólo quiero ir a la universidad en Belfast.

—¡A eso me refiero! Podrías ir adonde te diera la gana, hacer lo que te apeteciera. —Aquello era casi un ruego—. No quiero ver cómo echas tu vida a perder quedándote en este… en este sitio horrible.

Helen se estremeció al oír estas últimas palabras, como si le hubieran arreado una bofetada.

—A mí me gusta. Yo soy de aquí. Es mi hogar.

De nuevo, sor Benedict se quedó mirándola un momento sin decir nada, hasta que cogió una pluma plateada, le quitó el capuchón, firmó la solicitud de Helen, le pasó el secante y deslizó el formulario en el interior de una carpeta de cartón azul. En voz baja, como si hablar le costara un esfuerzo ímprobo, dijo:

—Sé que te irá muy bien en los exámenes. Diles a tus padres de mi parte que estoy convencida de que, si te admiten en la Facultad de Derecho de Queen's, y no me cabe duda de que así será, cursarás la carrera sin ninguna dificultad. —Cogió otra solicitud—. Cuando vuelvas a la biblioteca, ¿te importa pedirle a Nora Bradley que venga para acá?

Helen salió del despacho sin que sor Benedict volviera a levantar la cabeza, y le costó controlarse para no dar un portazo de pura cólera. Ni siquiera había sido una trifulca como es debido, se dijo mientras atravesaba de nuevo todo el colegio. Cuando discutió con su madre a cuenta del mismo tema unos días antes le había resultado incluso satisfactorio, pues por primera vez en su vida argumentaban como iguales, como dos mujeres. Entendió que su madre juzgaba su futuro basándose en los fracasos y las carencias de su propia vida, y Helen la obligó a admitir que, en realidad, no se arrepentía de las decisiones que había tomado. «Déjame cometer mis propios errores», le rogó hacia el final, cuando su madre no paraba de repetir: «Tengo miedo por ti. No sé explicarlo, pero tengo miedo por ti». Helen se acordó de abuela Kelly y la embargó un sentimiento de lástima hacia su madre completamente distinto del rencor que albergaba ahora contra sor Benedict. Recordó que, en la reunión de unos días antes, la monja había leído ese pasaje de la Biblia que dice que cuando eras joven ibas adonde querías, pero cuando fueras viejo abrirías los brazos y otro te agarraría y te llevaría adonde tú no deseabas ir. Se había fijado en que le había temblado la voz al pronunciar aquellas palabras. Ése era el problema, pensó Helen ahora. Ella había vivido su vida, y si lamentaba lo que había hecho era su problema; no tenía motivos para inmiscuirse en los planes de Helen y echar a perder también la suya.

Cuando regresó a la biblioteca le hizo una seña a Nora Bradley, que salió a la vez que Helen tomaba asiento y trataba de retomar lo que había estado haciendo. Pero había perdido la concentración y se puso a mirar por la ventana, haciendo caso omiso al despliegue de libros abiertos, hasta que sor Philomena se acercó y se sentó a su lado.

—¿Cómo está nuestra Helen?

—Bien.

—¿Qué tal ha ido abajo?

—Ya está firmada mi solicitud.

—Muy bien. Una preocupación menos. —Helen asintió—. ¿Cómo van las cosas en casa?

—Bien.

—Hace poco se murió un tío tuyo, ¿no?

Helen volvió a asentir.

Una noche, seis semanas antes, había sonado el teléfono en casa. Lo cogió Helen: era Brian, llamaba desde el hospital. Le contó que Peter se había desplomado mientras tomaba una copa con él en el pub. Estaba en cuidados intensivos; los médicos decían que había sido un infarto y que tenía un cincuenta por ciento de probabilidades de recuperarse. Sin embargo, desde el preciso instante en que Brian le comunicó la noticia, Helen insistió a su familia en que no había esperanza. «Nunca se ha cuidado ni ha comido en condiciones. No tiene recursos, nada a lo que agarrarse», les dijo. Tres días después, los médicos decían lo mismo. Cinco días después, Peter murió.

La última vez que lo vio estaba dormido. Pasó más de una hora sentada junto a su cama, mirándolo, y se habría quedado más tiempo si no le hubieran pedido que se marchara. «De poco va a servir de todos modos, ¿no te parece?», le dijo la enfermera, y Helen ni siquiera se tomó la molestia de llevarle la contraria. Si esa mujer no era capaz de ver que aquella hora había sido muy valiosa para ella, que había sido quizá una de las horas más importantes de su vida, no tenía sentido intentar explicárselo. Se alegraba de que su tío estuviera dormido, porque no tenían nada más que decirse. Las palabras habrían sido una losa. Bastaba con estar con él, contemplarlo. Se acordó de cuando eran pequeñas e iban en el coche con su padre y él les señalaba una cuadrilla de hombres que estaban trabajando en el arcén, podando setos o desatorando alcantarillas, y les decía: «¡Mirad, ahí está tío Peter!». Tocaba el claxon al pasar y Peter levantaba la vista y los veía a todos saludando con frenesí desde las ventanillas. Se le iluminaba el semblante y levantaba un brazo; y así se quedaba, con la mano en el aire, hasta que se perdía en la distancia.

Se acordó de cuando entraba en casa de Brian por la trascocina y se encontraba a Peter de pie delante del fregadero lleno de agua jabonosa, silbando y colocando los gruesos platos limpios en el escurridor. Se acordó de cuando les daba un paseo en su bote, se acordó del día en que los llevó a golpe de remo hasta la isla y vieron el sol centellear en la superficie del agua y lo vio a él apoyado en un árbol fumando un cigarrillo mientras los polluelos húmedos se abrían paso a la vida.

En el velatorio indignó a su madre al decir:

—Quizá no deberíamos organizarle un funeral católico.

—¿De qué hablas? ¿Mejor uno protestante?

—A lo mejor no deberíamos celebrar nada. Nada religioso, quiero decir. Enterrarlo y punto. —La risa con la que reaccionó su madre irritó a Helen, que añadió—: Él no creía en nada de esto, le parecía todo un gran absurdo.

Lo dijo lo bastante alto para que la oyera el cura, que andaba por allí. Su padre la hizo callar con amabilidad.

—Sin oraciones no sería un funeral como es debido —le dijo acariciándole la mano para reconfortarla.

Una semana después del funeral, Helen fue una tarde a casa de Brian. Sólo estaba abuela Kate, sentada en la cocina poco iluminada, con dos bolsas de plástico negras atadas con bramante naranja en el suelo, a sus pies.

—¿Qué hay en esas bolsas de basura, abuela?

—La ropa de Peter. Voy a pedirle a Brian que se la lleve. La he repasado toda y no había ni una sola prenda que se pueda donar a la caridad; ni una. Le he dicho a Brian que se quede con su reloj de pulsera, y a tu padre le voy a dar un mechero. Los hijos de Brian se lo regalaron por Navidad y le pedí que no lo sacara de casa, no fuera a ser que lo perdiera. Lo había olvidado por completo hasta que lo vi al fondo del cajón. Es lo único que le puedo entregar a tu padre como recuerdo suyo. Nunca un hombre tuvo tan poco. —Helen miraba fijamente las bolsas. Como si pudiera leer sus pensamientos, abuela Kate añadió—: Para el mundo, Peter era un desposeído, un cero a la izquierda, pero fue un hombre bueno. Yo lo quería.

—¿Sabes lo que pienso?

Helen se volvió hacia sor Philomena, cuya presencia casi había olvidado.

—Que estudias demasiado. Quizá hable con tus profesores para intentar que te exoneren de las tareas durante un tiempo. A lo mejor te hace falta tomarte unos días libres y no venir al colegio.

Helen recibió estas palabras con turbación.

—Qué va, imposible, me quedaría rezagada. No puedo arriesgarme a perder ni un minuto.

—Mujer, vas muy adelantada y todavía faltan meses para los exámenes. ¿Y si te exiges demasiado y acabas enfermando? Ahí sí que no te quedaría más remedio que tomarte un descanso y te perderías muchos contenidos.

Helen insistió en que podía con los estudios. Sonó una campana distante.

—He de irme, hermana. Una clase.

Aquella noche, escuchando la radio en casa, entendió que sor Philomena tenía razón. Estaba exhausta, agotada hasta extremos impropios para su edad, y llevaba años sintiéndose así. Tanto en casa como en el colegio le recordaban una y otra vez lo importante que era su educación, que dejarse la piel era un deber consigo misma, con su familia, con la sociedad.

Y así lo había hecho. Sin embargo, ahora todo el mundo parecía incómodo con los resultados, reculaban, le pedían que echara un poco el freno. Ya era tarde para eso. El daño estaba hecho.

La música de la radio dio paso al boletín informativo. Dijeron el nombre del soldado asesinado la noche anterior, el mismo por el que sor Benedict había rezado en la reunión de esa mañana. Tenía veinte años. Helen pensó en la familia del chico. Al igual que sor Benedict, pensarían que Irlanda del Norte era un lugar horrible. Helen no le había dicho toda la verdad a sor Philomena: el ambiente en casa era tenso a ratos. Tío Brian vendía ejemplares de *Republican News* en la puerta de la capilla de Timinstown después de la misa dominical, lo que le había costado una bronca con su padre. Oyó la puerta del cuarto de baño abrirse y el aparatoso sonido de succión del agua que se iba por el desagüe de la bañera. De pronto, la casa se impregnó de un fuerte aroma a madreselva. Puede que Kate tuviera razón al querer irse. Puede que Helen lo acabara lamentando si se quedaba.

Apagó la radio y volvió a concentrarse en los libros. Sólo faltaba ya la tarea de Historia.

«Describe y analiza las circunstancias que llevaron a la partición de Irlanda del Norte».

CAPÍTULO 13.
VIERNES

Helen levantó la vista cuando entró Owen.

—Adivina quién viene a vernos esta tarde.

Él la miró con cara de póquer.

—La mamá de Maguire —añadió, y Owen se llevó las manos a la cara.

—Santo Dios, otra vez no. Qué más quiere que hagamos, no podemos decirle nada que no le hayamos dicho ya diez veces. ¿Es necesario esto un viernes por la tarde?

—La recibo yo si lo prefieres. Lo cierto es que estas cosas las llevo mejor un viernes que un lunes a primera hora.

—No, yo me ocupo, que tú no tienes mano para algo así.

Inmediatamente se dio cuenta de que había metido la pata y trató de apaciguar a Helen, a quien se le había ensombrecido el semblante.

—No quiero que le eches un rapapolvo. Bien sabe Dios lo mucho que me apetece a mí a veces, y no sé si tú serías capaz de morderte la lengua.

—Al que van a juzgar es a su hijo, no a ella —dijo Helen sin mirarlo a la cara.

Agarró una carpeta, le echó un vistazo y la dejó a un lado. Owen se pasó las manos por el pelo.

—¿No puede confesárselo todo ese cabronazo a su madre y ahorrarnos a los demás este suplicio? Debe de pensar que la mujer no está en condiciones de encajarlo todavía. Supongo que irá haciéndose a la idea con el tiempo.

—No le queda otra —comentó Helen, aún sin mirarlo.

Se hizo un largo silencio.

—Helen —dijo por fin Owen—. Te agradecería mucho que recibieras tú a la señora Maguire cuando se pase esta tarde.

—Vale. Cuenta con ello —respondió ella levantando la cabeza.

Y a continuación:

—Gracias.

Y luego:

—Perdona.

Owen negó con la cabeza y sonrió.

—Por el amor de Dios, mira que eres rara.

—¿Y ahora te das cuenta?

Se alegraba de que la discusión hubiera derivado en chanza. Lamentaba haber sido tan dura con él, porque no es que hubiera dicho nada del otro mundo. A Helen le agradaba trabajar con Owen y siempre se había considerado afortunada por haber entrado en un bufete que recibía un volumen considerable de casos relacionados con el terrorismo. Cuando se licenció, en Irlanda del Norte había trabajo a espuertas en el ámbito jurídico, pero también una competencia feroz. Temió acabar dedicándose en exclusiva al derecho de familia, como les ocurría a muchas de sus compañeras de promoción. Desde el principio le explicó a Owen qué era lo que más le interesaba y, aunque no recibían una cantidad descomunal de casos de ese tipo, a lo largo de los años fue asignándole a ella los que iban saliendo, sin darle importancia ni sugerir que le estaba haciendo algún tipo de favor. Lo que también notó —y valoró— fue que Owen empezó discretamente a quedarse él con esos casos después del asesinato de su padre. No llegó a decir que lo hiciera para no herir sus sentimientos, y siempre había una razón plausible para que él y no Helen los asumiera. Helen agradecía su sensibilidad, y existía también el acuerdo tácito de que algún día volvería a ocuparse de ellos. Pero el de Oliver Maguire había llegado en un momento en que Owen estaba desbordado y Helen, de repente, tenía poco que hacer.

«Mira, lo haremos entre los dos, ¿te parece?», le había dicho él. «No va a ser coser y cantar, que digamos».

Helen aceptó y se prometió para sus adentros que se tomaría como una cuestión de honor llevar aquel trabajo a término.

Sin embargo, mientras trataba de centrarse de nuevo en la faena de la mañana se percató de que Owen no estaba haciendo lo mismo, algo nada habitual en él. Hojeaba papeles, suspiraba, agitaba cajas de clips, lo que evidenciaba que tenía ganas de hablar, de modo que Helen lo miró a los ojos con curiosidad.

—Esto sólo es un trabajo —soltó él de inmediato, sin que viniera a cuento—. Que no se te olvide nunca que no es más que una ocupación. El sustento, lo que te permite tener un techo y poner un plato de comida en la mesa cada día.

A Helen le costó reprimir una sonrisa, pues aquellas fórmulas que insinuaban supervivencia y necesidad no casaban con el elevado tren de vida de Owen. Pensó en su casa elegante en una calle tranquila de Malone Road y en las opulentas cenas que daba de vez en cuando para los amigos. A diferencia de bastantes colegas de Irlanda del Norte, y a pesar de lo que acababa de decir, a Owen no sólo le interesaba ganar dinero, aunque lo que ganaba lo disfrutaba a fondo. Advirtió la sonrisa de Helen y se la devolvió.

—¿Te arrepientes de haberte metido en este gremio?

—A veces —confesó, preguntándose si su compañero sería consciente de lo mucho que le costaba admitirlo, incluso ante él.

—Diría que nos pasa a todos. Lo que más lamento es no ser capaz de tomarme las cosas de otro modo, lidiar con ellas como debería.

Era evidente lo incómodo que se sentía; no paraba de dar rodeos para evitar ir al meollo de la cuestión, y Helen habría intentado ayudarlo si hubiese tenido la más remota idea de adónde pretendía llegar.

—No sé si te entiendo.

Owen arrugó el ceño, cogió una grapadora del escritorio y se puso a abrirla y cerrarla. Helen se preguntó si no habría cometido un error de juicio grave en algún caso reciente, o si quizá estaba más agobiado por Oliver Maguire de lo que pensaba.

Sin mirarla, dijo:

—Me siento mal por... por las tragaderas que tengo a veces. No debería pasar por el aro. Me da vergüenza.

Helen prefirió no replicar nada, esperar hasta que Owen se sintiera preparado para seguir.

—¿Te acuerdas del sarao del Colegio de Abogados al que asistí hace un par de semanas? Pasó una cosa y, desde entonces, no paro de mortificarme. A última hora de la noche estaba con un grupo de tipos a los que conocía a duras penas. Todos habíamos pimplado bastante durante la velada y por supuesto... bueno, iba a decir que empezaron a caer las máscaras, pero no fue eso. Así parecería que actuaron sin ser conscientes de lo que hacían, cuando nada más lejos. Fue algo deliberado. Yo notaba que me lanzaban miraditas y hacían comentarios un poco hirientes sólo para ver cómo me los tomaba. Hasta que de pronto me asusté, me asusté mucho, y ellos se dieron cuenta. Sabían que me tenían justo donde querían. «¡Chicos, chicos!», exclamó uno de buenas a primeras. «Atención, ésta os va a gustar». Y se puso a contar una anécdota de cuando estudiaba en no sé qué facultad en la década de los cincuenta y tenía un profesor que formaba parte de los B-Specials[11]. Un día se anunció que, por primera vez, el centro admitiría a católicos. Por lo visto, cuando, esa tarde, el que estaba contando la anécdota fue al despacho del fulano este, se lo encontró ataviado con el uniforme completo (botas, funda, pistola, toda la pesca) y casi echando espumarajos de rabia. Le dijo: «¿Eres consciente de lo que significa esto? Te lo voy a decir yo. ¡Significa que por el día tendré que darles clase y por las noches liarme a tiros con ellos!». Y, por supuesto,

[11] La Policía Especial del Úlster (Royal Special Constabulary) fue una fuerza de reserva, inicialmente paramilitar, fundada en 1920 para prestar apoyo al RUC. El Gobierno británico desmanteló el cuerpo en 1970 a raíz de los disturbios en Derry y Belfast de 1969 (que aparecen como telón de fondo en el capítulo 6 de la novela).

al oírlo se mearon todos de risa. Yo, por supuesto, no. Me quedé callado. Pasados un par de minutos me fui y nadie me dijo ni esta boca es mía.

De nuevo se hizo un silencio que duró varios segundos, y entonces Owen añadió:

—Me asusté, Helen. Quiero decir: estamos en 1994. Que a estas alturas todavía consideren que pueden hacerme algo así, y que yo se lo permita... Volví a casa y no pegué ojo del miedo que tenía en el cuerpo. Y el cabreo, claro; más conmigo mismo que otra cosa. Ni siquiera se lo conté a Mary. Me avergonzaba lo que pensaría de mí.

—Espero que no creas que eres el único al que le ha pasado. Me juego lo que sea a que estas cosas ocurren constantemente en nuestro entorno y a todo el mundo le abochorna comentarlas. Es una cuestión no sólo de intolerancia, también de mala educación. Cuando otra persona se dedica a tratar de humillarte o de incomodarte en un contexto social sin razón aparente, lo normal es que te pille tan desprevenido que no sepas cómo reaccionar; y cuesta pararles los pies sin ponerse a su nivel. Hiciste lo que hubiera hecho cualquiera. Yo de ti me olvidaría del asunto.

—Lleva días reconcomiéndome. Ha sido una semana infernal.

—Dímelo a mí —repuso Helen.

Algo parecido le había dicho ese mismo día a David cuando la llamó poco después del almuerzo.

—Por fin es viernes, etcétera. —Owen había salido, de modo que le contó a su amigo la noticia de Cate y de la reacción de la familia—. Se marcha el domingo, así que iré para allá esta tarde. Estoy deseando pasar tiempo con ellas. ¿Y tú qué me cuentas?

—Pues que Steve no va a volver. O mejor dicho: ha vuelto, pero sólo para presentar su renuncia y preparar la mudanza a Londres. Me sorprende que no hayas oído nuestro griterío; no vives tan lejos. Según él, no se había dado cuenta de lo difícil que sería echar raíces en una sociedad tan reducida y cerrada, y yo no había movido un dedo para ayudarlo. Le contesté que eso no era ni justo ni cierto, y que él lo sabía. Y luego salió a colación tu nombre y me temo que la conversación degeneró bastante y cruzó el punto de no retorno.

Helen no supo qué contestar.

—De todos modos, no te noto muy hecho polvo —fue lo único que se le ocurrió decir.

—Estaba tan cantado desde hace tanto tiempo que casi es un alivio para las dos partes que por fin haya ocurrido.

Tras despedirse prometiéndole que se pasaría a verlo la semana siguiente, Helen se quedó sopesando lo que le había dicho David. Seguramente tenía razón en que la ruptura era la conclusión inevitable, pero eso no tenía por qué hacer las cosas más fáciles ahora. Reconoció para sus adentros un alivio furtivo ante la idea de que Steve desapareciera, pues nunca se había sentido del todo a gusto en su compañía y sólo ahora se percataba de que tal vez él hubiera considerado invasiva su amistad con David; si era eso lo que le había recriminado a su amigo, a Helen no le pareció que tuviera fundamento alguno.

Recordó una conversación que habían tenido los dos poco antes de que Steve se trasladara a Belfast. David estaba en la cocina preparándoles algo de comer y Steve, como no podía ser de otro modo, sacó el tema de la profesión de Helen.

—Así que trabajas con terroristas, ¿eh?

—A veces.

—¿Cómo son los hombres del IRA?

—Es probable que no tan distintos de los terroristas lealistas como les gustaría creer.

Helen sabía, incluso mientras pronunciaba aquellas palabras, que no se lo quitaría de encima tan fácilmente.

—No, en serio, cuéntame.

Ella se encogió de hombros.

—La mayoría son personas corrientes —dijo con la esperanza de mitigar su interés mediante el recurso del puro aburrimiento.

Steve tardó un momento en contestar; la miró con severidad unos segundos y, al final, soltó:

—No sé cómo consigues sentarte en la misma habitación que esa gente, y mucho menos defenderlos.

—No, no lo sabes. Es más, nunca lo sabrás —le espetó ella, sorprendida ante su propia dureza.

—Está el ambiente un poco frío, ¿no? —terció David cuando entró en el salón poco después con una ensaladera en las manos y se encontró a su novio y su mejor amiga lanzándose miradas asesinas—. ¿Enciendo la calefacción o vais a portaros bien?

Al recordar esto, Helen se dijo que, en el fondo, le había dicho a Steve la verdad sobre los paramilitares: en su mayor parte le parecían gente corriente. Sólo había unos pocos que se destacaban en su recuerdo. Hubo un tipo llamado Devine, el único que le había parecido un psicópata de manual, alguien a quien le encantaba matar por matar. Helen sospechaba que, aunque la situación en Irlanda del Norte hubiera sido pacífica, Devine habría acabado en la cárcel por asesinato. Ya lo había dicho Owen: «En vez de liquidar a policías y soldados habría asesinado a mujeres, niños, perros, ratones y sabe Dios qué más con tal de matar. El conflicto no es más que un pretexto».

Un pretexto había sido también para Malachy Mulholland y otros de su calaña, matones que se habrían dedicado a los robos y los asaltos para llenarse los bolsillos con independencia de lo que hubiera ocurrido en el país. Mulholland se metió en el IRA, pero, a la larga, la organización no tenía tiempo para personas como él y acabaron considerándolo más problemático que útil. Pocos años después de que Helen lo conociera, el propio IRA lo mató, oficialmente por «tráfico de drogas y otras actividades antisociales».

A los paramilitares tampoco les hacían mucha gracia personas como Tom Kelly, y los evitaban a toda costa. Kelly había asesinado a uno del RUC: apartó de un empujón a la esposa, que fue quien le abrió la puerta, y le pegó un tiro al policía, que se encontraba en el sofá viendo la televisión. Sucedió que la hija de cinco años del asesinado estaba allí y lo presenció todo. Cuando detuvieron a Kelly, se vino abajo, se echó a llorar y lo confesó. Añadió que no podía vivir tranquilo por la niña, que no lo habría hecho de haber sabido que estaba allí; que jamás, por viejo que muriera, olvidaría sus gritos en el momento en que él salió corriendo de la casa.

Sin embargo, la mayoría de hombres que se cruzaban en su camino no le resultaban ni particularmente bondadosos ni particularmente despiadados. Estaban en paz con sus conciencias. A menudo había detrás una fuerte motivación política, sobre todo cuando habían pasado una temporada en la cárcel, donde tenían tiempo de sobra para debatir y argumentar largo y tendido entre ellos. Solían salir más comprometidos que cuando entraron. Para ellos era importante vivir la condena con la mejor disposición posible, pues lo veían como parte de los sacrificios que debían hacer por «la Causa», tal como ellos mismos lo denominaban. Por lo general, como Helen le había dicho a Steve, eran personas corrientes, aunque para ella era significativo el hecho de que fueran del campo o de la ciudad. Al provenir ella de un contexto rural, tendía a entenderse más fácilmente con los hombres de orígenes similares a los suyos. En general, los hombres de Belfast le parecían demasiado arrogantes, demasiado tempestuosos. Era una distinción que los propios hombres también hacían: tendían a entablar amistad con los que eran como ellos y no terminaban de encontrarse a gusto con los que procedían de un entorno diferente.

Así pues, la mayor parte había pensado bien lo que hacía y conocía sus sentimientos al respecto. Pero ¿y Helen? Debía reconocer que con frecuencia adoptaba actitudes incoherentes, quizá incluso hipócritas. Por ejemplo, con Willy Larkin, su viejo amigo de la escuela. Lo veía con frecuencia cuando iba a casa los fines de semana. La saludaba con la mano desde el tractor, o bien coincidían en la tienda de Timinstown. Willy iba con sus dos hijos, con sus caras francas y simpáticas, tan parecidas a la de su padre, y se llevaba los periódicos, tabaco y una bolsa de caramelos que se guardaba en el bolsillo de la chaqueta. Helen y él conversaban superficialmente, se preguntaban por sus respectivas madres, y ella siempre se alegraba de haberlo visto. Jamás, mientras hablaba con él, se le pasaba por la cabeza que había cumplido condena por pertenencia al IRA y posesión de explosivos; y si *a posteriori* pensaba en ello procuraba no reflexionar demasiado sobre dónde podrían haber ido a parar dichos explosivos si no hubiesen pillado a Willy. Y, si estaba dispuesta a mirar para otro lado y abstenerse de pensar en ciertas cosas, como quien retiene a un perro por el collar, ¿no incurría en una hipocresía absoluta, más aún a la luz de lo que le había ocurrido a su padre?

De modo que por un lado estaban Devine y Mulholland, por otro Tom Kelly, y por otro Willy Larkin. Y también, por supuesto, Oliver Maguire.

Había ido a ver a Oliver a primeros de esa semana, el mismo día que Cate se quedó a dormir en su casa.

—¿Cómo está nuestra Helen? —la había saludado el joven, fiel a su costumbre.

—Bien —respondió ella con sequedad a la vez que abría el maletín y sacaba los documentos que había ido a comentar con él.

Helen no sabía por qué le generaba tanto rechazo. Owen tampoco lo soportaba, cosa inusual, y solía referirse a él como «el gusano de Maguire». Con veintitantos años, aparentaba menos y perfectamente podría haber pasado por adolescente. Tenía una mata de pelo castaño oscuro y unos ojos marrones que parecían negros. Cuando estaba con Helen la miraba a la cara con una intensidad que ella aborrecía. Podría haber sido periodista, le dijo en una ocasión a David: poseía esa mirada beligerante que para ella era una seña característica del oficio, y la misma capacidad para formular esas preguntas vacías y exentas de contexto tan difíciles de responder. Ella no rehusaba la táctica desestabilizadora de mirar fijamente a sus interlocutores, pero no le gustaba que se lo hicieran a ella, sobre todo por sistema.

Mientras Helen le explicaba los documentos, Oliver siguió escudriñando su rostro con dureza, como si tratara de memorizar hasta la última palabra, y cuando por fin ella dijo: «Toma, échale un vistazo», él tardó más de lo a todas luces necesario en desviar la mirada y dirigirla a los papeles que le dejaba en la mesa. Examinó su coronilla mientras él leía y volvió a preguntarse qué la importunaba tanto. Quizá que, por mediación de David, había atisbado las repercusiones de lo que Oliver había hecho. Manifestaba, por lo demás, un aplomo descomunal, una cualidad que a Helen nunca le había atraído. Observó entonces con cierto deleite que tenía las uñas muy mordidas. Sospechaba que ella tampoco le caía bien, que Maguire habría preferido que sólo Owen se ocupara de su caso. Tal vez pensara que, como no se mostraba particularmente comprensiva, no se esforzaría mucho en defenderlo; o, peor aún, tal vez incluso considerara que no estaba preparada por el mero hecho de ser mujer. Cuando Oliver levantó la vista de nuevo, Helen se dio cuenta de que la asustaba su presencia, pero no sabía si era un miedo por ella misma o por él.

—Todo en orden por mi parte —dijo al tiempo que le devolvía los pliegos—. Pero ¿y qué pasa con...?

Procedió entonces a indagar en un par de cuestiones que habían salido a colación en la reunión anterior. Era algo habitual y a Helen siempre le parecía un fastidio insufrible. Quienes estaban en preventiva dedicaban buena parte de su tiempo a hablar entre ellos de sus casos y a poner en común sus nada desdeñables conocimientos jurídicos para dominar sus derechos al dedillo. A menudo ponían en duda lo que les decían sus letrados, hacían sugerencias útiles u oportunas. Helen escuchó a Oliver frunciendo el ceño en dirección al tablero de la mesa, sin mirarlo. Le respondió que, aunque tanto ella como Owen tenían ya en consideración el punto de vista que él exponía, de momento no se podía hacer nada.

—Te iremos informando.

Él asintió imperceptiblemente. Hubo un breve silencio.

—Oliver, sé que Owen ya te lo ha dicho, pero insisto: las pruebas forenses nos dan muy poco margen de maniobra, ¿sabes?

—Ya.

Su tono la irritó. No sin cierto placer, añadió:

—¿Y sabes que de la condena no te libras?

—Sí. Me hago cargo.

—Te caerá la perpetua.

—O sea, que sabes que vais a perder el caso. —Desvió la mirada—. Pasaré unos años a la sombra.

—Será mucho más que eso —porfió Helen.

Él se encogió de hombros.

—¿Has visto a mi madre últimamente? —preguntó al cabo de un momento.

Empezó a morderse las uñas y a Helen no le pasó desapercibido.

—No —contestó—. ¿Y tú?

Él negó con la cabeza.

De pronto lo vio en la noche del crimen, tan nítidamente como si hubiera estado con él cuando se metió en la cabina y solicitó un taxi a una compañía domiciliada en Sandy Row[12]. A continuación esperó el coche delante de un local de *fish and chips* con el cuello de la cazadora de cuero levantado para protegerse del relente. Cada dos por tres se abría la puerta del negocio y salía un potente olor a vinagre y grasa caliente; Helen oía incluso las voces de las empleadas. Oliver se quedó en una zona de sombra para no llamar la atención y sólo se acercó al bordillo de la acera cuando un coche azul se detuvo; ella reconoció la cara carrilluda del conductor, la misma que había visto en las fotos borrosas que publicaron los periódicos tras el crimen. El hombre bajó la ventanilla y pronunció el nombre falso con el que habían reservado el servicio. Oliver asintió y subió. En el interior del taxi flotaba un leve olor a pino rancio del ambientador con forma de árbol que colgaba del espejo. Helen contempló las calles

[12] Área de Belfast de mayoría protestante.

iluminadas de la ciudad, negras y resplandecientes de lluvia, que se dejaban ver a través del arco de los limpiaparabrisas en constante movimiento. Oliver no correspondía a los intentos de entablar conversación; en el retrovisor, ella notaba que la ansiedad iba deslizándose poco a poco en los ojos del taxista, hasta el momento en que Oliver se sacó una pistola del bolsillo de la cazadora, la encañonó contra el cuello del hombre y dijo: «He cambiado de idea. Tú y yo vamos a ir a otro sitio».

Sentada frente a él, Helen levantó involuntariamente la mano hacia el lado izquierdo de su cuello, que estaba tan frío como si lo hubiera rozado un témpano de hielo.

—Lo hiciste —soltó—. Realmente lo hiciste.

Oliver se retiró las manos de la boca y esbozó una leve sonrisa.

—Eso me dice la gente como tú.

—¿No está el señor Kane? —Fue lo primero que preguntó la madre de Oliver cuando Helen la hizo pasar al despacho aquella tarde.

Helen y Owen se tuteaban con Oliver, pero la señora Maguire insistía en mantener las formalidades; al parecer, se sentía más cómoda así.

—Me ha pedido que la reciba yo; hoy ha tenido que marcharse antes —repuso Helen, consciente de lo dubitativa y angustiada que estaba la mujer.

De pronto, la señora Maguire cayó en la cuenta de que tal vez Helen le ofreciera una opinión nueva.

—Dice el señor Kane que no cabe duda de que declararán culpable a Oliver.

—Mucho me temo que así es.

—¿Usted opina lo mismo?

Helen asintió.

—Pero ¡si no fue él! —gimoteó la mujer.

Esta vez, Helen no habló ni asintió. Consultó rápidamente el reloj de su muñeca y miró a la mujer.

—No tiene nombre —prosiguió la señora Maguire—. Están condenando a gente inocente. Piense en los seis de Birmingham, la de tiempo que pasaron en la cárcel. ¿Me está diciendo que eso es lo que le va a ocurrir a Oliver y que no hay manera de evitarlo?

—Era un caso muy diferente —se apresuró a decir Helen.

—¿Por qué?

Helen se sintió tentada de formular lo evidente: que los seis de Birmingham eran inocentes, y que la señora Maguire sacara sus conclusiones sobre su hijo. Optó por quedarse callada con la esperanza de que ese silencio diera más peso a sus palabras y, por fin, respondió.

—Señora Maguire, creo que debería prepararse para lo peor. A Oliver le caerá una condena larga. Él ya lo sabe. Cuanto antes lo asuma usted, mejor.

La mayoría de sus colegas se habrían negado a esa clase de encuentros, y a veces Helen se preguntaba por qué Owen se prestaba. No había nada que ganar con ello, era una completa pérdida de tiempo para todos los implicados; por otro lado, no era habitual que una madre fuera tan perseverante. Owen era mucho más duro con los clientes que con sus parientes. En la mayoría de casos, Helen admiraba la entereza de las mujeres, y a veces pensaba que era más de lo que merecían algunos. Las mujeres se quedaban solas durante años, criando hijos con pocos recursos o ninguno. Solía ver a muchas de ellas esperando bajo la lluvia el autobús a la cárcel o participando en manifestaciones en Falls Road en favor de los presos. Era innegable que resultaba más fácil para familias con una fuerte tradición republicana en las que un padre, hermanos, primos, tal vez incluso hermanas habían cumplido condena por ser del IRA. Cuando toda la familia creía en la Causa, el estigma de la cárcel no existía.

Otro cantar era para las familias sin una tradición semejante. Helen lo había vivido muy de cerca: cordiales parejas de mediana edad mortificadas porque su hijo o su hija se encontraba en conflicto con la ley por cualquier razón, no hablemos ya de asesinato. Veía a personas así en las tribunas de los juzgados reservadas a los asistentes. Lloraban. A veces se desmoronaban al oír ya el relato detallado del crimen por el que estaban juzgando a su criatura, ya la sentencia correspondiente. Abandonaban las dependencias judiciales tapándose la cara, avergonzados. Eso mismo le pasaría a la señora Maguire, se dijo Helen mientras la escuchaba relatar la vida de su hijo. Oliver era el más joven de cuatro hermanos. Llegó tarde, siete años después del hijo anterior. Su padre murió cuando él tenía diez años. Ella hubiera querido que fuese como los demás, que eran muy trabajadores y buscavidas. «Ninguno se ha metido nunca en nada», dijo. ¡Dios, cómo odiaba Helen aquella cantilena! Los soldados la tomaron con Oliver cuando era adolescente. Lo habían arrestado varias veces, y en una ocasión lo agredieron.

—Si llega a ver la paliza que le dieron, señorita Quinn, ¡siendo como era poco más que un niño! ¡Con razón luego pasan las cosas!

—¿Qué cosas? —preguntó Helen con brusquedad.

La mujer, que la miraba con ojos suplicantes, desvió la vista de repente.

—Pues las cosas —respondió, y Helen guardó un silencio intimidatorio—. Ya sabe usted las cosas que pasan aquí.

—Sí. Ya sé.

—Oliver no pudo cometer la atrocidad de la que lo acusan. Lo sé porque soy su madre y nadie lo conoce mejor que yo. Conozco sus defectos, lo mismo que sus virtudes, y no sería capaz de... de hacer algo así.

Pero le falló la voz y de repente Helen miró a los ojos a la mujer que tenía enfrente.

«Lo sabe», se dijo. «Sabe la verdad tan bien como yo, pero no la tolera. Y viene aquí para intentar que retrasemos al máximo el momento en que no le quedará más remedio que asumirlo».

Helen reflexionó acerca de sus propias circunstancias. Dos años habían pasado y seguía siendo lo último en lo que pensaba antes de quedarse dormida por las noches y lo primero que se le venía a la cabeza en cuanto abría los ojos por las mañanas. Lo que le habían hecho a su padre envenenaba aún sus sueños, el recuerdo le tendía emboscadas a cualquier hora del día. Algo tan banal como las manchas de nicotina en los dedos del quiosquero que le vendía los periódicos suscitaba que su padre regresara, pero sólo durante una fracción de segundo, sólo para que luego se lo arrebataran de nuevo y dejaran en su lugar la imagen atroz de su partida.

Y sin embargo...

No, el peligro no era que fuese a perder la paciencia con la señora Maguire, como Owen había temido. No habría sido capaz de gritarle que su hijo era culpable y que lo sabía y que cómo se atrevía a hacerles perder el tiempo. No, el peligro era que dijera algo mucho peor. La madre de Oliver no ignoraba lo que le había ocurrido al padre de Helen. El peligro era que Helen le dijera: «Prefiero estar en mi propio pellejo; no me cambiaría por usted por nada del mundo». Era lo único que la señora Maguire no habría logrado encajar, y de pronto Helen se dio cuenta de que, si en aquel momento abría la boca, no podría decir otra cosa. La señora Maguire también lo sabía. Las dos mujeres se quedaron allí sentadas, mirándose, hasta que por fin habló la madre de Oliver.

—Es todo como un sueño, se lo aseguro —afirmó en voz baja—. Como un sueño terrible.

Helen agachó la cabeza y se llevó las manos a los ojos: detestaba que la vieran llorar. Oyó el chirrido de la silla contra el suelo.

—Lamento haberle robado tanto tiempo, señorita Quinn. Gracias por recibirme.

CAPÍTULO 14.
VIERNES NOCHE

Después de cenar se quedaron en la cocina, alrededor de la estufa, tomando té y charlando hasta bien entrada la noche. Helen compartía el sofá con Cate, que se había quitado los zapatos y estaba sentada sobre las piernas recogidas, su madre ocupaba la silla de respaldo alto que tanto le gustaba y Sally optó por un escabel.

—Espero que tardemos mucho tiempo en vivir otra semana como ésta —comentó Emily.

—Tampoco ha estado tan mal —replicó Sally al instante—. Por cosas peores hemos pasado; mucho peores.

—Eso es verdad, sí —convino su madre, avergonzada de pronto por lo que acababa de decir. Lanzó una mirada tímida a Cate, que se sonrojó y miró para otro lado.

—A lo mejor eso es lo único bueno de lo que sucedió —continuó Sally—. Nos depare el futuro lo que nos depare, es imposible que nos pase nada peor.

—De todos modos, piensa que dentro de un par de años aquí estaremos, quitándonos del pelo pegotes de plátano machacado. ¿No os parece genial? —intervino Helen—. No sé vosotras, pero yo me muero de ganas.

—Será raro tener un bebé rondando de nuevo —dijo Emily—. Reconozco que todavía no me había parado a pensar en ello; me cuesta imaginarlo.

Ninguna de las hijas respondió, pero el silencio habló por sí solo, y Emily sabía que eso era lo que necesitaba imaginar y que, como había dicho Sally, no era en absoluto lo peor que les podía pasar.

Las cuatro se resistían a meterse en la cama aquella noche. Echaron más combustible en la estufa; escucharon el ululato del viento que soplaba alrededor de la casa; y la conversación fue haciéndose más entrecortada, más desganada. Por fin, Emily se levantó cuando el cansancio pudo más que las reticencias a ser la primera en romper la cálida intimidad de la velada. Ocurría lo mismo hacia el final de todas las visitas de Cate y, esta noche, por primera vez en años, Emily verbalizó lo que pensaba en esos momentos:

—Qué pena que tengas que irte, Cate. Lo bonito que sería que estuvieras siempre aquí.

—Uy, pero entonces perdería mi valor de novedad —repuso Cate con toda la ironía que logró reunir—. Me tendríais muy vista y se os olvidaría lo especial que soy.

—Además, todavía no se ha ido —añadió Helen—. Disponemos aún de dos días mágicos en su compañía. ¿Cómo vamos a soportar tanta emoción? ¡Explicádmelo!

Su madre les dio las buenas noches entre risas y salió de la cocina. Las hermanas se quedaron en silencio y oyeron los pasos de Emily en las escaleras, seguidos del revolver en la habitación que quedaba por encima de sus cabezas mientras su madre se preparaba para meterse en la cama. Siguieron charlando, ahora más bajito, para no molestarla.

—Tú también deberías retirarte, Sally —dijo Cate al cabo de un rato—. Salta a la vista que estás agotada.

—Como todas —respondió Sally.

Pero, efectivamente, fue la siguiente en abandonar la reunión. Y entonces Helen se dio cuenta de que le daba miedo el momento en que Cate se despediría y ella se quedaría a solas. Cate también lo sabía.

—Me estoy reactivando —mintió.

—¿Te apetece un whiskey?

Cate negó con la cabeza, esbozó una sonrisa triste y se dio una palmadita en el abdomen.

—Perdona, se me había olvidado.

—Pero tómate tú uno.

—Bah, otro día.

Sin embargo, cuando por fin Cate se marchó, Helen se sirvió un buen trago y se quedó escuchando a Verdi con el *walkman* hasta que se hizo tan absurdamente tarde que no le quedó más opción que lavar el vaso, comprobar por última vez que habían cerrado con llave tanto la puerta principal como la trasera, apagar todas las luces y meterse también ella en la cama.

Se tumbó y, en medio de la negrura, se envolvió con firmeza en las mantas.

Cuando Helen era pequeña, a veces le costaba conciliar el sueño por las noches. Entonces se deslizaba por un pliegue de su conciencia, un espacio entre el sueño y la fantasía, en un ritual que le gustaba cultivar: sabía que no estaba dormida y, pese a todo, visualizaba maravillas que jamás habría podido ver si hubiera estado del todo espabilada.

Gracias a la fuerza de su imaginación, era capaz de elevarse por encima de la cama y pasar a través del tejado de la casa como un haz de luz atraviesa el agua. Y volaba, ah, cómo volaba, en medio de la noche negra, hasta encontrarse muy por encima del mundo, hasta que subía tan lejos como uno de los ángeles que flotaban junto al hombro de Dios en la imagen de cubierta de la Biblia de los niños, en la que Dios era un anciano inmenso con un halo triangular de luz amarillenta alrededor de la cabeza, inclinado por encima del sistema solar y con una mano levantada en ademán de bendición. La negrura del universo era cálida, suave como el terciopelo, y estaba tachonada de estrellas titilantes. A lo lejos, la Vía Láctea parecía un reluciente cinturón plateado, como una sarta de monedas en el aire.

Lo que Helen percibía era mejor que cualquier ilustración de un libro, mejor que una película, porque advertía y sentía que el universo estaba vivo; veía el sol arder y percibía su calor, veía los planetas salpicados de lunas que los rodeaban y giraban alrededor.

Una vez, la señorita Wilson metió a toda la clase, por grupos de cinco, en el cuartito sin ventanas y, provista de un globo terráqueo y una linterna de bolsillo, les mostró los movimientos de rotación y traslación del planeta alrededor del sol que daban lugar a la noche y el día. Ahora, Helen podía percibirlo con sus propios ojos inclinándose por encima de la tierra y las nubes que, muy consideradas, se arremolinaban y se disolvían, dejando un globo terrestre tan pelado como el del aula, ¡sólo que vivo! Uno a uno, los países iban desplazándose hacia la luz y se hacía de día. Entornaba los ojos y se concentraba en Japón: en casas con puertas de papel había gente que se desperezaba. En templos escasamente iluminados, unos monjes con túnicas quemaban incienso ante estatuas doradas. Pasaba a China, una telaraña de carreteras, *rickshaws* y millones de bicicletas bajo la luz pura del amanecer. Montañas, desiertos, selvas enmarañadas; ciudades fabulosas, pueblos polvorientos. Vislumbraba incluso las profundidades oceánicas, donde nadaban bancos de peces de colores entre barcos hundidos con sus tesoros derramados.

Entonces buscaba Irlanda; allí era de noche. Daba igual; pues con sus poderes alcanzaba a verlo todo. Divisaba en primer lugar una isla en el extremo de Europa recibiendo los embates del mar por los cuatro costados; luego se fijaba un poco mejor y distinguía los rebordes de las montañas, el centro llano («Irlanda es como un platillo», les había dicho la señorita Wilson) y, al acercarse un poco más, el entramado de campos divididos por ríos y acequias. Casas oscuras, ganado adormecido, aves y animales nocturnos: el pelaje rojo de un zorro, un voluminoso tejón. Se concentraba entonces en el norte de Irlanda, que era lo que más le gustaba: identificaba el lugar donde ella vivía. Lo reconocía todo: el aula en silencio, con sus filas de pupitres vacíos y su mesa de naturaleza; la capilla cerrada, sumida en una quietud misteriosa, con una luz roja encendida delante del tabernáculo; árboles conocidos; las aguas frías y oscuras del lago. En la casa de tío Brian y tía Lucy, abuela Kate dormía profundamente junto a las pilas de sombrereras rosas y grises en el armario que contenía también sus conjuntos y vestidos impecables: Helen olía incluso la lavanda seca que colgaba en saquitos con encajes. En el camino que llevaba a la casa, un hombre trastabillaba y sollozaba y reía y gritaba a las estrellas, y a ella se le encogía el corazón de pura conmiseración cuando lo miraba. Y entonces, lo más extraño y mejor de todo: avistaba su propia casa, a su papá en el sofá de la cocina, fumando el último cigarrillo antes de cerrar las puertas con llave, avivar el fuego de la estufa por última vez y subir para meterse en la cama donde mamá leía. Sally y Cate ya estaban dormidas, y por fin Helen se veía a sí misma como si contemplase desde arriba su propia cama, donde estaba hecha un ovillo, aletargada, esperando que el sueño la ganara, sintiéndose a salvo, tan a salvo y tan feliz, sin saber que cuando fuera una mujer se le partiría el alma recordando todo esto.

Porque ahora, cuando anhelaba conciliar el sueño, era una imagen distinta la que se desplegaba inexorable en sus pensamientos y se repetía constantemente, igual que un bucle de película cinematográfica, sólo que más nítido, más vívido, y proyectándose apenas una fracción de segundo más despacio de lo normal, lo que le confería el cariz grave de una pesadilla.

No era un sueño: visualizaba a su padre a la mesa de la cocina de Lucy, tomando té en una taza azul. Le llegaba el olor del humo de su cigarro, y hasta el del *tweed* de la chaqueta.

Charlaba a través del vano de la puerta con su cuñada, que se afanaba fregando los cacharros en la trascocina; él le había rogado que no interrumpiera la tarea. Echaba un vistazo al reloj de la pared y decía: «Por qué estará tardando tanto Brian hoy», y Lucy respondía: «Mira, acabo de oír un coche; aunque por el ruido no parece el del de Brian». Y, nada más pronunciar estas palabras, profería un grito y dos hombres irrumpían en la trascocina y la tiraban al suelo de un empujón; entonces el padre de Helen los veía entrar, dos tipos con las capuchas de las parkas puestas y unas máscaras de Halloween tapándoles las caras. Distinguía también las armas y entendía lo que se disponían a hacer. El sonido de una silla arañando las baldosas, «Ah, no, Cristo bendito, no», y entonces le disparaban a quemarropa, volándole media cabeza. En el momento en que huían de la casa, uno de ellos levantaba el puño en el aire y soltaba un berrido victorioso porque había sido pan comido.

Y, llegados a este punto, en una brusca inversión del suave descenso de su infancia, la visión de Helen se alejaba con violencia y de pronto era consciente de la fría luz de las estrellas muertas, de la inmensidad desmañada de un universo en tinieblas. Ahora, la imagen que tenía de la muerte de su padre era infinitamente pequeña, infinitamente tierna: el dolor lacerante emanaba de la tensión entre esa pequeñez y la enormidad del tiempo y el espacio infinitos. No había compasión, ni perdón, ni justificación; tal vez, si hubiera sido capaz de concebir una conciencia en la que se reconociese y llorase cada horror singular de la historia de la humanidad, habría hallado algún consuelo. A veces sentía que lo único que tenía era su dolor, un dolor que a duras penas podía soportar.

En la sólida casa de piedra reinaba un silencio inquietante.

Una a una en la oscuridad dormían las hermanas.

ÍNDICE

Una a una en la oscuridad es el centésimo duodécimo libro de la colección El Pasaje de los Panoramas. Compuesto en tipos Dante, se terminó de imprimir en los talleres de KADMOS por cuenta de ERRATA NATURAE EDITORES en agosto de 2025, unos doscientos cincuenta años después de aquella noche en la que John Hussey, barón de Galtrim, estaba durmiendo a pierna suelta en su castillo del condado de Meath cuando su perro —un lobero irlandés con más de sesenta kilos de peso y un metro de altura— comenzó a embestir la puerta de su alcoba hasta conseguir tirarla abajo, lo que obviamente hizo que el barón diera un brinco fuera de la cama, todo ello en el instante previo a que una de las vigas de la estancia se desplomara sobre el lecho ahora vacío, salvándole así la vida y demostrando, al menos aparentemente, que, a la tradición que siempre reconoció en esta raza autóctona de perros irlandeses su capacidad para alertar de los fantasmas, ahora había que añadir también sus dotes de precognición.